Best Time

白 马 时 光

PIÙ MALE CHE ALTRO

那不勒斯的黎明

〔意〕马西米利亚诺·威尔吉利奥　著

王心怡　译

百花洲文艺出版社
BAIHUAZHOU LITERATURE AND ART PRESS

图书在版编目（CIP）数据

　　那不勒斯的黎明 /（意）马西米利亚诺·威尔吉利奥
著；王心怡译. — 南昌：百花洲文艺出版社 , 2019.5
　　ISBN 978-7-5500-3240-8

　　Ⅰ.①那… Ⅱ.①马… ②王… Ⅲ.①长篇小说－意
大利－现代 Ⅳ.① I546.45

中国版本图书馆 CIP 数据核字（2019）第 064451 号

江西省版权局著作权合同登记号：14-2019-0087

Più male che altro by Massimiliano Virgilio

Copyright © 2008 by Massimiliano Virgilio

The Simplified Chinese is published in arrangement through Niu Niu Culture and Agnese
Incisa Agenzia Letteraria.

Chinese Simplified Character translation Copyright © 2019 by Beijing White Horse Time
Culture Development Co., Ltd.

All Rights Reserved.

那不勒斯的黎明
NABULESI DE LIMING

〔意〕马西米利亚诺·威尔吉利奥　著　　王心怡　译

出 品 人	李国靖
特约监制	王　瑜
责任编辑	叶　姗
特约策划	王云婷
特约编辑	王云婷
封面设计	林　丽
版式设计	赵梦菲
出版发行	百花洲文艺出版社
社　　址	南昌市红谷滩世贸路 898 号博能中心 Ⅰ 期 A 座 20 楼　邮　编　330038
经　　销	全国新华书店
印　　刷	三河市金元印装有限公司
开　　本	880mm×1230mm　　1/32
印　　张	9
字　　数	220 千字
版　　次	2019 年 5 月第 1 版第 1 次印刷
书　　号	ISBN 978-7-5500-3240-8
定　　价	42.00 元

赣版权登字：05-2019-88

版权所有，侵权必究

发行电话　0791-86895108　　　　　　网　址　http://www.bhzwy.com

图书若有印装错误，影响阅读，可向承印厂联系调换。

目 录
contents

第一部分

毒井

1

清晨，男人走在去办公室的路上，面目狰狞。

孩子们彻夜未眠。

男人脸上透着烦躁，他叫乔瓦尼，半睡半醒地拖着疲惫的身躯。人行道被狗的粪便占满，都已经干透了。

前一天晚上，最先开始不对劲的是两岁的迭戈，他吃晚餐的时候吐了。接着是大一些的巴托开始流鼻血，他九岁，也不知怎的，最近老喜欢把手指往鼻子里捅，不弄出点儿血决不罢休。迭戈聪明伶俐，外表乖巧懂事，一头柔软的鬈发让他看起来像个女孩子。巴托的性格则截然不同，他总是发牢骚，喜欢扮警察，最近"警察"巴托还决定拍个四分零一秒的家庭纪录短片，正好和《世界与你同在》这首歌的时长一样。

二月的太阳斜倚在城市上空，凝视着在一片茫然的灰绿色中川流不息的车辆和来来往往的人群。

那份马铃薯蛋糕里一定有什么东西坏掉了，也许是土豆，或者是牛奶。但正如往常一样，妻子西蒙娜一口否定："怎么可能！"她紧接着说，"我只选用优质食材烹饪。"语气跟广告里的一模一样。

"那你怎么解释吃完之后不仅迭戈吐了，而且我还拉肚子了呢？"

"一码归一码！你总是拉肚子，和蛋糕有什么关系！你倒是快点从厕所里出来，不然我就要迟到了！"

每当事情一团糟的时候，乔瓦尼就很想有一个便携式的手持千斤顶，并不是真的用来和人打架，即便只是放在床底下，或者柜子里，只要想到万一需要的时候能派上用场，他就觉得无比心安。

从家里到那不勒斯中心商务区有两条路可走。乔瓦尼比较喜欢先步行到马志尼广场，然后从那里坐任意一趟通往火车站方向的公交车，但西蒙娜对此表示十分不理解。

"你怎么不按常理出牌，"她说，"一般大家要么坐有轨电车，要么坐 R2 路车。"

乔瓦尼不知该如何解释，因为……怎么说呢，西蒙娜说的那条路，仿佛刻意地隐藏了这个城市的嘈杂纷争，可嘈杂纷争才是那不勒斯的真实模样。

"要是坐有轨电车或者 R2 路车，你会产生错觉，以为这里的一切都那么井然有序，但事实并非如此，真实的那不勒斯完全是另一副面貌。而我走的那条路恰好相反，到处都是乱糟糟的。"

某种疾病似乎正在酝酿着前来，可在它到来之前的这段时间里，就连生病都变得不易。老友相聚的下午茶、亲人的到访，在这之前，一切都如同蓄势待发的暴风雨前般宁静。

从南部上升而来的一股湿润的空气吹打在乔瓦尼脸上。孤独、静寂，是这条路最让他钟情的地方。在抵达混乱的中心商务区之前，他觉得自己就像市长一样，脑中浮现出许多优化城市和道路的想法。他最想效仿的就是瑞典的交通模式，就算不能做到像瑞典那样，至少也要比现在的那不勒斯强一点。

太阳逐渐升高，城市里那片灰绿色的阴霾随之消失殆尽。乔瓦尼觉得胃里开始翻江倒海，他努力抑制住那股正要往外溢的液体。他面色苍白，开始冒汗，佝偻的身体似乎要折成两半了。

他感到胃里一阵强烈的绞痛，这种感觉似曾相识。他想起把他去世的母亲转移到家族墓穴的那天，他有过一模一样的疼痛。那时候西蒙娜还怀着第一胎，他的父亲觉得将他母亲的遗体挖出来重新安置太残忍了，于是没有参与。

他只好独自前往，奈何屋漏偏逢连夜雨，公共交通那天刚巧罢工，他不得不步行前往公墓，完全是凭着一股信念的支撑才勉强走完全程。他的手紧贴着肚子，身体朝前弯曲着，牙齿紧紧地咬着下唇。那天刮着很大的风，布告栏里的金属板被吹变了形，哐当哐当地撞击着墙，笔直的电线杆似乎都被吹弯了腰。乔瓦尼时不时地回头看看，希望能侥幸遇上可以搭乘的便车。

到了公墓，他看见母亲的遗体还没有完全矿化，心底生出些欣慰，下唇被咬出血的疼痛也就此被遗忘。他的家里只剩下了他年迈的父亲老乔，不忠且怯懦。一想到这些，他脑海中就不自觉地涌出万千思绪，像合唱般此起彼伏。胃痛并没有停止，终于在晚些时候，他从其中一个掘墓工人那儿打听到厕所在哪儿。在思路清零的一瞬间，他突然觉得，如果早知道有罢工，也许他压根儿就不会从家里出来。

一晃十年过去，他偶尔还是会肚子疼，就像现在这般，他已经快撑不住了。或许是西蒙娜做的蛋糕有问题，又或许是来自工作的压力、生活的疲倦。

他一路小跑到最近的公交车站，手捂着肚子，开始冒冷汗。今天很幸运，没有罢工，公交车不一会儿就来了，车上几乎没人。他随便找了个座位，整个人陷了进去，感觉稍微有点好转，至少不会拉在裤子里。

天气很好，有点冷但是阳光明媚。一切与往日并没有任何不同，公交车在拥堵的道路上缓慢穿行，他将目光投向窗外，发觉已经是冬天了。

当老乔转动钥匙的时候，他感觉已经在同一扇门转动了上千次同一把钥匙了。他偷偷摸摸的神色与那些出轨后回到家的男人如出一辙。

尽管他不愿意承认，但是他已经六十九岁了，所幸他看起来并没有那么老，瘦高瘦高的，头发也还算浓密，只是前面的鬓角却是秃的，外貌完全符合一个典型的数学老师形象，看似睡眼惺忪实际头脑敏锐。但同时，他又与大街上那些预言世界末日的疯子有着一模一样的懒散，那些"天才"总是对数字极其敏感，谈论些颇有深度的话题。

时光飞逝，他对于女人的热情却丝毫不减，仍旧痴迷于她们的香水味和拥抱。而女人们也都还爱慕着他，尽管她们已经不如以往那般年轻貌美，但又有什么关系呢？都这把年纪了，魅力不再，却仍能让女人们为之晕头转向，已着实不易。当然啦，指的是那些五十来岁，穿着成熟的女人，或许有的稍微年轻点儿，但是也不要幻想着还能像曾经那样了。四十五岁的克莉丝汀，似乎对他有点儿用情过深，不过，对于女人永远不能下一个定论。

老乔总想着，没准儿在某个地方还有个二十来岁的女孩儿在等着爱上他，他以这样的方式在时间永久消逝之前来避免感到衰老。

穿过走廊，他知道准会看到克莉丝汀坐在那个小桌旁。过去的三十年里，那里一直都曾是特蕾莎用作惩罚他的角落，透过玻璃窗，视线能一直延伸到海岸。不过，从那个角度观海，可不似在波西利波①般视野开阔。因为在波西利波，房屋仿佛是特地为了欣赏海景而建的，而在卡

---

① 波西利波，意大利南部城市那不勒斯的一个住宅区，濒临那不勒斯湾。

波迪蒙特 ①，海是道路自然的延伸，那些连绵不绝的破败屋顶则成了这座城市的阁楼。

一想到特蕾莎，老乔的脑海里便浮现出她穿着家居服的样子，一件带拉链的粉色长袍，这让他实在是有点儿接受不了。而当时特蕾莎选择买这件带拉链的长袍纯粹是被售货员怂恿："年轻人都穿带拉链的，那些扣子的反而都卖不出去，是剩下给老年人穿的。"老乔突然感到胸中有一股情绪莫名地涌动，似乎在为他曾经所造成的痛苦而悔恨，但这也仅仅是片刻的悔恨，就像停车场里闪着绿光的指示牌，指明着记忆的出口。

此时的克莉丝汀正坐在窗边望着海。

"嗨！"他说道。

"你回来了。"

克莉丝汀的口音里带着东部女人特有的韵味，还混杂着些方言。与他曾有过的所有女人相比，单论美貌，她算不上是最漂亮的，不过难得的是，她这个年纪还能保持着学生般的纤纤玉腿。

"坐吧，我们得谈谈。"她边说边戳着桌上的小篮子，以前特蕾莎用它来装针线和棉花。

老乔应声坐下，身上还穿着雨衣。

"要谈些什么？"

克莉丝汀刚刚一定哭过，她故作镇定，但发红的眼圈是掩饰不住的。

"你觉得我们要谈什么？你这个老流氓，对，我们就谈谈这个吧！"

老流氓。这些年来，老乔总是一次又一次地默默承受着女人们给他贴上的各种标签。禽兽，色鬼，骗子。自从他和克莉丝汀在一起之后，这些标签又多了一个形容词——"老"。老禽兽，老色鬼，老骗子。

---

① 卡波迪蒙特，那不勒斯的一个区。

"也许你说得对，"他说，"我的确是这样的人。可世界上的人分为两种，一种忠贞不渝，另一种背叛出轨。要坦诚地跟你讲这些事并不容易，但是我正在努力尝试。"

克莉丝汀起身准备沏壶茶，这个习惯她从苏恰瓦^①一直带到了这里。手中的深色茶壶表面光滑，并不像她在苏恰瓦时用的那个茶壶，壶身满是划痕。这里的茶杯略小，但茶叶还是地道正宗的茶叶。

有些事克莉丝汀从没有跟任何人提起，因为她知道，抛开其他的不说，就其身份，别人对她的第一印象就会是——一个为了逃避从前的灰暗生活而来到意大利的罗马尼亚女人。遇到老乔后，即使她真心地爱上了他并包容他的缺点，但在外人眼里，她仍旧只是个为了寻求稳定和庇护的罗马尼亚女人，这些先入为主的观念并不会在真相面前消失殆尽。

没有人知道，十五年前的克莉丝汀曾和一个罗马尼亚男孩儿在一起。他叫奥勒良，二人准备一起离开苏恰瓦去意大利打拼，可就在出发前夕，喝醉酒的奥勒良拿着刚煮完茶、还是滚烫的茶锅打在了克莉丝汀的胳膊上。到了意大利，奥勒良不再酗酒，白天在一家保洁公司工作，晚上则和另外两个那不勒斯小伙一块儿在街上回收纸板。后来克莉丝汀才知道，原来收纸板只是个托词，奥勒良和他的朋友们大晚上的在城市里到处转悠，实际上是为了寻找城市里那些无人看守的汽车、醉酒的女孩子或是敞开的大门，干些苟且之事。

没过多久，奥勒良就被逮捕并被遣送回国。那天对于克莉丝汀来说，是人生中最美好的一天。自那以后，奥勒良几乎每个月都会给克莉丝汀写信，但是她从来没有回复过。她开始去那些独居的那不勒斯人家里做保洁工作，一开始是去一个住在富人区的女士那里，然后又换到一个住在海滨的老年人家中，没想到他却突然去世了。在得知他死讯的第二天，

---

① 苏恰瓦，罗马尼亚的一个城市。

克莉丝汀不免伤心落泪，也分不清到底是因为老人过世，还是因为丢了工作。再往后，她便循着一则招聘启事来到了一位六十多岁的鳏夫家中，对，他就是老乔。一开始老乔雇她做钟点工，两个月后改为全职。当他们第一次亲吻之后，他坦承他并不富裕，三十年来，他父亲留下的遗产几乎早已被他挥霍一空。她回答说那不重要，然后接着吻他。一个星期后，清洁工转为了女朋友，一个罗马尼亚的女朋友。

"我受够了，我再也忍受不了你了！"克莉丝汀揉着眼睛说道，"你知道吗？最忍无可忍的，是你根本没有自知之明，不知道自己是谁！"

"是吗？"老乔噌的一下站起来，感到很受伤，"那你说说我是谁？"

克莉丝汀仰头说道："你就只是个老流氓。"

穿过这座城市的喧嚣之后，开始了一天的辛勤工作，达密德公司的员工对此早就习以为常，包括乔瓦尼在内。

此刻的乔瓦尼，正带着一种矛盾感，以忧郁的眼光观察着周围的一切事物。总长三米的厨房纸巾、被撕掉的标签、订书机、随意堆放的牛津文件夹、被踩踏的信封、可循环利用纸、公司的抬头纸、便签贴、丢了笔帽的圆珠笔、旧铅笔、布满灰尘的打印机、日志、笔记本、往期杂志、印模糊了的复印件、会议的邀请函、迟到的圣诞祝福卡和节能模式下待打印的草稿。这里理应是那不勒斯中心商务区最整洁的办公楼，可即便在夜间已经被打扫过，如果你透过干净的表面仔细寻找，总还是能发现些缺点和脏东西，而那些不知疲倦的员工却永远也无法从中脱身。

乔瓦尼这一天的开始，显然比达密德公司里的其他员工更糟糕，因为这个忧郁的职场精英老是腹泻。

提起他去过球的灰色羊毛裤，从厕所出来后，乔瓦尼瞥了一眼写字台，上面平躺着一份以番茄为原料生产化妆品的企业策划书。从一览表上来看，策划书里涵盖了番茄的各项信息，尽管内容还算实用，有些研究发现甚至还很出人意料，但可惜他并不是那种会鼓励某些想法的咨询师，那些人只不过是在浪费他们双方的时间。有时候乔瓦尼会觉得，他这份工作最糟心的地方，就是不得不摧毁一些年轻企业家的梦想。但是他不容许自己多想，因为想法很珍贵，每次有了一个新的想法，也就意味着离死亡更近一步了。

电话铃开始响，是吉吉。

"你来上班的时候看到他了吗？他之前就在楼下。"

"谁？"

"斯科波尼。"

"没有，我没看到。"

"他今天一大早就在办公楼下面等着了，像只鹰一样，你确定你们没碰着？"

"确定，我来的时候他还不在。"

"那你真是走运。你现在干啥呢？"

"我有一堆事情要处理。"

"真羡慕你，我今天丁点儿屁事儿都没有。那我们一会儿见？"

"行。"

乔瓦尼的同事吉吉，是个左派分子，他们成为朋友也有段日子了。吉吉总是认为过去的东西是最好的，谈起政治的时候，他一会儿说左派曾经是最好的，一会儿又说右派曾经是最好的。让人头大的是，他说话的时候总喜欢挠他的小弟弟，不然就是在挖鼻屎，正因如此，他的鼻孔也越来越大。和吉吉这样的人在一起，你只能跟他谈足球、政治、女人和孩子，能聊的话题只有那么几个，很少会跳出这个范围，除非你刻意为之。

　　自从有关"黄金顾问"的传闻在公司里流传开来之后，吉吉便老是有一搭没一搭地来找他，乔瓦尼知道这不会是个巧合。事情的起因，据某些知情人士透露，达密德公司的高额收入很有可能与公共管理部门的不正常订单有关，否则，就涉嫌账目弄虚作假，于是，公司便陷入了各项调查的轮番轰炸之中。吉吉刚巧卡在这危急关头成为他的朋友，他像个油嘴滑舌只知道享乐的警卫，唯一上心的事情就是自己那紧系于发票的命运。

　　传闻始于这个名叫斯科波尼的男人，作为记者，他总是勇于用白纸黑字曝光各种事件。但你不得不承认，有时他如同一条疯狗，必须用绳子勒住，不然他决不轻易服软。在他的文章发表之后，各项调查逐步开始。他给乔瓦尼打电话想进行些采访，乔瓦尼拒绝了他，为了说服乔瓦尼，他可没少花功夫。

　　"这就是场经过伪装的市场竞争，达密德公司实际上是被一个富豪所承包。可是报刊只关心那些徇私舞弊的政客，根本不在乎达密德公司的员工，作为一名记者，我感觉必须得说点什么。你在这些盗贼的身边工作也有十年之久了，或多或少总能嗅到点什么。就算你撇开眼睛不看这饕餮盛宴，有些东西肯定还是能察觉得到的，比方说，骗局的味道、食物腐败的酸臭，或者同桌吃饭的人打的饱嗝。"

　　乔瓦尼把事情的来龙去脉转述给了吉吉和公司的副董事长。圣诞临近，高层董事会一定会变得更加慌张，态度也会软下来。从斯科波尼决定联系他的那一刻起，他就知道自己已身处危险之中。办公室里的每个人都跟他说"你要小心点"，所有人都在打听他。从那之后，他就一点休息时间都没有了。除了不依不饶的斯科波尼，还有吉吉，他也从不闲着。这不，大约两点差一刻的时候，吉吉推开门，将他那油腻如凝胶般的脸探了进来，小声问道："喝杯咖啡？"

西蒙娜通常会在午休时间给家里打通电话，问问是否一切都好。

"嗨，罗宾，家里怎么样？"

罗宾是家里的保姆，她回答说："挺好的，迭戈的饭差不多都吃完了，就剩了两勺没吃。巴托刚到家，现在正在脱外套。"

"他才刚到家？"

"对，今天校车晚点了。"

"什么情况？"

"也没什么大事儿，就是巴托和他的一个同学打架，你认识的，那个叫马里奥的小孩儿。所幸也没什么要紧的，挠破了眉毛而已。"

电话另一端的西蒙娜正在努力控制自己，试图保持平静。已经一年多了，巴托总是有意识地抛出些明显的信号，就好像在以一种显而易见的方式告诉他们：你们快看，我做的这些事就是为了让你们难堪，我不是什么性格有障碍的社会边缘人，我这样做只是为了让你们知道，你们的婚姻危机已经到了什么地步。最糟的是乔瓦尼固执地认为，他的儿子并没有在发泄自己的任何情绪，而西蒙娜也没法说服她的丈夫，让他相信巴托正在提醒他们俩。

"事情是怎么发生的？"

"怎么发生的？还不是跟以前一样。他们俩本来玩得好好的，不过你也知道巴托的性子，他总是想当警察，有时会有点过分，后来他们俩就开始打架。校长让他们两个放学后都留在办公室，然后特地差人把他们送回家里。校长没有电话通知你，只在教学日志上记了一笔。"

在教育上，他们总是给予孩子足够的自由，她并非要反驳这种教育方式，不过近些年来，如果说她学到了什么，那就是自由的原则有时会产生一些无法填补的缝隙。而像巴托这样的孩子，他们的问题就在于，擅长按照自己的喜好来钻自由教育的空子。她的儿子太聪明了，他不可能没有察觉到她和乔瓦尼的退让。他尝试各种方法，不是划伤谁，就是跟谁打架，无非是希望能激起他们的反应。所有的问题都化为了一个老套的问句：这个家庭的命运是什么？

与她不同的是，乔瓦尼总是大事化小，小事化了。"又没发生什么大事，他不过就是个脾气有点急躁的小男孩儿。"

"急躁？他如果把手铐铐在那个小孩儿身上然后把钥匙扔了怎么办！"

"哎呀！那种手铐轻轻一扭就断了。"

"是，但他老这么沉迷于当警察，难道我们就这样放任不管吗？"

"每个男孩儿的成长都会经历一个艰难的阶段，你是心理学家，你应该比我更清楚。"

心理学家。西蒙娜简直不能容忍他说出这个词的语气，每每他想说她太夸大其词了，或者想说她太过严厉的时候，他就会用这个词。就比如那次吧，卖火腿的小贩——塞尔，看见巴托用轮胎砸他家的窗户，虽然窗户没被打破，但是他听见巴托边逃跑边回头朝他大喊："印度人！"

"你说印度人吗？印度人可没有枪支。"乔瓦尼避重就轻，企图岔开话题。

"暂且不谈今天的印度人也使用枪支，塞尔说了什么也不重要，问题的关键是，巴托正在向我们挑衅，他想表达点什么，不是吗？"

"西蒙①，拜托，一个九岁的孩子，他不会挑衅任何人，你不要老是疑心这么重。"

疑心重。从什么时候起她变成了这样的人呢？

罗宾的声音再次响起："需要我把电话递给他吗？"

有那么一瞬间，西蒙娜头脑里突然冒出这样一个想法：向罗宾诉说一

① 西蒙娜的昵称。

切，寻求帮助。但她立刻就打消了这个想法，罗宾是个好保姆，但是她并不能代替她解决这些烦恼，毕竟，她才是孩子的母亲、乔瓦尼的妻子。

"算了算了，等我今天晚上见到他了再说吧。"

"意大利白酱？"

"嗯。"

"你知道我吃完会不舒服的，会犯结肠炎。"

"乔瓦①，你吃什么都不舒服，跟白酱可没半点关系。这都是心理问题，你有疑心病。"

"里面不会还放了胡椒吧？"

西蒙娜耸了耸肩："就一点点。"

就外貌而言，西蒙娜并不是那种会让人对她有什么想法的类型，但奇怪的是，人们总是自然而然地想亲近她。薄薄的嘴唇线条分明，手指纤长，像富有磁力般总是能不动声色地便牵动着周围所有人的注意力。若是出席晚宴，她会化着精致的妆，穿着时髦的衣服出现在众人面前，一头黑色的鬈发随着步子摇摆，在人群里便会显得格外出众。每次在这种场合，西蒙娜听着朋友们跟她讲她们孩子的那点破事儿，或是男人们讲着自己与四十来岁中年妇女的风流韵事，她总能感觉到空气中似乎有种共识在指向她。许多人觉得，光是从外表就能看出西蒙娜是个感性和理性并驾齐驱的人。而另一部分人，则觉得她一定下了很大功夫才能保养得如此之好。有一次，就连一个女性朋友都在乔瓦尼面前兴奋地夸赞西蒙娜，称她为大自然的礼物。但对他来说，说到底，没什么特别的。

现在，他只想知道她如何能保证里面就只有一点点胡椒粉，毕竟是罗宾中午准备的白酱。

---

① 乔瓦尼的昵称。

"你确定就一点点？"

"放心吧，罗宾知道你不好应付。"

就在这时，迭戈把最后一口鳕鱼给吐了出来，啜泣着揉搓右侧的耳垂，乔瓦尼满怀同情地看着他对西蒙娜说："我实在是拿他没辙了，他不想吃。"

西蒙娜从烤箱中取出刚烤好的香烤乳酪饼 ①，用嘴对着吹气，假装不去看她的丈夫。乔瓦尼走进厨房又拿了一块鳕鱼回到迭戈身边。

"他不吃就算了，你不要强迫他吃。"

"我再试最后一次。"

"自从你上回喂他吃过面包棒，他就再也不喜欢吃新鲜的鳕鱼了。"

乔瓦尼拿着叉子的手倏地停顿在了空气里，叉子上还有块鳕鱼正对着他儿子的嘴巴，他横了一眼西蒙娜。

"水！"迭戈看着乔瓦尼，伸出双臂重复道，"水！"

乔瓦尼朝他比了一个手势，示意他安静，但他的儿子坚持说着："水！"

"他想要什么？"西蒙娜问道。

"他想喝水。"

"水！"

乔瓦尼递给他一杯水，说："喝吧。"

迭戈却用他的小手把水撇开，继续嚷嚷："水！"

此时不可能再假装下去了，妻子正怒目而视。

"你知道他想要什么，不是吗？"西蒙娜问道。

"对。"乔瓦尼略微羞愧地回答，"你觉得我们给他一点点怎么样？就一滴，就只是给他尝一下。"

---

① 香烤乳酪饼，一种意大利焗菜，成分比较复杂且可依据个人口味和地方特色而改动配方，比较常见的原料为奶酪、肉、鱼和蔬菜等。

西蒙娜不予作答，拿起烤好的乳酪饼分成小份，再一一盛到盘子里，冲巴托喊道：

"巴托！吃饭啦！"

乔瓦尼面带沮丧，打开冰箱，拿了一瓶可口可乐并往迭戈的玻璃杯里倒了少许。

"拿着，喝吧。"说罢，小心地拧紧瓶盖。

得意扬扬的迭戈双手捧着杯子，开始贪婪地喝起来。边喝边把手臂伸向盘子以引起乔瓦尼的注意，他相信乔瓦尼会明白他的用意，并给他再倒上点可乐。

"巴托！把电脑关了！你到底过不过来吃饭？"

他实在想不到，迭戈还不到两岁，就已经学会了耍小伎俩。万般无奈之下，他去拿了个玩具飞机想以此来转移迭戈的注意力，但显然这并没有奏效。其实他这么做也是为了自己，为了显示作为父母，他们还和过去一样，有很多东西可以用来满足孩子们的需求，这里的"过去"，自然指的是可口可乐发明之前。

在饮食方面，西蒙娜有着近乎极端的严苛，除了拒绝冷冻食品（她称为"恶心的脆皮馅饼"），她还严禁甜的碳酸饮料。另外，她认为孩子们应该主动进食，不需要人强迫。但是在乔瓦尼自小长大的家庭环境里，要是有人少吃了一顿饭，都会被误认为是生病了。因此，西蒙娜的这种自主进食原则很难说服他，他试图证明自己是对的。

"要是他不饿，那我无论试多少次他也不会吃的。"

"这已经是你第六次尝试喂他，他就算吃了也很正常，只不过是为了取悦你罢了。"

每次乔瓦尼带孩子的时候，西蒙娜都尽量不去插手，但上个月，他用面包棒卷鳕鱼来讨好迭戈的事情，让她特别恼火。

"你竟然买了芬达斯^①！你有没有动脑子？你还不如买超市自产的呢！"

"我去买的时候只有芬达斯。"

"买给巴托吃的东西你怎么就不会买错？"

"巴托不一样，他甚至连炸薯条都不喜欢吃，你觉得这正常吗？"

"巴托不断给人找事儿，只会浪费你时间。"

"西蒙，你最好别惹火我。我没时间给迭戈准备蔬菜汤，你也没有。如果非要按照你的标准来，那我们得先花半天时间寻找合适的食材，另外半天时间用来烹饪。买雀巢能一举两得，何乐而不为？再说了，你说的那个牌子包装实在是太小了，不是被其他东西藏起来了就是缺货，有时候你不也找不到？那我们能怎么办呢？只能退而求其次呗！午餐有罗宾负责，晚餐我们俩尽力而为，总不能当着孩子的面丧失理智吧！"

西蒙娜的战术像一杯清水那般清澈透明，简单明了，当轮到她的时候，她绝不会因为迭戈的软磨硬泡而心软，给他所谓的"水"。

"他在哭，要不就给他一点儿吧。"

"不给，他想吃就吃，不想吃就算了。"

巴托坐在餐桌旁，把食指伸进鼻孔。乔瓦尼趁西蒙娜还没发现，赶紧朝他使了个眼色，他立马就规矩了。

今晚的餐桌比往常更为沉默。也许是因为巴托第一次因打架而从学校带回来一封告家长书；也许是因为乔瓦尼担心白酱会影响他的结肠；又或许是因为西蒙娜悲伤地意识到，这世界上所有的心理学放在家里都不管用。唯独迭戈一直不停地讲话，还到处乱跑，从这里跑到那里，他还假装要把手指伸进插座里，像是为了要激起乔瓦尼那本就濒临爆发的怒气。

---

① 芬达斯，Findus，雀巢旗下的一个零售冷冻食品品牌。

电话响了。

"电话！"迭戈喊道。

"你去接。"乔瓦尼命令巴托，说罢，便低下头充满怀疑地仔细检查烤盘里自己的那份乳酪饼。白酱呈带状躺在豌豆和饼底之间，薄如刚刚穿过他头顶的闪电。这种把白酱、乳制品和鸡蛋配在一起的做法很奇怪，不像是出自西蒙娜之手，不过也许这是针对他刻意而为之的，不动声色地就将他一军。

巴托面如死灰地回到厨房，告诉他妈妈："是卡察太太，她让你接电话。"

乔瓦尼在记忆中搜索了几秒钟，想起来卡察太太是马里奥的母亲，巴托今早把马里奥的眉毛给抓破了。想到这里，他向西蒙娜使了一个富有深意的眼神，仿佛在跟她说，不要太过退让，说到底巴托也只是打了他一拳。但西蒙娜并没有看到他的眼神，径直起身去接了电话。乔瓦尼的视线重新回到面前的盘子上，满脑子想着的都是：如果我们现在不吃，一会儿晚饭就该凉了。

"你想看电视吗？"乔瓦尼问巴托。

"不想。"

"你确定？没事儿的，你不用担心，我待会儿和你妈妈一起去见她。迭戈，停！"

迭戈对插座的插孔格外好奇，靠得越来越近，还将手指伸向洞口，带着恶作剧般的嗤笑打量着周围，等着被人发现。

"我刚跟你说什么来着？还不快停？你赶紧的，把手拿开！"

"巴托，开电视吧。"

"好吧。"巴托回答道。

"迭戈……手……这里……"迭戈喃喃自语着，手却并没有挪开。

"把手拿开！"

门铃响了，父子二人面面相觑。乔瓦尼命令道："你去开门。"巴托不情愿地起身。他肩膀宽阔，但走路的时候总是无精打采，眼睛望着地面，面无表情。对乔瓦尼来说，他看起来更像是一名矮个子的小警察而不像个孩子。

"爷爷来了。"巴托说着走到他爷爷前面，快步回到厨房。身后的老乔穿着一件灰色的雨衣，手里拿着顶帽子。

"爸，你来了，坐吧。"乔瓦尼说完转身又向巴托吩咐道："你去看看迭戈这会儿又在哪儿瞎胡闹呢？"巴托一瞬间就没了人影。父子面对面坐着，不知说些什么，几秒钟的沉默之后，老乔问道："西蒙娜呢？"

"她正在打电话。"

老乔应了声"哦"，看到桌上的盘子里还盛着乳酪饼，有一盘几乎都没怎么动，另一盘则差不多吃完了，还有一盘剩了大概三分之一到一半的量。

"你们吃完晚饭了吗？"

乔瓦尼点点头，说："把你的雨衣脱掉吧。"

"明天会下雨。"

"那你也不用现在就穿上雨衣吧？要喝点什么吗？"

"你要是煮咖啡的话，我就喝一杯。"

"没问题，那我这就去煮。"

厨房里什么都没有，孩子们照样能自己玩起来。巴托在前面假装怪物，而迭戈笑得在地上打滚，紧紧抓住他哥哥的脚踝。

"迭戈，快过来跟爷爷问好！巴托，你小心点。过去看看你妈妈电话打完没？"接着乔瓦尼转向他的父亲，问道："对了，你怎么会突然过来？"

老乔面带难色，犹豫地环顾着四周。

"怎么了？是怕孩子们听到吗？没事儿，你说吧。"乔瓦尼连忙说道。

"不，不是因为孩子们。我不知道怎么告诉你，这件事不太好开口。"

"那你就更得跟我讲啦！对了，你要吃点乳酪饼吗？"

"不用了，谢谢。"

乔瓦尼往咖啡壶里装上水。"你就直说吧，到底出了什么事儿？"他打开柜子拿出咖啡粉，又加了句，"你脸色可不太好。"

"睡觉觉！"迭戈突然插话。

老乔眼眶湿润，声音哽咽："克莉丝汀把我赶出家门了，我现在无家可归，不知道该去哪儿。"

"睡觉觉！"

"什么？"

"对，你没听错。我这次闯了大祸了。"

"爸爸，迭戈想要睡觉。"巴托把话题打断。

"等一下，你妈妈马上就来了。又被赶出来了？还是因为上回那个女的？"

乔瓦尼点着灶上的火，将摩卡壶放在炉子上。

"不管怎么说，你今晚可以先住在这儿。"

孩子们只消停了一会儿，迭戈便又开始嚷嚷："睡觉觉！睡觉觉！"

门这时被打开，西蒙娜走了进来。

"爸，你来了！"她说，"我刚刚好像听到了你的声音，你还好吗？发生了什么？你脸色怎么这么苍白？"

盘子里的乳酪饼浮现出一抹绿色，那是豌豆尸体的颜色，空气里弥漫着一股食物腐坏的酸味，飘浮在每个人鼻子底下。一股凶猛的寒流正在暗自北上，电视的画面不停地在切换，食物变质了，某种疾病正悄然来袭。

乔瓦尼把火关小，转身向他的妻子说："爸今晚住在这里。"他把迭戈抱在怀里，开始轻揉他左耳的耳垂，又说，"我来哄他睡觉。巴托，你快去换衣服。"

两小时后，西蒙娜躺在床上怎么也睡不着，乔瓦尼也一直翻来覆去的。

"怎么可能呢？"

"我不知道，但他肯定是做了什么，我爸天生就是个不忠的男人。"

"我不是在说这个，不是你爸，而是克莉丝汀，她怎么能把你爸赶出去？我是说，那套房子不是你家的吗？"

"西蒙，别想了，早点睡吧！"

"不过，怎么说你爸也是有岁数的人了，这会儿应该平静下来了吧。"

平静？自他记事起他就知道，他父亲最大的问题根本不在于能不能让自己平静下来，因为他是否平静开朗全取决于他的情妇。他把他所有的钱都花在了情妇身上，而那些情妇却在破坏着这个家庭的团结，让未来变得不确定，耗尽了父亲的钱财不说，还惹得母亲伤心落泪。

情妇们无所不为。

"克莉丝汀她什么也不图，"他说，"她爱老爷子。"

"我之前也这么觉得，不过有时候人们会表现得很奇怪，你得时刻保持警惕。"

"天哪，西蒙娜，作为一名心理学家，你怎么会说出'有时候人们会表现得很奇怪'这种话？"

"对啊，正因为我是一名心理学家，谁能比我更清楚人有时会表现得很奇怪呢？"

"对了，和卡察太太谈得怎么样？她打算怎么解决？"

"嗯？啊，对，一切都好。她只是想和那个欺负她儿子的小浑球的妈妈谈谈。但我们必须向巴托解释解释，让他知道他的行为会造成什么后果。"

"你想跟他解释什么？巴托不就是打了他一拳，再简单不过了。虽然明天他可能还会再犯，但起码现在，他知道不能用武力解决问题。"

"你不是想睡觉来着？"

"是，但我觉得你去向他解释无非是个借口，从此以后所有的事情都可以用这种方式劝导他，这么一想我就睡不着了。"

西蒙娜被迫把话题引向更深处，尽管这并非她本意。

"但我不是那种会惩罚或者臭骂孩子一顿的妈妈。"她说，"再说，现在你爸也来了，你知道在妓院……天哪，这是哪里来的一股屎味？"

"不好意思。"

"我的妈呀，乔瓦尼，你身体里蕴藏着什么？"

当西蒙娜在跟乔瓦尼讲着他是有选择权的时候，他肚子里的白酱一直在翻涌。其实那些屁也不是说忍不住，但是昨天刚吃完马铃薯蛋糕，今天又接着吃烤乳酪饼，这根本就不是他的选择，为什么他却要为之付出一整晚肚子不舒服的代价呢？在气体从体内排出的一瞬间，他知道他的婚姻陷入了危机。

西蒙娜继续说道："况且，我们自己的生活本来就一团糟了。"

乔瓦尼点点头，就好像在公交车站无聊地等车时，听着某个神神道道的大妈自顾自地讲着自己的各种问题。

"我不是故意的。"

"算了，没事儿。明天要不你去和巴托谈谈，我不想总是我去扮演那个坏人的角色。"

"和巴托？"

"嗯。"

"明天再说吧。"

其实乔瓦尼并不想就此让步，但他实在是太累了，再加上现在还腹痛难忍。放完屁，他从未像现在一样，觉得放任自己暂且忘掉一切是多么有必要。明天，他会更坚定地捍卫儿子的权利。

"我们明天再谈吧。"

他累坏了，房子被包裹在一片沉默之中，只有厨房洗碗机还在发出阵阵呻吟，那单调的声响与此刻的困倦疲乏完美地契合在一起。

2

　　罗里斯不紧不慢地走进餐厅，身穿一件棕褐色的天鹅绒外套。在社会关系中，迟到无疑是令人讨厌的，但又常常不可避免。所以，对于这种从他人生命里偷走几分钟的行为，罗里斯并没有打算抱歉。

　　"好久不见！"

　　"嗨，罗里①，我已经点餐了，你要点点儿什么？"

　　罗里斯应该是最后一个仍然觉得天鹅绒外套流行的西方人了。

　　"一杯新加坡司令。"

　　"一杯什么？"

　　罗里斯脱下外套，用一种不置可否的眼神看着他说："你也来一杯吧，今天我请客，所以你得听我的。"

　　"新加坡司令是个什么鬼？"

　　他坐下说："我也不知道，但是昨天所有人都点这个。"

　　罗里斯目光敏锐，自带一种刻薄、嘲讽的幽默感，有时（只是很偶尔）会有些肤浅，和他后现代主义作家的身份不太相符。他不是那种特别有

_____

① 罗里斯的昵称。

吸引力的男人，但是走在大街上，他那鹤立鸡群的身高和茂密蓬松的头发，肯定能让你在人群中一眼就注意到他，顺带给他贴上花花公子的标签。他极具骨感的双手，总是在他夸夸其谈的时候不停地变换着各种手势，眼睛流露出一种狡黠的灵动。也许是因为他太高而且太瘦了，衣服穿在他身上总像是大了一号，显得有些松垮，走起路来，四肢在空荡的袖管和裤腿间摆动，给人一种巨婴的感觉。

乔瓦尼示意服务员过来："给我朋友来一杯新加坡司令。"

"不好意思，我们没有。"

罗里斯看着一桌子的面包屑，倏地站了起来，从外套的口袋里掏出一包烟，问："这里可以抽烟吗？"

"我们没有可以在室内抽烟的大厅。"服务员有些不耐烦地回答完，接着问道，"请问您点杯什么呢？"

"那就一杯泰式麦吧。"

"先生，我们没有。"

罗里斯瞟了一眼大厅对面那两个大声说话的家伙，点燃一支烟。

"蒙克酒吧里能喝到的东西，这里一样也没有吗？"

"你就随便点杯啤酒吧，人家都在这儿站半天了。"

那两个大声说话的家伙，其中一个抬起头，嗅着空气里一股异样的味道。服务员扶了扶额头，抬起手扇走烟味，重申道："先生，这里禁止吸烟。"

罗里斯不情愿地灭掉烟，说："给我来杯啤酒再加份薯条吧。"

服务员在掌间敲了几个代码，点好单后转身离开。

"你不知道昨天我遇到了多少怪人！"罗里斯发出感叹，目光追随着女服务员的臀部一直到她走进厨房，接着说，"幸亏我成功地把我的名字加到了名单里。报社里总是乱糟糟的，搞得最后我不得不贿赂了一个保安。"

"那你去了一趟有什么收获吗？"

"倒是有些乙级联赛的球员，不过在这么个严肃的大城市里，其实没什么值得你特意寻找的。有人说看到了 Planet Funk 乐队 ①，我没看到，就算看到了我肯定也认不出来，我连他们长什么样子都不知道。哦，据说《阳光下的地方》②里的演员也去了。不知道他们算不算得上你心目中的大佬。"

服务员端着啤酒和乔瓦尼点的帕尼尼 ③走了过来。

"炸薯条呢？"罗里斯问道。

"一会儿就到。"服务员的语气里满是不耐烦。

"顺便帮我拿一袋蛋黄酱，不要番茄酱，只要蛋黄酱，你一会儿别忘啦，谢谢！"

服务员踩着高跟鞋转身离开，罗里斯重新面向乔瓦尼，他此刻正往嘴里塞着鼠尾草裹牛肉的帕尼尼，一片番茄滑到面包有些烤焦了的边缘。

"那你接下来有什么打算？"

薯条到了，上面挤满了蛋黄酱。罗里斯看着薯条，尽管埋怨蛋黄酱有点太多了，但还是把嘴巴塞得满满当当，吐出几个含糊的词："一个备选方案。"

罗里斯选择炸薯条一是因为他迟到了，点薯条比点任何其他东西都要上得快。二是因为如果点一份别的什么，比如鼠尾草裹牛肉的帕尼尼，那吃的时候肯定就顾不上说话了。相比之下，薯条的优势十分明显，从

---

① Planet Funk 乐队，成立于 1999 年的一支意大利乐队，主打电子摇滚风。
② 《阳光下的地方》，意大利第一部纯国产的系列电视剧，也是最长寿的意大利电视剧，自 1996 年开播，至今仍未完结。
③ 帕尼尼，意大利一种传统三明治，用意式面包夹好馅料后，再放在专门的烘烤机中加热压烤成热的三明治。

体积来看是完美的食物单位，食用所需的时间也一目了然，非常现代。

"什么样的备选方案？"

"我有跟你讲过那个有关中国的计划吗？"

罗里斯是一个懒惰的作家，常常草率地就决定起草一部小说，可他那突然迸发的灵感又不足以把书写完。近三年里，他换了两个代理人，共出版了四本书。罗里斯觉得灵感是一种过时的概念，就像那些还在用远过去时写作的小说家一样。他曾经也和那些渴望从生活中汲取艺术灵感的作家一样，在他十八岁的时候，身无分文但满怀希望地离开家，辗转于不同的城市之间。他一直努力填满自己空瘪的钱包，也从未放弃过希望，米兰和罗马待不下去了，便又回到那不勒斯。只要付给他钱，他什么都写，歌舞表演、带点小心计的时尚产品目录，或是社交网站上的某个信息表。

"我有个中国朋友，杨逍，是中意公司的老板——启罗的合伙人。他们俩现在准备合伙在上海开个公司生产警报器，先不说这个点子怎么样。小偷们猖獗又不是一天两天，早就不是什么新鲜事儿了，有人要偷，就有人要守，那不如干脆就安装个警报器。你能想到吗？安警报器！如果这个主意还不算天才，那你说说什么才算？"

"那语言方面你怎么办？"

"杨逍说会一点儿英语就够了。真正麻烦的是报社那边，如果一切顺利，那我们过几个月就出发了，但是在那之前我不能冒任何风险。所以我需要有人帮把手，想想也只能问你了。"

"行吧，那我怎么帮你？"

罗里斯吃完最后一根薯条，说："帮我代写专栏，然后可能还需要代替我去参加一些活动，费用自然都是由我来付。不过这是我们两个人之间的事情，报社那边我们一切保密，反正也不会有人注意到，因为我还是会亲自给每篇文章签名。当然了，我肯定会付给你酬劳的。"

乔瓦尼吞掉最后一口帕尼尼，吃得他下巴都累了。

"这不是钱的问题，"他耸了耸肩膀，继续说道，"你知道的，我整天都在工作，每天晚上到家的时候，整个人就像一块抹布。再说了，我怎么跟西蒙娜说呢？"

罗里斯向来都觉得婚姻是施展各项计划的坟墓，而此刻，他的这种想法已完全暴露在了他的笑容里。

"乔瓦，这有何难？你就直接跟她讲'今晚我要去蒙克酒吧参加一个活动，另外我还要帮我的朋友罗里斯写篇文章'，多大点儿事儿？"

"有变动，"副董事长说，"不过这个变动我不太喜欢，那个法官肯定在策划些什么。"

"刮这么大的风，该不会是他策划的吧。"吉吉打趣说。

"你去买两杯咖啡。"

太阳病恹恹地从圣埃莫堡 ① 后方落下。吉吉站起来走进酒吧，没过一会儿又坐回到桌边，他快被冻成冰了。商务中心总是人来人往，呼吸着薄雾的过路人都心若坚冰，在其他正常人的眼中，他们和僵尸没什么区别。在这表象之下，有一个为人温和又坚决果断的项目合作者，他既是精力充沛的职场精英，又是忙于生计、疲于奔波的劳动者，他和那些普通的雇员不一样，这也是副董事长眼中他的魅力所在。

"你不能错误地认为水会平静下来，至少在选举之前，水是不会平静下来的。"说完，副董事长看了眼他的咖啡，问，"咖啡杯是冷的吗 ② ？"

---

① 圣埃莫堡，那不勒斯的一处要塞，与邻近的圣玛蒂诺修道院，一同居高临下俯瞰全市，是该市的著名地标。

② 那不勒斯有种喝咖啡的方法是：先用蒸汽把咖啡杯加热，再盛上滚烫的咖啡趁热喝。但这种喝法并非所有人都能接受，因此，副董事长才会问咖啡杯是冷是热。

"是的。"吉吉搓着快要冻僵的双手说道。

"那就好。"副董事长边点烟边说道。

他必须承认,权力的力量就在于它的影响力。每个人都有自己的习惯,用还是不用钢笔,在清晨还是午餐后阅读报纸,大家都有喜欢去的餐馆;再比如有的人习惯用冷咖啡杯,但是,有权势的人能让自己的个人习惯为众人所周知,这就是影响力。

"你知道右派的问题在哪儿吗?"

吉吉抬起下巴饶有趣味地听着。

"要是有谁比他们还会忽悠群众,他们反而会生气!嘴上说着自己有多诚实,到处宣传他们口中那个更好的未来世界,其实都是幌子。这是他们最理想不过的方式了,靠耍耍嘴皮子就能操纵那些木偶一样的群众,实际上他们跟斯科波尼没什么两样,根本就不关心人民群众。但是你知道人们对此有什么反应吗?他们把这种操蛋看成是再正常不过的一件事了,还总觉得抹点儿凡士林就能管用。那些清正廉洁的官员虽然也操蛋,但稍微文明点儿,至少不随便炮轰别人。哪像斯科波尼,天天地白日做梦,不知道出版社看他的文章跟看小丑耍杂技似的,再不小心点儿,总有一天双手会被砍断丢到大运河里。管他呢,反正断的又不是我们的手。"

吉吉爆笑道:"我们可不会砍任何人的手。"

"那可不!"副董事长说着还模仿起断手之人。吉吉笑得更响,听他说话真有趣。

副董事长环顾四周,把喝完的咖啡杯放在小桌子上。

"像斯科波尼这样的小丑,"他继续道,"他固执地非要吐在自己吃饭的盘子里,人们早晚会明白他是何居心,而且还会让他冷静下来。他,我倒是不担心,我真正担心的是幕后的操纵者,这是一场不同党派的政治家之间的战争，为了各自团队的律师、顾问、地方法官还有知识分子，每一方都想争夺权力，壮大势力。钱若是花在了刀刃上，那全欧洲的资金都能为你所用。吉吉，听我说，水不会那么快就平静下来，选举之前我们除了等待别无他法。"

"你的意思是还会爆出来一些其他的丑闻？"

"我倒是期待法官扣押资金，这样舆论风波就能达到一个点，换作以前，只需要给权力一方扣一点屎盆子，就足以让他从游戏里出局了。但是今时不同往日，那些大权在握的权贵，早就学会了根本不用看就能把屎剔除干净。你知道他们怎么做吗？他们把屎盆子接过来抹在脸上，有人甚至直接吃掉，然后直视摄像机，在各种媒体面前，说真好吃，从没吃过这么好吃的东西。起初人们都很谨慎，各项民意调查里他们的支持率都会有所下滑。但久而久之，他们和脸上的屎成了朋友，通过报刊、媒体每天都宣扬着屎有多么美味。一段时间之后，人们重新开始相信他们，他们也就不用辞职，或者被监禁了。慢慢地，热度逐渐消退，为了哗众取宠，记者们赶紧又给别人扣点儿屎盆子，什么恐怖分子啊，偏执狂男友啊。然后突然之间，你猜又看到谁了？那些之前的权贵，又带着干干净净的脸，再次出现在镜头面前，然后呢，转而朝向那些脸脏的人开始大声叫嚣。你知道所有这一番折腾最后的结果是什么吗？"

"不知道。"

"无论发生了什么，权力这把交椅我们是坐定了。要是他们吃着屎都能稳如泰山，那仅凭两滴污水或者小便，又怎么能脏得了我们的身子呢？"

有那么几秒钟，空气中只剩下沉默，一阵风吹来，玻璃杯飞到了地上，碎成渣渣。一名服务员闻声从酒吧里出来，急忙收拾起碎片。副董事长对眼前的景象视若无睹，仿佛这些碎片和他一点关系都没有。接着又补充道："记者们我一点都不担心，他们今天曝光丑闻，明天又会写屎比巧克力好吃。"

　　一天中总会有些时间段，男性的办事效率会降到很低，比如下午六点到八点之间，尤其是在丈夫比妻子早回家的时候。

　　"把你的手从鼻孔里拿开。"

　　"不。"

　　"为什么不呢？"

　　"因为我不想拿开。"

　　"你说什么？我没听见。"

　　巴托把手指从鼻孔里抽出来一秒，重复道："因为我不想拿开。"然后又塞了回去。

　　"乔瓦，你就随他去吧！你小时候还不是总把手指塞到鼻孔里分裂毛细血管，和巴托现在干的事情一模一样。"

　　老乔向他的孙子眨眨眼。乔瓦尼说："真是谢谢你了，爸，你可真是个好帮手。"

　　"嘿，你小子！"

　　乔瓦尼记得他曾经可以挖着鼻孔度过一整个下午，一边挖一边看电视，一边挖一边玩。然后把从鼻子里挖出来的干燥的黏液球收集起来，用食指和大拇指把它们搓圆，当它们完美地成为一个球时，选择吃掉它们、将它们扔掉或者把它们粘在一些家具上。奇怪的是，等你变成成年人以后，就不再会从恶心中获得快乐，更糟糕的是成为父母后，恶心不仅不再令人愉快，甚至成为教育所迫害的对象。

　　"算了，你想做什么就做什么吧。"

　　七点半左右，西蒙娜走进房间。"嗨，今天过得怎么样？"

乔瓦尼正在读一本书，他抬起头，眼睛盯着虚无的空气，回答说："挺好的。"

"你的肚子还好吗？"

"一般般吧。"

"你别去想就行，肚子不舒服都是一阵阵的，过段时间就好了。"

西蒙娜把她的包放在椅子上，脱掉鞋子开始叹气。从什么时候起，才晚上七点就已经累了呢？

过段时间就好了。乔瓦尼一直都知道，没有什么是永恒不变的。先是他的母亲，然后是他的妻子，她们让他知道，生活建立在短暂之上，而他对此也早已习惯了。背痛、缺铁性贫血、腹泻，这些都会过去的。

"确实过段时间自己就会好，不过也许我得找医生看看，你觉得呢？"

"我觉得就是心理方面导致的问题。"

乔瓦尼轻微皱起眉头，不到一分钟，再次抬起头来说："我不喜欢你说这是心理问题，就好像你在说这都是我编出来的一样。"

"我没有这么说。"

"但我觉得你是这么想的。"

"也许是你，"西蒙娜说，"是你觉得心理问题一点都不重要。"

"呃？"乔瓦尼合上书，问道，"你说这话是什么意思？"

"没什么意思，不然你想让我说什么？说你快要死了，你结肠有肿瘤，还是说你想因为患有结肠炎而博取同情？"

"去你妈的。"

"对，你每次就只会这么说。"

"去你妈的，西蒙。"

乔瓦尼觉得，不断的争执和眼泪，是一种消除距离的方式，像把尿从体内排出一样。相反，沉默让人感觉像是陷入了峡谷，划清了彼此的界限，使人变得冷漠。

沉默，距离，冷漠。我是谁，你是谁？

一刻钟后，巴托进入房间。

"爸爸，饭好了，你别看书了。"

"嗨，你的短片拍得怎么样了？"

"挺好的，已经拍完了，现在我得选一些片段，然后开始剪辑。"

刚过完圣诞节那会儿，受《世界与你同在》这首歌的影响，巴托心里便萌生了录制一个家庭小视频的想法，名字都取好了，就叫《我的一家》，记录家庭生活的各种琐事。从那以后，他就开始在不同场合、不同时间段录像。早上出门前、大家一起吃晚餐时，连去爷爷家时都有录像。可惜对他而言，拍摄短片、去学校上课还有去游泳，这三者没法兼顾。

"那你来餐桌这边吗？"巴托问道。

"我这就来了。"

乔瓦尼刚坐下，还没来得及拿起刀叉，电话铃就响了。

"你去接吧。"乔瓦尼对巴托说。

"不用不用，我去接吧。"老乔打断道。但是巴托没听到，他噌的一下从椅子上弹起来，速度太快了，才一眨眼的工夫他就回来了。

"爷爷，是找你的，"他说，"是罗萨丽娅。"

西蒙娜小声问道："罗萨丽娅？"

巴托点点头。

"罗萨丽娅是谁？"西蒙娜又问。乔瓦尼的嘴里塞满了煎肉饼说不出话。

老乔试图避开西蒙娜和乔瓦尼那瞪圆了的眼睛，在逃出房间前面带微笑地答道："我的一个朋友。"

沉默。

叉子们回到原位，只有巴托什么也没有意识到，还在不停地摆动手中的刀叉。西蒙娜看着乔瓦尼，乔瓦尼看着巴托，西蒙娜转而看向巴托。

"怎么了？"巴托从盘子里抬起头问道。

"所以罗萨丽娅是爷爷的朋友？"西蒙娜问。

"是的。"巴托确认完又继续开始吃。

"那你怎么会认识她？"

"她今天来过家里。"

乔瓦尼差点儿没噎住。他说了，他说出来了！完了，这下可好，一场腥风血雨即将到来。

"是吗？"西蒙娜笑得让人有些毛骨悚然，继续问道，"那爷爷和罗萨丽娅讲话的时候你在做什么呢？"

"西蒙……"乔瓦尼企图打断。

西蒙娜突然转向乔瓦尼，眼神凌厉，目光似剑，有一瞬间让他觉得这场腥风血雨可能会转变成家庭暴力。

"你当时在干吗呢？"西蒙娜再次问道。

巴托看着他的父母，对眼前的状况有些摸不着头脑，只觉得好像有什么不太对劲儿，但又不知道他们两个到底谁是站在他这边的。

"我……我跟他们在一起。"

乔瓦尼松了一口气，而西蒙娜的眼神里仍透着疑虑。

"她很早就走了，"巴托继续说道，"爷爷跟我说他不太喜欢她。"

"为什么？"乔瓦尼问道，心态越来越平和。

巴托看着他受到惊吓的父母。乔瓦尼看着巴托，巴托看着西蒙娜，西蒙娜先看看乔瓦尼，又转而望向巴托。

"爷爷说罗萨丽娅的胸太大了，"巴托说，"他不喜欢那么大的胸。"

"时代变了，以前人们对女性美丑的评判，简单地取决于她是身材丰满还是骨瘦如柴，是魅力四射还是普普通通。如今一切都变了，有可能骨瘦如柴反而被视作一种美，至少是有魅力的，相反那些身材丰满的，反而被人认为普通，甚至觉得丑。总之，情况非常复杂。"

老乔在浴室镜子前调整他的领带和衬衫领，巴托在一旁听他讲话。

"我们都身陷社会的混乱之中，这是个复杂的时代，但这种局面并不是从今天才开始的，只是今天一切都暴露得更为明显，污染也更为严重。其实早在我年轻的时候，混乱就已经开始了，我上高中那会儿，出于虚荣，上了一所那时候被称为'实验性'的高中，其实就只是因为那所学校里设有打字课。"

老乔对着镜子直摇头，边洗手边说："整个学校只有一台打字机，没过几个月就坏了，不过也是情有可原，三百多名青少年用手指敲打着同一个灰色的小玩意儿，况且质量都不知道有没有保障。但是我们谁也没能想到，其实改变早已在那个时候悄悄生根发芽了。没过多久，打字机就到处都是，再后来就有了电脑。社会的污染就此开始，人们早已在这快速的变革中迷失了方向。"

巴托看着爷爷拿起了一瓶香水，往脖子和手腕上喷了几滴。

"什么垃圾，"他嫌弃地问，"这是你爸爸的东西吗？"

"是的。"巴托如实回答道。

"什么垃圾！"

"那是你觉得。"乔瓦尼恰好就在这时推门而入，紧接着说，"总比你的古龙水好。"他闭了一下眼睛，翘起鼻尖仿佛在嗅着空气。卫生间开始变得有些拥挤，老乔在镜子前，巴托坐在马桶盖上，而乔瓦尼站在门口。

"我的香水味道比较淡，更现代。"

突然间，他记起小时候，每当父亲讲述着他那让人难以理解的爱情观时，母亲就在一旁哭，他则紧紧抱住父亲的腿不让他离开。一开始的时候，老乔还尽量温和地摆脱他，后来次数多了就越来越不耐烦，直接扯下儿子紧紧黏在自己身上的手脚。有一次，乔瓦尼死死地抱住父亲怎么也不肯放手，老乔实在是拗不过他，抬腿就走，乔瓦尼便被拖在地板上，直到被拖到了门口。突然间，他猛地起身把头往墙上撞，墙硬生生被撞凹进去一小块。那次，就只有那一次，老乔留了下来。

"你看到没有，巴托？世人被分成了两种，喜欢古龙水的和那些喜欢现代香水的。分歧是一种强大的存在，永远不会消失。"

"你别说了，反正他也听不懂！"乔瓦尼说。

"但我觉得他能听懂。你听得懂，对吗，巴托？"

巴托点点头，说："世界上的人分为不同的类型。"

老乔笑着转向乔瓦尼说："也许你才是那个不懂我的人。"

"用不着懂你，你说的都是些胡言乱语。"

"呃，你今晚怎么这么尖嘴薄舌，说话带刺？"

"我能知道你要去哪里吗？"

"我有约会。"

"约会？"

老乔就像涂须后水一样，把香水涂抹在脸颊上。

"是的，一个约会。"

"和罗萨丽娅？"

巴托从马桶盖上站起来走了出去。

"我们能出去吗？厕所里太热了，我受不了。"老乔说。

"你不打算说说？"乔瓦尼坚持道。

"和你没关系，我得去见个人。"

"去见谁？"

"乔瓦，够了，你给我提供住的地儿，但是这并不意味着你可以干涉我的私生活。我按自己的方式行事，不需要获得你的批准。就当我求你了，你就不能让我一个人好好待着吗？"

"但是你在变老，克莉丝汀是个好女孩儿，她还很年轻，难道你想像毁了妈妈的生活一样也毁了她的生活？你都不知道有多少次妈妈给你准备好晚餐，但是你没回来。很多事到现在我都记忆犹新，就好像是昨天才发生的一样。可你知道什么呢？反正你从来都不在家，你什么都不知道。妈妈不是对你的所作所为无动于衷，她只是不想失去你。爸，我永远都忘不了，就算已经过去二十多年了，那些细枝末节我都还记得清清楚楚，历历在目。"

老乔打开门，他不想听，太热了。卫生间里潮湿的空气迎面撞上走廊的寒冷，瞬间溶解得一干二净。壁炉里散发出的热气让喉咙变得干燥，他知道那其实是灰尘的缘故。

"你别这样。"老乔重新关上门，说："我每天都在想你妈妈，你不知道我有多爱我的特蕾莎。但是我能理解你，我也有这样的记忆，在我心底埋了十年。你知道你奶奶从五楼跳楼自杀的事情，对吗？可怜的人啊，战争夺走了她的一切，她的父亲和兄弟姐妹，她的家。那时候我父亲整天都在外头，只有我留在家里陪她。"

"对，我知道。但这跟我想说的事情有什么关系？"

"有关系的，你听我说完，因为和你一样，我也终生难忘。那是1946年的夏天，她整个人陷入沮丧也有段时日了。一天下午，当我在听着收音机时，她过来问我，想不想吃巧克力。我回答说不想，我那时总是回答'不'。于是她出去晾衣服，有一阵子，我还听到衣服在拍打空气，扑扑作响。后来就是一片寂静，起初我并没有注意到有什么不对劲，直到听到路上有人尖叫，我冲出家门，再看到她的时候，她已经躺在地上一动不动了。你看，有些记忆是很难忘却的。"

老乔拍了拍乔瓦尼的肩膀，语重心长地说："但是，你得学会如何和它们相处。"

乔瓦尼侧了侧身避开老乔的手，说："这故事我早就听过，你都跟我讲八百遍了。但是，你能告诉我，这跟我刚刚想跟你说的事有关系吗？"

西蒙娜想做爱，但她不确定，她没时间。少女时代的她，一直深信性爱是活着的意义之一。而近年来，她的生活里不仅没有了性，就连她曾经渴望的爱情，也被按上了暂停键。尤其是最近这段时间，性生活变成了两具疲惫不堪的身体为了不吵醒孩子抑制着呻吟在床上扭动，而被压抑的不仅是呻吟声，还有愉悦感。

夜深人静之时，似乎一切都井然有序，他们安然入睡。但这种秩序又随即被打破，她无法假装枕边人能给予她安慰，于是醒来，睡不着，然后过一会儿再次入睡。在第二天清晨醒来时，深信自己彻夜未眠。如果连觉都睡不好，那她怎么能有精力治疗那些诊疗中心的患者和孩子，又怎么能照顾好自己的孩子呢？迭戈散落在走廊的玩具、洗衣机调节不了的嗡嗡声、半开的衣柜门，这一切都折磨着她。她对做爱提不起兴致，因为她满脑子都是玩具、脏袜子、打折促销、可循环利用的购物袋、把深色和浅色衣服分类……把深色和浅色衣服分类。

或许自从她和诊疗中心的心理学家瓦莱里奥上床之后，她的婚姻就变成了一件复杂的事情。或许吧！但是婚姻什么时候会正式陷入危机呢？婚姻陷入危机是因为它本来就处于危机之中。为什么突然有一天，你觉得一切都是可预料的，第二天，第三天，往后的每一天仿佛都可以预知。但其实真正能预知的，是你觉得自己的生活可预知这件事本身。

乔瓦尼从来都不能以正确的、成熟的态度来应对发生的种种事情，他既没有该有的痛苦，也不会在适当的时候与你吵吵架。过去的这二十一个月里，他们的性行为也就只有十来次，尽管他们俩都心照不宣，无人提及"危机"这个词，但无疑他们的婚姻已陷入危机。

她睡不着，躺在她身旁的乔瓦尼，就像死人一样既不呼吸也不挪动，除了他的手偶尔会在床单上动弹几下，但那也只是完全没有意识的抖动。

随着时间的推移，她变成了那种语欲胜人的女人，即使这种言语上的胜利是以牺牲他人的感情和尊重作为代价。用他人的幼稚衬托出自己的成熟，同时又不失优雅，像侦探一样敏锐观察着他人言行中的不一致，这些都像海洛因一样给她带来快乐。

她感到肚子有些饿，没准儿可以以此为契机展开一番讨论，虽然这只不过是个打开话题的借口。她十分清楚自己真正想要表达什么，并且胜券在握。但是今晚她不想吵架，至少不是故意想吵架的，她只想要在乔瓦尼身体没有不适的情况下，把自己的观点强加给他。生活本就不易，他们当下的处境也不容乐观，要是在此基础上，还要加上一个六十多岁仍欲求不满的老人，无疑是雪上加霜。她的忍耐，也终于在十一天后到达了极限。即便那是她丈夫的父亲，即便孩子们也都很喜欢他住在家里。说实话，老乔算得上英俊，他肩膀宽阔，身体健壮，身高刚刚好，他结实的手臂让人感觉他能够举起任何东西，但他是属于另一个时代的人，况且他还那么令人恼火。背叛，也随着他的到来潜伏在了这个家里，但显然这不是背叛该出现的时候。

床的另一头，乔瓦尼零碎的思绪被逐渐暗淡的光线取代，陷入沉沉的睡眠。这时，一个问句准确地扣在他头上，在晚上这个点被一个问题吵醒，就像有人弄乱你的头发或拉扯你的睡衣一样令人厌烦。

"怎么了？"

"你睡着了吗？"

"可能吧，我不知道。怎么了？"

"没什么，我就是想跟你说个事。"

在婚姻的无数条潜规则中，有一条最基本的，就是不要在半夜和对方讨论自己的想法，无论如何，也千万不要在双方沉默半小时后突然开口。除非是喝了点酒的周末或暑假，毕竟小饮怡情。但在二月（两人交流沟通的次数远远低于其他季节的平均值），在与平常无异的一天结束后，这种情况下是万不可在深夜发表意见的。

乔瓦尼觉得，他选择了婚姻，并不意味着就放弃了自己梦想的生活。

"什么事？一定要现在说吗？"

和昏昏欲睡的乔瓦尼截然不同，此时的西蒙娜睁着眼，状态无比清醒，带着从早上六点开始的持续的压力。"你爸，"她说，"他得搬出去。"

就像一部回放的电影，乔瓦尼追寻着他意识里仅有的一点清醒，试图理解他妻子的话。"什么？"他问道，"为什么？"

"我担心孩子。"西蒙娜说，"单从教育这一点来说，你爸的存在就是一场灾难。"

每当有人把教育说得宛如一吨水泥般沉重时，他总是无比嫌恶、反感。

"在我看来，孩子们对他很满意。"

"但你也听到巴托说的那些事情了，不是吗？还是说你当时在忙着吃煎肉排？这个罗萨丽娅是他妈谁？她是从哪儿冒出来的？"

黑暗之中，乔瓦尼被这讥讽的沉默击垮，一股恶毒的寒意刺痛着他全身，就像在大型超市冷冻柜的过道间行走。

"我的意思是，"西蒙娜继续道，"他们的关系很好，这我当然很高兴，但生活在一起就是另一回事了。我只想要我的孩子们按照自己的节奏成长，不用去做些无用的奔跑。现下，每天维持现状就已经非常困难，可自从你父亲来了，他的处事方式就像杵着棒子一样，推着我们计划的轮子向前跑……你必须尽快跟他谈谈。"

计划？乔瓦尼很累，但他确定他从未跟西蒙娜讨论过关于孩子们的什么计划。他们曾讨论过什么对孩子们好，讨论过孩子们不应该只是上学和看电视，让他们积极参与各项活动是多么地有用。但是这一切都不能过度，西蒙娜对任何事情，都执着于掌控在一个刚刚好的程度，否则好事可能也会变成坏事，而坏事则会破坏她所谓的计划，或许计划就是不能过度。也许当她谈到计划，暗指的是雀巢产品对计划的破坏。

"所以呢？"她问道，"你会跟他谈吗？"

他一直都很信赖西蒙娜，即使是现在，他也清楚这是个明智的决定。但他想找个恰当的时机好好地讨论这一切。他感到有种强烈的必要，需要重建他们家现行的教育理念，一起商量更适合他们的孩子的教育方式，此外，还要决定哪些人真的可以当朋友、哪些人不行。他想沿着生命那荒芜的沙滩，给过去和未来之间画上一条明确的分界线。但是，她怎么能就这么脱口而出，什么叫"你爸他得搬出去"？那是他爸，就算他会杵着棒子推着他们的计划向前走，他也始终是他爸，而现在他无处可去。

"所以呢？"

沉默，距离，冷漠。我是谁，你是谁？

西蒙娜开始哭，悲哀滑过沙哑的嗓子，猝不及防的哭声缓缓如流水，让人痛苦不堪，让他忍不住想要安慰她、抱紧她，想要打破这沉默，想要为她做任何事情，只要她不再哭泣。内疚感，在乔瓦尼看来，是他听过的最真实的副歌。

　　"所以呢？"呜咽的声音问道。

　　沉默，距离，冷漠。

　　乔瓦尼挪了挪枕头，把身子转向了另一侧。

3

欢迎来到我们家。

我们住在 32 平方米里。

宜家样板间里这两行特大号字体的标语，在乔瓦尼脑海里挥之不去。这个破地方连个长椅都找不着，大幅的海报上印着三个笑容满面的女孩子。西蒙娜刚迈进样板间就发出一阵刺耳的笑声。样板间按照预设的三位住户而刻意布置得有些凌乱，每个人都特点鲜明：右边的那位是典型的浪漫主义者，中间的是个知识分子，而左边则睡着个放荡不羁的嬉皮士，房间明显比另外两个乱得多。卫生间特别小，角落里的厨房还放了个微波炉。

"这真是异想天开。"西蒙娜在巡视了一圈后说道，"这种环境里，换作是三个正常人都得打起来。"

周围所有人都听到了，就像她刚进来时的笑声那般引人注目。

因为没有找到长椅，她就以这种方式报复吗？

"这种地方，你可能原本进来的时候只想买个长椅，等出去的时候所有的工资都能花完。"

"还买的都是些没用的破烂玩意儿。"乔瓦尼补充道。

外面的黑色沥青路面被白色的线条分割成一块一块。西蒙娜问他："你为什么生我的气？"

"我没生你的气。"

"你生我的气了，隔着老远都能看出来。"

他是对她有气，但不是她想的那样。是因为她的黑眼圈，是她孤独的哭泣，是每每与她在一起时，自己身上散发出的悲伤的光。找不着车停在哪里让他感到恼火，但如果西蒙娜哭泣，或是变得沮丧、柔弱，他又如何开口告诉她更为糟糕的事情？

"我真的没有，而且我也不想在停车场里谈这些事。"乔瓦尼说，"我把车停在哪里了？"

"我觉得应该在那边。"

"他们应该设一些指示牌，怎么那不勒斯连宜家都跟世界上的其他宜家不一样？"

乔瓦尼观察着停车场，上面散乱地停放着不计其数的汽车，整个城市的面貌由此可见一斑，无政府状态，没有阶级、收入、文化的区别。那不勒斯的宜家就像是民众与资产阶级之间达成的历史性妥协。

他们找到了他那辆福特，乔瓦尼坐到驾驶座上，插入钥匙。西蒙娜盯着他问："能知道你为什么生我的气吗？"

他的妻子坚持着，但他仿佛仍然停留在货架、厨房和扶手椅的丛林里，满脑子里都是那些在瑞典冰箱和地毯前欣喜若狂的人。人们为了些免费赠送的铅笔排着长且乱的队伍，整个家庭都挤在不到一平方米的可组装厨房里，婴儿车里的孩子们在固定的来回推送中满脸绝望，夫妻们因为一张矮桌的木料质量而争吵，却不知那根本连木头都不是。各种品牌充斥在眼前。

欢迎来到我们家。我们住在 32 平方米里。也许西蒙娜是对的，他们不能这样生活，不然相互之间迟早会打起来，实在没必要像三个年轻的妓女一样以一种不光彩的方式结束，然后摧毁掉一切。也许先从自己的车开始破坏，一辆分期付款的福特福克斯。用他爸的话说，世界上的男人分为两种类型，一种是分期付款的，一种是全款支付的。当时的他，作为一名才华横溢的优秀毕业生，虽然拥有一份像样的工作，薪水也还凑合，但还不足以一口气全款买一辆车。

"我生你气是因为我没法接受，你想把我爸赶走这个想法。"他说，"哪怕我是第一个对他有意见、忍受不了这种情况的人。"

"只是因为这个？"

"但是当他无处可去的时候，把他从家里赶走，我实在很难相信你会有这种想法。"

"只是因为这个？"

"你什么意思？"

西蒙娜摇了摇头："你就只是因为这个和我生气？因为你父亲？"

"嗯，我想是的吧。但你这话是什么意思，什么叫'你就只是因为这个和我生气'？确实，也有些其他的事情不太顺心，但这件事，让我格外苦恼。"乔瓦尼望向窗外，他刚下定决心，如果西蒙娜再问一句"你就只是因为这个和我生气"，他就下车打开引擎盖，从里面拿出千斤顶打一架。

"还有，比如说我们的婚姻危机，"他说，"也已经持续一段时间了，也许我们应该做点什么。再者就是，你变得越来越无聊了，西蒙，无聊又迂腐。"

"你是不是疯了？！"

乔瓦尼笑了。

"不过，这是我第一次听到你用'危机'这个词。"她补充道。

沉默。

"真的吗？好吧，我觉得这很明显，没有必要一定要说出'危机'这个词，来宣告我们陷入了危机。你假装不知道倒是很奇怪，难道当初不是你坚持认为我应该向前看，继而忘掉你跟别人上过床？"乔瓦尼当着她面竖起了中指，继续说，"好吧，我觉得我已经在朝前走，度过了最艰难的时候，所以我们才走到了今天这个地步。你高兴了？"

"你什么意思，你为什么要这样做？"

"我做什么了？我是说我已经努力朝前走，假装什么都没有发生了。"

"但我们仍处于危机之中。"

"没错。"

车窗的玻璃蒙上了一层雾，窗外的空气似香槟。

"看着我的眼睛，乔瓦尼，直视我的眼睛。快点儿啊！你看着我的眼睛再说一遍，你真的已经释怀了瓦莱里奥的事情吗？难道你以为这段时间里，你从来没提过他的名字吗？所以为什么说你幼稚，你总是逃避问题的中心。乔瓦，如果两个人决定组建家庭一起生活，有很大的可能迟早会出现背叛，但这又不是世界末日。再说了，你也不是什么正人君子。

"重要的是，我们要一起克服困难，就像其他人那样。"这是她下的结论。

"你的观点我并不感兴趣，也许你应该嫁给我父亲，那样你会更快乐。"

"我不是在说背叛是必需的，我只是说，在生活中它有可能发生。我说这些是想让你把发生的事情放到一个更大的背景下去看待，也就是我们的婚姻。你本来可以宣泄你的情绪，我们本来可以吵架，但到目前为止，你什么都没有做……"

"呃？"乔瓦尼打断道。

"你放任事情恶化。"

"现在谁疯了？"

"你别打岔！这么长时间以来，我们本来可以像成年人一样去解决这些问题，但你一直表面上假装对所有事情都无动于衷，实际却怀恨在心。"

西蒙娜瘫在座位上，疲惫不堪。

"换个角度来看，承认危机的存在还不足以解决它。"她后悔地加了句，"不管怎么说，我还是觉得你爸对我们家庭的平衡产生了负面的影响。"

乔瓦尼心想，这一定是她在某些杂志上看到的观点，或者是某本科学方面的学术期刊，在封面的四分之一处，印着"同时适用于科学界和中产阶级"。

"你看，话题又绕回来了！"他说，"你老是让我要理性，但你也没比我好到哪去，你怎么就揪住一点不放呢？'负面影响'并不意味着什么，我们自己也会对家庭的平衡产生负面影响，别老拿我父亲说事儿。"

"随便你吧，我还是坚持自己的想法。"

他第一次认真观察西蒙娜的新发型，她瞪大了眼睛，心弦紧绷，想知道那个正紧张地玩着钥匙串的男人，能否真的读懂她内心。

"唉，西蒙……"乔瓦尼摇了摇头，说，"你真是一个狂热分子。"

那里有他生命中的风车，也有许许多多的战争在对抗着他所珍视的东西，对抗着他的血脉。他想创造出一个平行宇宙，可以没有任何身份地活在里面，既不是丈夫也不是父亲，但那个世界对他而言是如此遥远。此时的门背后只有失败了的战役，有他那迷失了的儿子和儿媳。

整个家庭都从未理解他，他们有自己愚蠢的判断，既不认可他在家里的领导地位，也不明白他为何如此沉迷酒色，只会把坏事全都归咎于他。

老乔知道，他曾秘密地见过他所向往的自由放荡究竟是什么模样，但他亦清楚那不属于他。不过，这并不影响他相信爱情，他一直相信着，且对爱情有种坚不可摧的信仰。

然而此时，在门背后，同样坚不可摧的，是儿子和儿媳对他出轨背叛的控诉。一切美好的事物都在宣判着他的罪恶，提醒着他的身份。

所有人，他的儿子，西蒙娜和特蕾莎，所有人都坚持一个同样的想法，腐朽地认为一个人可以拥有对他人的占有权。多年前，他与乔瓦尼谈过这件事，不过纯属浪费时间。中产阶级并不会放弃自己的信念，而是揪住你的矛盾不放，特别是当你有一个无法消除的污点的时候。

"你想要无拘无束的爱，那为什么妈妈对此一点儿都不知情？"

"这是文化的问题，你妈妈是个守旧的人，她从来没有尝试去了解我的本性。"

"那你有没有想过，也许是你在她面前隐藏了自己的本性，因为你觉得这么做不值当？"

"没有，我从来没有隐藏过。"

"或许你该藏着点，我不认为妈妈对你所谓的本性一无所知。你到处拈花惹草，没必要用哲学理论来美化这个问题。但是你为什么不停下来，哪怕一次，去承担你该尽的责任呢？"

如果乔瓦尼说的是对的怎么办？一个从来没有背叛过的人怎么可能会说错呢？差不多从那时起，老乔开始变得嗜睡，他放任自己迷失在床单上，遗忘掉一切，并从中感受到了莫大的乐趣。他不介意承认（但仅限于在自己面前），自从特蕾莎去世后，他反而睡得更好。当他还在教书的时候，他总觉得别人的疲劳是浮于表面的，并不会对他们的活动造成什么影响。因此他得出结论，朋友和同事的疲劳也许天生就与他的性质不同，是种表面上的疲劳，实质是种内心的宁静，不可摧毁的平和。而他的疲惫是祖传的，他总是任由这种疲惫摧毁他。乔瓦尼的话时常侵入他的梦乡，提醒着他永久的、不可磨灭的失败。如今他已人到暮年，毛发的生长速度变得越来越慢，一头黄发日渐稀疏。

门后面隐藏着遗忘，而他的生命也终将在遗忘中逝去。

"这些都是会发生的事情。"坐在他床上的女人对他说道，老乔沉默不语。

"在某个年龄，这是很正常的。"她双眼焕发出甜美的光彩，"拜托，你不要像演一出悲剧一样，上次我们不是进行得很顺利。"

老乔站起来开始穿衣服，他平静地穿上内裤。"这不是第一次。"他说。

"我们可以再试一次，你觉得呢？"女人站起来，向他靠近，"怎么样？"她怯怯地问，"嗯？"

她轻柔地抚摸他的脸，老乔有些不坚定："你何必这么在意呢？我老了，而且，我们也才认识没多久，很可能以后我们再也不会相见了，你何必这么执着？"

女人有些嗔怒。"我不知道，"她说，"我关心你。而且这不是第一次了，我是说，当我和别的男人正在做的时候发生这种事。"

老乔正提拉着袜子的手停了下来："所以你想说什么？"

"我想说那不是你的错。"

老乔的眼睛不确定地在房间里徘徊，最终停在了搭在椅子靠背上的裤子上："我送你。"

"你不用担心我，毕竟我年纪也不小了，我没事的。"

女人嘴上涂着鲜艳的口红，用同情的目光看着他。他总觉得眼前的女人似曾相识，但他想不起来她像谁。没有皱纹的脸，优雅的衣服，一款体面的女士香水，但透过这些，是无法掩饰的孤独。有时他碰巧触碰到了女人们的孤独，他用陪伴来减轻她们的苦楚。日子久了，她们的孤独逐渐消耗殆尽，而他却一而再，再而三地从中挖掘出自己孤独的根源。于是发展到最后，他不得不寻求新的人来填补自己内心的空虚。他记不起女人到底像谁，说实话他甚至都不记得这个女人叫什么名字。但是没关系，反正过段时间之后，他们二人中不会有任何一人还记住点什么。

"你确定吗？"老乔问道。

"你放心。"女人扣上耳环的夹子。

"他们肯定会吓一跳。"女人站起来吻了吻他的额头，随后走出房间。

客厅里，乔瓦尼正全神贯注地盯着漆黑的电视屏幕，对于一个已经持续了好几分钟的不寻常的状况，他最好是单独待着。自从当了父亲，他能够独处思考的时间越来越少，也鲜有欣喜若狂的时候，不过此刻，他十分庆幸西蒙娜和孩子们待在卧室里。从卧室到客厅的距离，与这个女人再次出现的欣喜成正比，终于被他逮了个正着。女人从他身后经过，他听到轻微的风声，感受到一股浓郁的香水味正在朝门的方向移动。乔瓦尼想给她时间逃走，他不想转身，不想看到她。情妇们趁你不在家的时候来，然后避开你的视线偷偷摸摸地逃走。情妇们无所不为。

"欸！"

轻微、紧凑又坚定的一声，像上帝般真实。

"吓我一跳！"

乔瓦尼仍旧盯着漆黑的电视屏幕，这只是个小意外，他对自己说，没什么大不了。过一会儿他就站起来，没有必要转身。

"欸。"女人试探性地小声说道。

乔瓦尼盯着漆黑的电视屏幕。

"欸，你能帮帮我吗？"女人望着他的后脑勺乞求。

乔瓦尼盯着漆黑的电视屏幕。

"你能帮帮我吗？"

一个肥胖的老太太在他家的客厅里乞求帮助，急救中心的疏忽不会比这更严重了。他不情愿地站起来："你需要帮忙吗？"他整个人仿佛刚从云端掉落。不过，她并不胖，也不是很老，娇小的她甚至有些惹人怜爱。

"你是老乔的儿子吗？"

乔瓦尼点点头扶她站起来，她却不小心把衣服弄脏了。"谢谢你。"说完，她慢慢地弯腰拾起另一只鞋子，吃惊地看着坏掉的鞋跟，然后又看了眼乔瓦尼，"你的眼睛和他一模一样。"她喃喃道。

"你是说老乔吗？"

女人从上到下仔细打量他一番，点头表示肯定。

乔瓦尼帮她打开门。"再见，"她说，"谢谢你刚才扶我起来。"

门关上了，乔瓦尼再次回到沙发上盯着漆黑的电视屏幕，陷入了之前的沉思与欣喜。

过了一会儿，西蒙娜走进客厅："他出门了？"

"没有。"

"那是谁开的门？"

"某人。"

"某人是谁？"

"一个女人，香水味道很好闻。"

"现在不是说这些疯言疯语的时候，你爸在哪儿？"

"在巴托的房间里。"

"你去吧。"

"他把自己反锁在房间里了。"

"他把自己反锁在房间里了？不是我说，巴托房间的门锁坏多久了？"

"那不然你敲门吧。"

"拜托，乔瓦，你冷静点。你现在浑身带电，就像一节电池一样。"

厨房里面闹哄哄的，声音一阵比一阵大，终于在一声尖叫中爆发："妈妈！"

"那你知道发生了什么吗？"

"跟我们猜的一样，爸趁我们不在家的时候带女人回家。"

"不！迭戈不想……妈妈！"

"迭戈不想要水果""迭戈不吃饼干""迭戈小便"。每当迭戈因为一些自己都不知道的理由而哭泣时，他就会这么说话，连他自己也弄不明白自己。

"迭戈到底想要什么？"

"去吧，你去看看他想要什么。"乔瓦尼说。

"那你得赶紧跟他谈。"

"行，我保证，他一从房间里出来我就立马咬他一口，毒死他。"

"白痴。"西蒙娜说完便朝厨房走去。

巴托房间的门开了。老乔探头探脑地走到客厅里，在乔瓦尼的脑袋后面嘀咕着，身上还带有那个女人的香味。

"你的额头上有什么？"

老乔摸了摸自己的额头，说："什么？"

"额头上那些红色斑点。"

老乔看着自己的手指，闻了闻，说："是口红。"

"坐吧，我们得谈谈。"

"想都别想，我要去撒尿了。"

"犯罪行为是一个永远存在的社会问题，有的地方多，有的地方少，但是只要人类还活着，就会有犯罪，它之所以存在是因为人类的存在。不过罪犯的优势在于他始终要领先一步，你好好想想，巴托。人们制定法律来打击犯罪，然后进行调查，想要弄清楚是谁犯了罪，最后，还有审判和处罚，但是所有这些都发生在犯罪发生以后。就算一个罪犯被捕，还有千千万万的罪犯蠢蠢欲动，所以扮演罪犯的角色比当警察更好。罪犯可以选择上亿种不同的方式来实施犯罪，而警察只能被迫追逐罪犯，多没劲啊！我不是说一定要让你今天就扮演罪犯，但至少你可以尝试一次，摆脱当警察的包袱，要是你愿意，我可以当警察而你……"

"但是最后罪犯总会落网的。"

"这就要看你怎么想了，"老乔说，"如果他足够聪明机智，就可以偷偷溜走。你觉得你聪明吗？"

"那当然。"巴托迅速回答。

"那你一定要试试当一次罪犯，因为警察永远不会这么聪明。"

巴托默默地听着爷爷讲的一大段话，可是他完全没听懂，或者说他几乎不知道爷爷说了什么，也不明白他本来和迭戈玩得好好的，为什么偏偏在他正要去逮捕迭戈的时候，爷爷突然插了进来。但他就是喜欢当警察，碍着谁了？

"巴托！"

"我来了，妈妈！"他跑出房间。

与此同时，乔瓦尼走了进来，两人衔接得天衣无缝。

"现在可以开始谈了吗？"他问道。

老乔开始翻阅报纸，一脸的憔悴。

"你想赶我走吗？"

"什么？"

"你是来赶我走的吗？"

乔瓦尼摊了摊手，道："没有人想赶你走。"

"我知道你们怎么想的，都写在脸上了，你媳妇让你把我送走。乔瓦，你就这么任人摆布？难道你不觉得羞愧吗？"

"别闹了，激将法对我是没用的。"

"她只是个朋友。"

"你知道你今天做了什么吗？"

"她只是个朋友。"

"好，就算她只是个朋友，但是你知道你自己做了什么吗？"乔瓦尼问道。

"我来告诉你吧，你把自己和另一个女人关在你孙子的房间里，她才刚走，连声招呼都没打。之前我们说全家一起出去吃午餐的时候，你假装身体不舒服说不去了，然后呢，你打赌我们肯定不会太早回来，就把别的女人请到了家里。你可是个有妇之夫！克莉丝汀年纪差不多才只有你一半大，就算你们没结婚，她也是你唯一正确的选择，你只有和她在一起才不至于孤独终老，否则你就只会因为吃着伟哥而越来越老。你有意识到你已经快七十岁了，却还表现得跟个小孩儿一样吗？这都是我十六岁的时候才会干的事情……"

“你从来就没把女孩儿带回家过。”老乔说。

“你怎么知道我有没有带她们回家？你什么时候待在家里过？”

“你是在批评我把女人带回家，还是在批评我没能做到滴水不漏？”

“都不是，我是在告诉你某些行为，对于一个十六岁的孩子来说是可以理解的，但对于一个已经六十九岁的人来说，就非常严重了。我讲清楚了吗？”

“我就知道你是过来教训我的。”

“噢，天啊，爸。”

他们互相盯着对方看了几秒，都没有再说话。

老乔合上报纸，摘掉眼镜，说：“是不是只要我道歉，并答应不会再做任何可能打扰你们的事，这事就结了？”

“我不这么认为，乔先生。”门突然打开，有人插话道。是西蒙娜，她悄无声息地过来，面带凶狠，一副做好了要吵架的准备，但胜券在握。“我不觉得这次就这么算了。”

“西蒙，还不是时候……我来和我爸谈。”乔瓦尼说道，三十多岁的他知道，某些最终决定性的事件即将发生。

西蒙娜的眼睛盯着她的丈夫，说：“你来谈？你永远也开不了口，告诉他，他必须得走，但这次他做得太过分了。”

老乔目睹着这一切的发生，鄙夷地瞥上几眼，虽然有些屈辱，但他还是选择了保持沉默。他对儿媳的话漠不关心，他只想要一张可以闭上眼睛躺下休息的床。

“你以为你能告诉他，我们已经厌倦了他的存在吗？乔瓦，你的问题在于你是一个理论家，你总是建立一个原则，分辨谁是对的，谁是错的，但这并不会改变现状。现在是他离开的时候了，这才是真正的改变。我们能说一次实话吗？你爸就是个好色之徒，我不是在针对个人，每个人都有自己的问题，但是现在他住在我们家里，却把他的问题也一并带了过来，那对不起，我实在没法继续和他一起住下去了，这是我的最后通牒。要么他走，要么我走。"

乔瓦尼无言以对，某种疾病正在来临，事实上，它已经潜伏于此很久了，它隐藏在大量的照片、玩具、脏衣服、时间和记忆里。现在的乔瓦尼就像一个方形下巴戴着墨镜的治安巡警，正在寻找着所有跳脱出来的病菌。

前段时间，房间里还画了一条看不见的线，但现在这条线已经消失了。邪恶已经溢出，灾难如覆水难收。

在性行为中，多巴胺被释放出来，同样被释放出来的还有爱的荷尔蒙。那么理论上，交换性行为以获得爱情，不应该如此困难，反正都是同样的有机体化学物质混在水中。

因此，西蒙娜认为，若只是按照相互产生的荷尔蒙多少为衡量标准，爱情不应该被赋予如此高的地位。多巴胺则应该分成剂量作为麻醉药出售。

"我简直不敢相信你……这真是荒谬……你怎么能这样干涉……我的父亲保持沉默只是为了……你不可能真的不知道……"

乔瓦尼这种状态持续已有二十分钟，看起来像是疯了一样。他如一只狼蛛在房间里走来走去，他的嘴巴也和他的肌肉一样一刻也没停歇。西蒙娜躲在被子下面，被他的话弄得晕头转向。被子闻起来很清爽，但还不足以阻止感染，病毒已经在里面了，只是有些暴露比较晚，有些则比较早。

"你怎么能睡得着觉？"乔瓦尼突然转过身，朝着床问道。

如行驶的船撞到一块巨大的礁石，迟早有一刻会彻底沉没。水已经侵入了肺部，静脉中的氧气快要耗尽。

"我没在睡觉。"西蒙娜说。

如果不是强加给她的丈夫一个最后的选择，也许现在的西蒙娜会对乔瓦尼发火。如果她当时没有称她丈夫的父亲为"乔先生"，并决定排除万难也要把他赶出去，那么此刻面对丈夫的恼怒她可能也不会这么顺从。

这就像一头被自己的猎物反咬一口的母狮，她明明已经捕获到了猎物，可就在她准备将其咬死的时候，齿间的猎物突然灵活地溜走并给她以致命的一击。猎物就好像是通过伤口传染上了狮子的敏捷、力量和冷酷无情。

"问题出在我和西蒙娜身上，"乔瓦尼转向老乔说道，"是我们俩的婚姻出问题了，和你没关系。如果她想走，那就走吧。再说了，要是人的心早就不在这儿了，就是想留，又怎么能留得住呢？"

西蒙娜躲在被子底下，但仍然能够表达她的想法："这不是固执己见的问题，我觉得我们之间的很多事情已经停止运作了，正在发生的事情只是压死骆驼的最后一根稻草。昨天你说我们必须做点什么，可除了我们的婚姻危机，还有上千件事情等着我去处理。我并不想把矛头指向你，但我真的不能继续在这样的环境下生活了。"

"所以你看，跟我爸根本就毫无关系，你是在利用这个缓一缓家里的氛围。"

"也许你说得有道理，你爸只是一部分原因，但这对我们本就摇摇欲坠的婚姻来说，无疑是种考验。我们现在需要的，是独处一段时间，因为我们之间的平衡早已岌岌可危了。一切都在崩溃，乔瓦，我唯一想问的是，我们是否可以重新开始？"

"我不能把他送走。"

"你是在承认，你并不想重新开始吗？"

乔瓦尼猛地扑向床，紧紧抓住被子，鼻尖正对着西蒙娜的鼻子。"所以你决定要离开吗？"他低吼。

"你别拽我！"西蒙娜惊恐地看着他，声音里带着恐惧。

"你决定要离开吗？"

"是的。"她回答道，挣脱了他紧紧不放的手。

乔瓦尼任由身子滑到地上，蜷缩在床边，整个人变得麻木。

"如果我现在不把心中的怒气都发泄出来，可能以后就再也不会这么做了。"她继续道，"我知道你的沉默最终会把我杀死，也许我会后悔，但这是真的。也许我们明天可以好好谈谈，或者，我们会知道彼此分开是最好的选择。我不知道，你说点什么吧。"

西蒙娜哭了，乔瓦尼悲伤地看着她，她看起来就像一辆废弃的汽车，泄了气的轮子。

"我们不能等到我父亲走之后再讨论这些吗，至少为了孩子？"

"我不觉得这种环境对孩子们有什么好处，我感觉再过不久我就要爆炸了。再说了，他们待在我妈那儿也挺好的，没必要隐瞒什么，他们总会知道的。"

她说出口了，现在她已经决定了。她怎么能告诉两个孩子他们父母的危机呢？此时的他备受煎熬，他已经能预想到，自己会成为那些沮丧又孤独的父亲之一。

怎么可能，才短短十年，他对西蒙娜的感情，就已经从爱转为了无感呢？他觉得他的呼吸变得如同瘟疫，肝脏肿胀，沟通没有得到任何结果。

与此同时，西蒙娜正在哭泣，这是世界上最长的哭声。

呜咽，泪水，令人窒息的埋怨。乔瓦尼很生气。你花了一辈子的时间与某人建立一些东西，以为建的是一个可以依靠的港湾，但最后，并不存在一个完美的港湾，因为一段关系永远都是由两个人建立的，这就意味着，你总是有理由感到危险。

"是你马上要走了，你为什么哭？"

西蒙娜沉默了。她的脸变得不再是她，嘴唇肿胀，鼻子，天啊，不再是她的鼻子了。

"我就想问最后一个问题。"她说。

"怎么了？"

"你还爱我吗？"

话本来已经到了嘴边，但乔瓦尼又停了下来，他觉得答案不能凭直觉产生。"我不知道，"他说道，"至少迭戈出生以后，我就不知道了。我好像生活在一个巨大的泡沫之中，各种东西刺激着我的神经，大大小小的事情等着我去做，这里，办公室里，到处都是。在繁杂的思绪之中，总是有种声音在争论，或是吵架。就好像你再也听不到任何声音，也不再对其他事情有任何意见了。我想我爱过你，我们之间曾有一些独特的东西，但如果往深了去想，我不觉得现在除了孩子之外还有什么别的东西。你呢？"

西蒙娜沉默了。也许只需要一剂多巴胺，就能缓和波动的水，虽然不可能完全平静下来。但这是不可能的，太多的苦水要往下咽，太多的毒药须从毛孔中排出，为了使愉悦重新流入血液里循环。她的身体受到感染，无法在不犯错误的情况下与另一个人结合。

她明天起床要做的第一件事就是给她妈打电话，提前告知她的到来。然后，她想到了孩子们。"是的，我爱你。"

第二天早上，西蒙娜坐在客厅里，准备好了要离开。她穿着一条轻便的牛仔裤，一件绿色毛衣，围着一条帕什米纳山羊绒围巾，那还是他们在突尼斯度蜜月时买的。也许是因为这个，乔瓦尼才觉得眼前的一幕看起来如此荒谬。

"我正在等迭戈醒。"她说。

"你一定要现在就走吗？不能慢慢来？"

"谢谢，但我更愿意尽早搬走。你今天去上班吗？"

乔瓦尼点点头。

"那你现在就得去洗漱了。"她朝着他的睡衣做了个鬼脸，似乎在暗示着什么。

"怎么了？"

西蒙娜的鬼脸在她脸上停留了一两秒。乔瓦尼低头看看裤子，天哪！他的小鸟从它该待的地方跑了出来，露在了睡裤外面。他看着一团皱巴巴的小东西从他睡裤的孔眼里孤零零地探出头来，然后他抬起头，本以为会看到西蒙娜捧腹大笑，但事实却是，她的眼神就像在看一个被遗弃的人。

乔瓦尼把裤子拉链拉好，角落里的某样东西引起了他的注意：行李箱。

"那孩子们呢？"他问道，"我们怎么跟他们说？"

西蒙娜若有所思地抬眼看着天花板，就好像还没想好分别给两个孩子讲一段什么样的话，一段理应简短、慎重，又各有侧重的话。

"我就跟他们说我要去我妈那里住，再说了这本来就是事实。"

"我在想他们会不会接受不了。"乔瓦尼叹了口气。

"什么叫他们接不接受？这取决于我们如何让他们接受。"

"你不觉得我最好也在场吗？"

她站了起来，快速、突然、急促地站起来，朝窗帘走去。以往的她总是完美得像一台机器，但此时的她与平常判若两人，她的姿势同时透露着强硬和犹豫不决。"你要是愿意的话，"她说，"也可以单独和他们谈。"

所以昨晚她真的没有想过怎么跟孩子们交代，她的绝望是真实的，这让乔瓦尼很不舒服。这个女人，这个完美的机器，也不总是那么完美，不总是有备而来，如大理石般坚硬。她站在窗边，眼里含着泪水，还没找到合适的说辞，事实上，她压根儿都没考虑过这回事。

"妈妈，我准备好了！"巴托拖着他的背包说道。他穿着平日里那件学校统一发放的罩衫，准备好在今天科学课上对班上同学做些恶作剧，尽管这已经是第无数次了。

"今天你迟一小时去上学，我一会儿送你去学校。"西蒙娜离开窗帘回应着巴托。她小心翼翼地靠近他，但只消看一眼他的眼睛，她就会母性泛滥。她蹲下身子，拥抱了他。

有几秒钟，巴托感到很惶恐，在他看来，这个拥抱太激烈了，幸好只持续了一小会儿。他的母亲终于松开了他，整理了下他的衣领，像往常那样，在他额头上印下一个吻。

"那要下楼告诉校车司机，让他不用等我。"巴托结结巴巴地讲。

"我去看看你爷爷起来了没有，可以让他帮忙说一声。"乔瓦尼说。

"嗯。"西蒙娜说。

"爷爷早就起了，"巴托说，"他刚刚还帮我收拾来着。"

"好，那我现在去跟他讲。"乔瓦尼说。

西蒙娜心里很不是滋味，是啊，她之前从没想过，早上需要有个人帮孩子脱睡衣，穿衣服，收拾书包，套上罩衫。原来，她都还没有离开家的时候，就已经不是一个好母亲了。保不准没过多久，她就会变得和那些普通的可怜的四十来岁的女人一样，会长出胡子，整个人脱胎换骨，生活在荒谬之中。也许还会和那些可悲的女人一起，在一些悲催的地方度过假期，会因为没有臭男人的陪伴而饱受折磨。

乔瓦尼回到客厅。"说好了，他来搞定。"随后又对巴托说，"你现在去厨房吃早餐。"说完又加了句，"你爷爷也在那儿。"

他把手搭在巴托肩上，这一动作的意义和西蒙娜的拥抱别无二致，尽管不足以表达所有情绪，但是充满爱意。虽然他们悲痛欲绝，但是从中又感到些许宽慰。

"我能把这个场景也录下来吗？"巴托问道。

乔瓦尼和西蒙娜像面对食人族般惊慌失措，交错的眼神在博弈，看谁的表情更为痛苦，谁能先找到回应的勇气。

"行吗？"巴托坚持说。

两人面面相觑，就像赤身裸体暴露在舞台中央的演员，不知道要演什么，而导演早已逃之夭夭，一旦帷幕落下，愤怒的观众就会朝他们俩扔鸡蛋。

"什……什么场景？"乔瓦尼问道。

"你们分别的场景。"巴托回答道。

"谁告诉你我们要分别？"西蒙娜问道。

"怎么了，你们不是正要分别吗？"

西蒙娜开始哽咽，巴托看着她。

乔瓦尼弯下身子跟巴托说："别担心，一切都好，现在你去吃早餐吧。"

巴托走进厨房。

"我把罗宾的工资涨了一倍。"西蒙娜恢复过来说道。

"翻倍？"

"从今天开始，她每周来这里两次，收拾屋子还有做饭，然后去我妈妈那里三次。"

乔瓦尼目瞪口呆。

"……怎么了？"

"我想知道你是什么时候给罗宾打电话说的，现在才早上八点。"

"就在你起床前一小会儿。"西蒙娜说。

"那行李呢？"

"在给罗宾打电话之前。"

"你他妈几点钟起床的？"乔瓦尼咆哮道。

沉默。

西蒙娜一言不发地看着他，像在告诉他，他可以停下来，也可以继续破坏一切，继续羞辱他自己、她和他们的孩子，但这只会让他显得更荒谬。

乔瓦尼紧张地检查他的睡衣，看有没有什么不该露出来的东西。他今天铁定是要迟到了，除了迭戈，其他人都已准备好，甚至连他爸都在帮忙，只有他还穿着睡衣，像机枪一样对他的妻子扫射些无用的话语。

"对不起，西蒙，我神经有点过于紧绷了。"

她挥挥手说："算了。"她累了，道歉已经过期了，"快去洗漱吧，不然你会迟到的。"

仍旧是沉默。他们互相看着对方，乔瓦尼抬脚准备走。婴儿从熟睡中惊醒，尖锐的哭声划破这片沉默。

"迭戈。"西蒙娜有些惊讶地自言自语，"我得走了。"

第二部分
灾难的生命力

PIÙ MALE CHE ALTRO

4

　　乔瓦尼刚认识西蒙娜时，她还是个年轻漂亮的学生，胸不大，眼神犀利，她的父亲在患病之前，曾是外交部的一名高官。他们在乔瓦尼的毕业派对上相识，那应该是二十世纪九十年代那不勒斯最热闹的一场毕业派对，空气中都弥漫着酒精味。乔瓦尼在学院里结交的所有朋友都来了，还有些朋友的朋友也来凑热闹。再加上一大堆表亲，光是他妈妈就有兄弟姐妹六个。更别提那些老朋友以及不算很老但又许久没联系的朋友。对于乔瓦尼这种从不赶时髦的人来说，那次派对着实显得有些过于盛大了，一两百人挤在他家的天台上，这些人中的许多人此前都素未谋面。

　　那天晚上他吻了三个女孩儿，西蒙娜是最后一个。派对结束之后，凌晨四点，他们俩和另外几个朋友拿着些酒出去继续玩儿，直至拂晓时分，朋友们的身影随着逐渐泛白的天空遗失在视线里，于是他们把车开到附近一个荒无人烟的地方，在车后座上发生了性关系。

　　再后来他点燃了一支烟，问她是跟谁一起来参加派对的。

　　"和里卡多。"她回答道。

　　几年前乔瓦尼在大学里认识了里卡多，他既是同校的校友，也是来自同一个省份的老乡。不过，里卡多受虐般的学习热情让每一个想要了解他的同学望而却步。为了能准时上课，他每天早上五点钟起床，先坐火车然后换乘公共汽车，之后还要再徒步走很长一段路才能到学校。晚上回家之后，仍会孜孜不倦地学习到凌晨两点。在校园里，里卡多无处不在，每场研讨会都有他的身影，要是你不知道哪里能复印，或者不清楚教授们的接待日，找他准没错。但是在校外他就像不存在一样，大家对他的印象就只剩下他身上特有的气味，那是种火车车厢、背包和奶酪三明治混杂的气味。然后就是他那双粗糙的手，如农民般的大手磨得有些发亮，但是没有人知道上哪儿去找他。

"你怎么会问这个？"西蒙娜问道。

"随便问问，就想知道你是和谁一起来的。"

西蒙娜沉默了，一时间有些琢磨不透他的用意。

"你真的就是随便问问吗？"

"那当然。"

她突然大笑起来，说："你是想说，结果我和举办派对的人发生关系了吗？"

"这难道不是事实？"乔瓦尼回答道。

"哈哈，那你是不是得好好奖励我？"

没承想奖励即是婚姻。两个家庭都觉得这有些仓促、草率（虽然双方家长见面的那天，没有人敢在那个昏暗的、墙上还贴着神父画像的餐厅里公开表露出来）。

当乔瓦尼差不多挣到四千万里拉的时候，没有任何人感到出乎意料。他没有大手大脚花钱的恶习，于是他决定将积蓄用于投资房产，在维托里奥·埃马努埃莱大街上买了一套房。西蒙娜越来越频繁地去那里，两人差不多算是同居了，即使不是正式的，也并非永久性的同居。

直到有一天，他从办公室回到家，想起几个月前，他答应给她一个奖励，而当时西蒙娜面带微笑的回答已经预示了接下来将发生的一切。他向她求婚，她点头应允。

婚姻让二人彻底告别了过去的生活。但是乔瓦尼的前任——臭名昭著的卡拉，时不时地给他打电话，她是一家日式按摩中心的老板娘。每次打电话，卡拉都在重复着那几个单调的话题，"我们得找机会见见，我们还是可以做朋友"等等。乔瓦尼感觉很为难，一方面，他不想伤害一个他曾经爱过的人，但另一方面，他又必须表明自己不会重回过去的立场。他总是尽量礼貌地回答，但始终没有答应和她见面，毕竟他都是已经结婚的人了。

一次偶然的机会，西蒙娜接了电话，电话那头卡拉沙哑又深沉的声音，正如她所期望的那般伤心。可没过两个月，卡拉就再次出现，在挂掉电话之后又消失几个月，如此反复了好几次，直到乔瓦尼告诉她西蒙娜怀孕了。

与卡拉不同，西蒙娜最重要的一位前任从未现身过，所以乔瓦尼没有机会认识他，只知道他是一位身家上亿的建筑师，据说比她大十岁，晚上睡觉的时候偶尔会梦游，一生中就只在他父亲去世时哭了一次。有一次醋坛子打翻了，妒火中烧的他一时没把握好分寸，在西蒙娜脸上给了她一拳。西蒙娜向来都不是度量小的人，但那次他太过分了，彻底逾越了她的底线，他们就此分手。那一拳在西蒙娜的鼻子上留下了一个小小的印记，即使到了今天，如果你对着光仔细观察，仍能看得一清二楚。

除了卡拉的来电之外，婚姻的头几个月令人陶醉。他们几乎不怎么着家，整整一年，他们似乎忙到没有时间做任何事情，派对、晚宴、鸡尾酒、假期……他们忙于社交，当然，还有周末长时间的性生活。

尽管异常困难，他们还是抽空把家里简单装修了一下，虽然仍旧没有一个像样的柜子，餐具的数量也不足以应付那些不请自来的朋友。

他们性生活频繁，西蒙娜开始频繁验孕。

社会保守主义的守护神和掌管人类不幸之神，他们疲于欣赏一对新婚夫妇愉快地辗转于各个城市之间，遂决定结束他们这种纵情享乐的生活，将乔瓦尼微醺的精子与西蒙娜亢奋的卵子相结合。

巴托一出生就是一个充满好奇的孩子，至少他的父母是这么觉得的。他们对抚养孩子一点概念都没有，在一个连像样的柜子都没有的家里抚养一只小怪物。巴托会在晚上用指甲划破脸，每隔几小时就会醒来一次，然后紧紧吸住母亲的乳头。

西蒙娜的妈妈以帮他们带孩子为由住了进来，同时也带走了他们不着调的生活方式和糟糕的卫生状况，终结了这个家里之前的无政府状态。家里逐渐变得井井有条，布置妥当，凌晨三点的时候，再也不会看到他们嘻嘻闹闹，从玄关跑到卧室里做爱，沿路还不时会撞倒一些竹子制的家具，或者被地毯绊倒。餐具的数量变得刚刚好，与朋友共进晚餐已经成为古老的记忆。

"二十六岁就放弃追逐梦想未免有点为时过早。"

那时的西蒙娜因为产后焦虑症迷茫不已，几乎要放弃了继续进修心理学的想法，乔瓦尼的这句话像一剂定心丸一样，让她觉得无比心安，又给予她力量和勇气。那一刻她心里认定身旁站着的是全世界最成熟的男人。

当西蒙娜忙于进修课程时，乔瓦尼决定暂时停下工作缓一缓，与此同时，巴托也逐渐长大，他的手势变得越来越让人琢磨不透。家里开始显得空空荡荡，是一种他们两人渴望已久但又从未有过的空旷。就这样，西蒙娜和乔瓦尼开始对彼此有了更深入的了解。

乔瓦尼非常惊讶地发现，他的妻子每个月都要花一大笔钱来购置各种各样的护肤品，面霜、身体乳、护手霜，等等；她只用一个牌子的洗发水来护理她的鬈发（说起这款洗发水的发展历程，也算是历经重重险阻，终于达到了今天的知名度）；经期的时候，她并不会用广告里的那些普通卫生巾，而是像鱼雷一样的卫生棉条，一个一个排列整齐地躺在严密的包装盒里；每周二、周四的中午，十二点半到一点二十之间会去游泳池游泳；极其厌恶惊悚片和恐怖片；讨厌起泡的葡萄酒；在她所有害怕的事情里面，排名第一的是被强奸；她发自内心地厌恶任何大男子主义的行为；从来不吃超市里买来的熟食，因为一般都是高脂肪产品。另外，也不知怎的，她对雀巢这个牌子的敌意就像堂吉诃德大战风车一样。

可有一点让乔瓦尼百思不得其解，凭他对西蒙娜的了解，她应该不是那种对这座城市充满敌意的人。许多人觉得那不勒斯这座城市像个传染病，只要身在其中就会被感染，但是她属于那种少数典型的——认为在那不勒斯这样的地方还能正常生活的人。她远离这个城市的喧嚣嘈杂，按照自己的方式和节奏生活着。可是，看似与这座城相安无事的她，又怎么会说出这样的话：如果可能的话，她愿意铲除这座城市。

西蒙娜也在饶有兴致地观察着她的丈夫。他栗色的头发和胡子在阳光的照射下会变得有些偏红色；周末的时候会穿着破旧又过时的卫衣四处走走（他还特别喜欢穿成这样）；腹泻的次数已经多到数不清；他那本就带有地方口音的意大利语在他生气的时候还会不自觉地爆出几句方言来，而她好像也受他影响，讲话的时候偶尔会冒出几句来；性格的话，在有些场合他会过于腼腆，总体来看缺乏斗志，也没有什么远大宏图；他有时发表的见解和看法，实际上是从某本书或者某本杂志上看到的，要么就是与别人聊天时谈到的，可他却不记得了，还以为是自己的看法。

随着时间的流逝，婚姻里某个暗藏危机的开关仿佛被打开了。一周五个工作日，还要肩负抚养孩子的重任，无聊的种子开始发芽，他们开始对彼此有了更为苛刻的评判。西蒙娜在某些方面的自我封闭，比如拒绝看恐怖片和暴力电影，成了件让人无法忍受的事情。阳光下乔瓦尼微红的头发变得平淡无奇，性生活也不如从前和谐。

乔瓦尼开始渴望一个情人，或者更准确地说，他身体的某个部分想要一个情人。问题在于，这个部分没有将这种渴望传达给身体的其他部分，身体的各个部分之间没有达成一致，最终导致了整体行为无效。

他的眼神四处放电，但他从不与任何人搭讪，如果碰巧有女人和他的眼神对上了，那他很有可能会赶紧逃走。因为对于这种主动的回应，乔瓦尼身体里那个渴望情人的部分并不想表现出惊讶，这迫使他逃离到安全的地方，丝毫不在意这完全有悖于刚刚做的事情。

他唯一的半次悲催的"出轨"，发生在雪地上。

西蒙娜七岁时便在奥地利学会了滑雪，于是，她决定要让她的两个男人也学会滑雪。

"虎妈无犬子，"出发的前一天晚上，西蒙娜关上行李箱说道，"所以巴托肯定轻轻松松就能学会滑雪。"

"但是俗话说得好，有其父必有其子，要真按这个理论，他估计是学不会了。"乔瓦尼否认道。

西蒙娜大笑起来，然后把行李箱从床上挪到地板上，走过去吻他。

第一堂滑雪课前夕，乔瓦尼整夜都处于紧张不安的状态，脑子里各种画面蜂拥而至，想着第二天可能会因为笨拙的动作而被一群小孩儿嘲笑，又或许当他摔跤了半天起不来的时候，孩子们会在一旁戏弄他。他无数次地告诫自己别再想这些乱七八糟的了，一直处于半睡半醒的状态，一直到第二天清晨。可能是没睡好的缘故，他显得有些虚弱，加上整个人心事重重，一大早就起来了，比其他人都要早到滑雪场。

　　他穿着从岳父那里借来的滑雪套装，从停车场步行至滑雪赛道，心里有种说不上来的别扭。并不是因为与其他人相比他穿的款式早已过时，也不是因为衣服不那么合身，而是因为这一路上人们看向他的眼神，似乎人人都知道这件衣服是借来的，这使得他感到自己与周围的环境格格不入。这就好比一部以古罗马为背景的历史片里的群众演员，身上穿着古罗马时期的服装，腕上却戴着手表，对，他感觉自己就像是那些群众演员。

　　好在现实并没有他所想的那么糟糕。首先，他惊讶地发现滑雪世界里充满了初学者，他并不是唯一一个从未在脚底踩过滑雪板的成年人。其次，那些已经做过几小时练习的人与零基础的初学者分开了，而初学者们又按照年龄被划分为两组：一边是十二岁以下的孩子（其中就有巴托，陪他一起的还有满眼宠溺的西蒙娜），另一边是成年人，虽然大部分人都有对象，但基本上都是单独来这里的，大概大家都不愿意在自己的爱人面前丢脸。这种把同类分到一起的分组方式使一切变得更加简单。

　　乔瓦尼是在第一次跌倒的时候认识蒂娜的。那时他正在一个小斜坡上吃力地往上爬，教练只告诉他们滑雪板要保持水平，但没教会他们如何刹车，正当他一点一点地挪动时，仿佛有种神秘的力量推了他一把，他一下子便失去重心摔倒在地。幸好跟他想象中的完全不一样，没有任何人嘲笑他，所有人的注意力都集中在自己脚下，努力保持平衡，避免像他那样摔倒。

　　蒂娜从教练队伍里走出来帮助他，教他怎么站起来，并陪伴在他左右，直到他掌握了滑雪的入门知识。大约一小时后，乔瓦尼终于能走上斜坡，不仅学会了刹车，并且在蒂娜的帮助下还能滑一小段路，从小斜坡的坡顶一直滑到扫雪机那里。

蒂娜戴着羊毛帽，紧身教练服下是傲人的曲线。就在乔瓦尼努力练习力求早点重新归队的这段时间里，巴托已经成了他那个滑雪赛道的冠军，用他教练的话来说，这是"真正的天赋异禀"。

第一堂课结束时，乔瓦尼发现初学者的人数已减少了许多，但他仍旧不能独自从坡顶滑下来。西蒙娜鼓励他试试，他说他还没有准备好，于是暂时归还了滑雪板和靴子等待上下一堂课。

他像避难似的逃到酒吧里，还要等很久才开始上第二堂课，为了打发时间，他决定喝点酒。外面的温度那么低，喝点烈酒应该也无妨，这么想着，他点了一杯格兰冠①，没承想等酒上来的过程是个更为漫长的等待，真是个恶性循环。

大约一小时后，他看到一个金发女孩儿在向吧台靠近，脚上穿着双休闲靴，一身精致时尚的滑雪套装里面包裹着性感的身体。女孩儿走到吧台点了一杯咖啡，同他打了个招呼。乔瓦尼不敢相信自己竟能引起她的注意，带着略感意外的羞涩也向她问了声好。女孩儿有些尴尬地说："你认不出我了吗？我是蒂娜。我们是刚刚在你的滑雪课上认识的。"

乔瓦尼道歉，说因为她把帽子摘下来了，所以一时没有认出来，打算请她喝杯东西以表歉意。

"谢谢，不过我已经点了咖啡了。"她说。

蒂娜小口啜饮着咖啡，和他聊起前段时间因为一直艳阳高照雪的质量特别差，滑雪道几乎都要融化了。然后，乔瓦尼问她是如何看待他这名滑雪初学者的。

"你是我见过的最差劲的初学者，"她面带微笑地回答，"但等你上完一周的课程之后，你会发现情况有所好转。"

---

① 格兰冠，一种单一麦芽苏格兰威士忌。

在那一瞬间，乔瓦尼脑海中同时冒出来两个问题。他先是问自己，作为一个优秀的、受过良好教育的、富有的大城市的人，为什么他要花费大量时间和金钱，在八月来这个鬼地方度假？为什么要耗费精力和体力，去学习一项无论从任何角度来看都缺乏平衡性的运动？第二个问题，抛开他的虚无主义情绪，想象力开始撩拨他的下体。他在想，在这一周的时间里，说不定能有机会去蒂娜家，在那覆盖满冰川的巨大屋顶之下做点什么。

"希望如此吧！你下周能继续做我的教练吗？"

蒂娜盯着他的眼睛看了几秒钟。"恐怕不行，我已经有安排了，"她说，"有一对七岁的双胞胎需要我去辅导他们。"

乔瓦尼一定是喝醉了，才会试图去想象这对双胞胎的样子。"我不介意和他们一起。"

"我觉得不太妥，他们的水平可远远高于你。"

"你可真毒舌。"

"我这是客观。"她纠正说，"不过如果你还愿意的话，倒是可以请我喝点什么。"

他们彼此纠缠的唇舌间萦绕着格兰冠的味道，纵使舌头已经被酒精麻痹了，乔瓦尼仍能从鼻子里感受到她的香味。他们躲在山脊的一个小角落里，离厕所大概十米远，吻了大概有两三次，然后乔瓦尼的手机就响了。西蒙娜在电话里先是问他进展如何，是否感到无聊，接着便开始不停地讲巴托的进步。他边讲着电话边看着蒂娜，意识到自己身担丈夫和父亲双重角色，一时对他的家庭心生反感，包括他自己。中产阶层，是人们对他社会地位的肯定，这虽然赋予他形而上学的重量，但也为他去滑雪山庄度假提供了经济保障。艳遇，仿佛成了这为期一周的假期的赠品。挂掉电话，他看见蒂娜面带羞愧，应该是猜到了他是有妇之夫并决定逃跑。"我得走了。"她说。乔瓦尼用一只胳膊搂住她："明天我们会见面吗？"

"也许吧。"

"我想再见到你。"

"也许明天吧。"

他们没有再见过面。第二天，他尝试着独自滑一小段，滑到扫雪机那里。他隔得老远都能看见蒂娜与那对七岁的双胞胎一起，他们的确滑得比他好得多。

几个月后的一天，乔瓦尼对西蒙娜坦白了在那个小角落里的吻。

那天西蒙娜回家比平时晚，乔瓦尼生平第一次体会到晚上六点到八点之间，男性是多么地没有效率。整个下午，一支青霉素注射器就把他忙得团团转，巴托怎么也不肯配合他，坚决不让他打针，别无他法，他只能等妻子回来。等西蒙娜终于到家的时候，两人不可避免地吵了一架。他埋怨她整天忙于照顾诊疗中心里的那些孩子，对自己的孩子却不管不顾。她矢口否认，还骂他是浑蛋。于是，被激怒的他决定略施惩罚，主动跟她摊牌那次半出轨的事情。虽说一个吻不是什么特别严重的事，但至少会让她心里难受，这样他的目的也就达到了。

"和谁？"西蒙娜问，声调突然降了下来，"那个金发女孩儿吗？"

"对，就是她。"

"那个婊子！巴托滑雪的时候交了一对双胞胎朋友，那几天她就一直在和双胞胎的爸爸眉来眼去，暗送秋波。"

乔瓦尼惊讶于妻子的好记性："好吧，反正事情已经发生了。"

晚些时候，西蒙娜决定原谅他。"毕竟只是一个吻，"她说，"不过你仍然是一个浑蛋。不管怎么说，我今天回家晚了是因为我去看了趟医生。我怀孕了。"

虽然与巴托小时候相比，迭戈不会惹那么多麻烦，但是家里的处境还是再次变得艰难起来。乔瓦尼正处于他职业生涯的特殊时期，忙得抽不开身，西蒙娜也才刚休完产假，重返工作岗位。他们犹豫着是否该请个保姆，所以在罗宾到来之前的两个月里，家里的氛围异常沉重。

结束了一天的工作，回到家的乔瓦尼早已精疲力竭，他不再有幽默感。当西蒙娜滔滔不绝地和他谈论着工作、孩子和家里的大小事宜时，他实在听不进去。不过就像所有疲惫的丈夫一样，他自动地掌握了一项技能，就是在妻子喋喋不休的时候，能不动脑子地时不时搭上几句话。其实，西蒙娜经常能感觉出她的丈夫不在状态，有时候她会安慰他，让他不要有太大压力，鼓励他振作起来，有时她会生他的气，但在大多数情况下，她假装什么事都没有。

然后是瓦莱里奥的出现。

迭戈那会儿刚满六个月，她才重返工作岗位不久，对诊疗中心新来的那位心理学家还不是很熟悉，只知道所有人都对他赞不绝口。各种八卦中最吸引人注意的，是传闻他特别讨孩子们喜欢，尤其是小女孩们。

他的外貌寥寥几句便可概括，凌乱的头发，短袖衬衫，异常自信的表情，深色的皮肤呈现出好看又不过度的古铜色。

第一次看到瓦莱里奥时，西蒙娜变得像个小女孩儿一样，想要引起他的注意但又不想被他看穿，然而这一切都逃不过瓦莱里奥的眼睛。他轻易就能看穿西蒙娜：她还是学生的时候就很讨厌政治家们，几乎是文学与电影的绝缘体，有时候她会主动帮忙去丢垃圾，理由则是单纯的不愿意待在家里。

　　还记得头几年刚开始工作的时候，她曾疑惑不解，同事之间怎么可能发展成恋爱关系呢？这就好像在问，激情会在何时何地如弹簧般突然一下弹起来，打破冷漠、无形的同事关系呢？她从未对自己产生过怀疑，那些去她办公室看诊的全部，或者说几乎全部，都是些状况不容乐观的患者。她的同事也大多是年长之辈，忙起来甚至都不怎么能打上照面。在诊疗中心，每天还有一大堆小病人需要照顾，每天都会来许多新的小朋友。他们每个人都有着不同的问题，有暴力倾向的、被遗弃的、受他人排斥的……她实在想不出，怎么可能从繁忙的工作中脱离出来，而只想着年少时关于性的幻想呢？

　　直到她遇到瓦莱里奥。

　　关于性的幻想，在身体真实的快感下逐渐显露出来。他们并没有做得很激烈，也不是非常注重前戏或姿势上的美学。在三十岁的年纪与同事发生性关系，西蒙娜感到自己达到了前所未有的高潮。

　　她将自己的经验、力气和冷静全都投入了进去，沉浸在拥抱和抚摸的小宇宙里，另一边的瓦莱里奥挥洒着汗水，也投入了他的经验、力气、冷静。

　　"你怎么一句话也不说？"西蒙娜躺在他身边问。

　　"我该说些什么？"瓦莱里奥反问。

　　两人相对无言。

　　瓦莱里奥起身整理了下自己的头发，宛如多年前那个规规矩矩的少年。西蒙娜在一旁看着他，想到了那些总是用内疚、污秽和错误这些字眼来讲述他们婚外情的病人。从专业的角度来看，与瓦莱里奥上床其实相当于上了一门进修课程，毕竟只有更了解病情，才能对症下药。

　　当他离开房间时，她朝他慵懒地笑了笑，有点迷恋又有点邪恶。

5

在妈妈定的闹钟响起之前，一阵难以承受的焦虑堵在他胸口，巴托腾的一下从床上坐起来，他惊恐万分，额头上沁出细密的汗珠。毛绒毯子仍粘在他身上，皮肤被汗水浸湿，像熔化的塑料一样。巴托坐着不动，目光呆滞，慢慢地焦虑感减弱，但他仍然处于惊恐状态，身上还在不断冒汗，透过墙壁传来零碎的锅碗碰撞的声响，是姥姥在准备早餐。

他把脚放在地板上，慢慢起身，走到门口。

妈妈和迭戈都还在睡。

他想小便，小心翼翼地将手搭在门把手上，轻轻地往下拉了一下，但还是发出了吱吱呀呀的声音，算了。

他打开电脑。

画面里的那辆铁皮玩具车还是他妈妈在诊疗中心帮他修好的，他有种想立刻回家的冲动，想回到他自己的电脑跟前。但现在，他面前只有这个笨重的老式台式机，运行缓慢，曲面的显示屏不仅小，还略微发黄。只消一个病毒、一个黑客软件，这些日子以来他辛苦录下来的视频就会全部丢失。他插入耳机，稍微在耳朵上调整了一下，背后突然起了一阵鸡皮疙瘩。

就五分钟，巴托想着，然后闹铃会响起，妈妈会帮我收拾书包，姥姥会准备早餐，姥爷则会用他那一贯的呆滞目光看着我。

点击，剪切，移动。他看到了几个没有添加任何效果的粗糙的镜头。

那是妈妈离开家的那一天。他们来到姥姥姥爷所住的这栋楼里，她正艰难地拖拉着行李箱爬楼梯，神情疲惫，厉声命令他不要再拍了，录制的画面并不是很好，有些暗，镜头还很摇晃。他一只手抱着迭戈，另一只手拿着摄像机。

他回过头看了眼，床上的他们还在熟睡当中。

他一向都不喜欢原始素材，背景环境噪声太多而且分贝太高。有一次，他趁爸爸在看书的时候偷偷地拍他，然后爸爸突然抬起头，在确定四周没人的情况下，放出一声响亮的屁。然而在视频里，因为不断有汽车在按喇叭，还有救护车的鸣笛声干扰，你会觉得，那个屁并没有那么大声，也不那么"芬芳"。

他躺回床上等着闹钟响，快要憋不住的小便让他很难受。录制的原始素材一点都不好笑，相反，它们和每天发生的事情一样悲伤，肉眼可见的悲伤。如果不添加任何画面效果和音效、不进行剪辑，那么那声响亮的屁，也不过是个普通寻常的屁。人们怎么会有兴趣看这些稀松平常的事情呢？

当他再次醒来时，腹部疼痛不已，眼睛因疲劳而酸胀，床上空空如也，就连从厨房传来的迭戈的吵闹声都不能抑制住他此刻的寂寞。

他起床，关掉电脑，捂着疼痛的肚子准备去开门，希望厕所没有被占用。他的手才刚碰到门把手，门就突然打开了，他下意识地往后退了一步，避免撞到脸，只见妈妈惊呼了一口气走了进来。

"早上好，宝贝儿。"西蒙娜说，"你起晚了，来，快去洗手间洗漱。"

今晚他决定下厨做饭。

乔瓦尼盯着漆黑的电视屏幕，转动着他的大拇指等待着有关美食的灵感突现。

经历了十年的婚姻生活，他重新回归单身，但不像乞丐、隐士或者无期徒刑的犯人那般孤独、沮丧。现在的他，是个住在宽敞的房子里、口袋里还很有钱的单身汉。

对于这种既不寂寞又不沮丧的单身生活，他总觉得好像缺点什么。到今晚为止，好像唯一还没做的事情就是自己下厨，但然后呢？他起身，回到卧室，挠着他很久没有剃胡须的下巴。

究竟是哪里不对？

他停下来观察四周，尽管他和老乔已经很努力在维持整洁了，但眼前所见跟"整洁"二字压根儿就不沾边。

偌大的房子里，很多东西最好是碰都不要碰，因为如果你随手拿走了某个物件，那么它们就再也回不到原先的地方了。出于报复，它们就会东倒西歪地出现在房子的各个角落。

卧室闻起来像发了霉一样，书籍、领带、床垫、窗帘还有柜子，霉菌似乎无处不在，空气里挟着一股霉味萦绕在床和门旁边，一只扶手椅正摇摇欲坠。虽然前段时间床下肯定早就有一些积灰，但是也不至于女主人才刚走没几天，家里就乱成猪窝了吧？他打开窗户，一股阴郁冷彻的寒风席卷进屋内，原本他只想呼吸些新鲜空气，然而事实却是他正在不断地失去热量。他从一数到十，然后关上窗户，房间里的霉味并没有散去。

然后呢？

冰箱里塞满了西蒙娜永远都不会买的食物，他称为"逆反购物"，这种逆反，是刻意反对理性消费。什么健康、实惠，都去他妈的！他偏偏就要挑那些五颜六色、包装漂亮的商品，那些家喻户晓的、广告里的明星产品，既不会有土得掉渣的名字，也不是专为穷人们提供的仿制品。去他妈的，凭什么他就不能对着干？如果生命的过程就是诞生、消耗和死亡，如果生活是一个该死的超市，那凭什么他厨房的柜子要像个破旧的折扣商店摆满了打折促销品？他学习过经济学，世界并不会因为你买便宜的还是贵的饼干就改变什么，这点他心里再清楚不过了。你给饼干牌子加个音节或者改个名字，市场丝毫都不会在意。

那么，然后呢？然后呢？

他打开冰箱取出一包意大利面，拆开包装袋，把里面的东西全部倒进锅里。意面是已经用各种调料烹饪好的即食产品，吃之前只需解冻即可。冰块缓慢地在锅中融化，面开始发出嗞嗞声，食物的香味很快就在厨房里蔓延开来。冰块已经完全融化了，但地球上那些融化的冰川可跟他一点儿关系都没有，可怜又悲惨的秘鲁人必须得明白这不是他的错，就像他想要喝杯可口可乐这也并非他的错，换作是他们，他们也会喝，谁又能拒绝含有瓜拉那 ① 的饮料呢？清爽又可口，是朋友聚会时的必备品。

乔瓦尼关掉火，把锅里的所有东西统统倒进盘子里，这分量肯定比他胃里能盛下的量要大得多。他拿起餐叉，在餐桌旁坐下。

可，然后呢？

夜色通透，月亮如风中快要熄灭的烛火，散发出微弱的光。街边印有"SEX！"的霓虹灯闪着粉红色和白色的光，干燥的风从上面飕飕地吹过。小汽车蹲坐在属于它的停车位上，身穿雨衣的老人走进店里，从前门传来一首不知名的情歌的曲调，是一首很老但是作为老人的他却不知道的歌。

---

① 瓜拉那，原产于巴西亚马孙盆地热带雨林。种子咖啡因含量是咖啡豆的 2 ~ 4.5 倍，被广泛用于食品、饮料和制药工业中，可口可乐中就有添加。

第一排货架并不那么合他心意，有太多老的女演员了。他大老远地跑过来，又不是为了找一个跟他岁数相仿的人来解决他的问题。虽然年近七十，可这没有阻止他像往常一样渴望勃起，何况面对着一个色情片女演员，那是他应该起的反应。

老乔在一排排货架和各色影片封面前徘徊不定，看着那些高大威猛、肌肉发达、蓝眼睛男演员，他深感厌恶，这实在很难激起他的欲望。

"爷爷，你需要帮助吗？"一个年轻人问道。他胡子拉碴但看起来并不邋遢，高高瘦瘦的，脸色苍白，就像哲学系的学生，在一堆漫画和娃娃前走来走去。

"你需要帮助吗，爷爷？"他重复道。

老乔看着那个男孩儿，道："我不是你爷爷。"

"好吧，抱歉，我看见你在那里犹豫不决。我觉得你看起来很像我的爷爷。"

"你是谁啊？"

这一刻，他不再是一个寻找金发女演员的好色之徒，也不再是一个在堕落的世界中迷失的老人，他是他自己，健壮的乔先生。

男孩儿指着制服上的工作牌，语气傲慢地说："我是这家店的店员，我叫尼诺。"

"好吧，尼诺，我不喜欢陌生人叫我爷爷。"

"啊，抱歉。"

老乔将视线转回货架，几秒钟后，不小心瞥见第四个影片封面上写着"促销妓女"。世道变了。连色情行业都大不如前，还得靠打折促销来吸引顾客，看来得抓紧机会。

"我能理解你为什么犹豫不决，奶奶们并不那么卖力，但是偶尔有些毛头小伙子会买她们的碟……"他皱起下巴，继续说道，"真是落伍，话说你对变性人感兴趣吗？"

老乔又回到了角落里，像尼诺这样的男孩儿，他们的优点，是他们能够接受放荡不羁的性生活，但同时他们也有一个可怕的缺点，就是认为其他人也都和他们一样。尼诺正盯着变性人那排货架，老乔看了眼他，向前迈了一步说："不感兴趣……"

"恋物癖不行、狂欢趴不行、拉拉也不行、男同……我觉得好像也不是你的菜，还是说你就是？"

"不是。"老乔小声说。

"不好意思，我能问一下，你想买的影片是用来做什么的呢？"

老乔耸了耸肩，短暂的停顿之后，尼诺大笑起来。"对不起，"他说，"你是想看单纯的啪啪啪是吗？"

老乔又耸了耸肩。

"这可真有点儿难为我了，纯色情现在在市场上已经是稀缺资源。如果你只是想用来自慰，那么你就只剩下一个选择了。"

"什么选择？"老乔疲惫地问道。

"业余的。"

在尼诺的带领下，老乔终于来到正确的那排货架前，他看看这个又看看那个，拿起来又放下，最后选了一个问尼诺："这个怎么样？"

"不太行，"尼诺抚摸着一排排的漫画和娃娃，回答道，"那个不是真的业余片。"

"啊，不是吗？"老乔赶紧把视频放回原位，生怕把手弄脏了一样，重新开始寻找。

"海瑟和吉姆他们这对是业余的。"尼诺叹了口气，"顺便说一句，他们现在已经幸福地结婚了。"

　　大厅里灯光炫目，人潮拥挤。他迈进这家名为"未来战役"的夜总会，到处都是美女，他看着蓝色灯光下的面孔，身材苗条的女孩子们，一个问题蹦进他脑中：自从他选择了婚姻之后，错过了多少艳遇？其实一直想这个问题也没多少用，说是他生活方式有问题吧，好像的确如此，但又不全是因为这个。三十六岁的他，几乎已经不知道该如何应对这种场合了，只好把希望寄托于幸运之神的眷顾，没准儿人群中就会有人朝他多看几眼，于是他摩拳擦掌，酝酿着到时候要讲些什么。

　　那么，在过去十年中他到底错过了多少美女？

　　就整体来看，从十六岁到二十五岁，也就是从青春期开始到他认识西蒙娜之前的这个时间段，算上所有跟他上过床的女性，平均下来的数据是每年 1.1 个。但如果细看的话，从十八岁到二十一岁之间，出于不同的原因，比如迟来的青春痘、不讲究的外形、固定的女友，这个时间段内他只有过一个床伴；然后在大约二十二岁的时候，他经历了一段为期六个月的艰苦时期，在学习商业法的高压下，他完全放弃了谈恋爱；终于在二十四岁和二十五岁这两年里，迎来了他的巅峰时期，加上之前的，一共俘获了十一个女孩儿的芳心，还不包括西蒙娜，因为她是第十二个。总的来说，他取得了一个还算不错的成绩，至少把濒临成为"社会边缘人士"的他给救了回来。但是归根结底，他还是错过了很多。

　　当然了，一个二十五岁和十一个女孩儿上过床的男生，与一个三十六岁和十二个女人上过床的男人，这给人的印象是截然不同的。这十二个女人是他这些年感情经历的见证，虽说不是什么值得炫耀的事情，但这个成绩也还算不赖。可是，当他第一次与西蒙娜谈论起这些时，经验不足让他感到十分力不从心。与他相比，一直到毕业聚会他们相识之前，好像西蒙娜除了和不同的男人上床之外，什么事也没做。

　　他和西蒙娜做爱的时候，总是难免会不自信，偶尔会怀疑她是不是不喜欢他，于是总是努力地设法讨她欢心。西蒙娜有时会试着跟他解释，说她很享受，他们之间的性生活很融洽。但大多数时候，她会告诉他，只要他不太过于执着性高潮，就能够给别人带来欢乐。"不要让它成为一种执念，"她重复道，"性高潮并不重要。"每每这时，他就会在心里暗想，对于一个身经百战，在遇到他之前早就体验过无数次高潮的人来说，当然不重要。

此刻，他沉浸在"未来战役"这个小宇宙中，恍如隔世，那个被他所遗忘的世界在这里获得了新生。烈酒，短裙，淫靡的蓝色灯光，永远都有人的厕所，舒服或不舒服的沙发，悲伤男士的围巾，交叉的双腿，尖头靴子，露在外面的袜子，强制性消费，上了年纪的女色情狂。夜晚刚开始时透明干净的玻璃桌，等到夜深之时，就会变得肮脏不堪。破碎的玻璃杯，迟到的人，一群白痴，被搭讪的少女，聚会上挨揍的倒霉蛋，保镖的温柔目光，迷人的吧台调酒师，配备有牙套的衣帽间，打算放肆一晚的饮酒者，各种香水，DJ的朋友，老板的小姐们，熟人，常客，呆板的舞者，凶恶的醉鬼，黑色大理石厕所。

幸好他不是大厅里最老的，虽然肤色不是好看的古铜色，但至少他把自己收拾得干净利索。

"那边那位就是记者。"一名服务生在一个高高的穿西装、打领带的人旁边耳语。他看样子差不多有三十五岁，脸长得像没付关税一样，涂了发胶的头发顺滑发亮，给人的感觉就是个领导。他耸动着两个浑圆的肩膀，咧嘴笑着朝乔瓦尼走来。

"晚上好，我是'未来战役'的经理马克，您应该就是罗里斯先生了。"

"是的，正是。"他握着他的手，尽量表现得不过于僵硬。

罗里斯早就给乔瓦尼打了预防针，告诉他一定要表现得轻松自然，因为他越放松，经理就会感到越放心，如果他能做到收放自如，那这事儿就成了。他们会竭尽所能来招待客人，请他喝东西、用零食和人群填饱他，直到他脑中满是积极的印象。但他们主要还是会请他喝东西，这也是这项工作中唯一的乐趣。

"是您执笔吗？"

"是的。"

"好的。您已经大致看了下情况吗？"

"还没有。"

马克先生转身吩咐手下，回过头说："那我们尽快安排。"接着，又冲吧台边的人说道："托尼，你先好好招呼着罗先生，看他想喝点什么，一会儿我让季赛拉过来。"说完，再次朝乔瓦尼伸出手，说："不好意思，我还有事，就先失陪了。"

乔瓦尼迟疑了一会儿，然后同他握了握手。

他独自一人留在了大厅里，就像他看过的那些糟糕的电影里那样，他走近吧台，点了杯高浓苏格兰威士忌。

"好嘞。"托尼回应道。通常电影里这时都会出现个中年男人，要不就是个头发灰白的爱尔兰人，总之，不会是托尼这种眼睛大大的、一头红毛、面色苍白的男孩儿。

"你是记者吗？"托尼问。

"嗯，差不多，可以这么说吧。"

"什么意思？"

"是那种在酒吧里观察各种人的记者。顺便问一下，你们店有没有大佬光顾？"

"来这里的每个人都感觉自己是大佬。"托尼洗着杯子回答。

乔瓦尼晃了晃他手中已经见底的杯子，问："能再给我来一杯吗？"

"放点冰块在上面吧，我可不想还不到一小时就倒在地毯上不省人事了。"乔瓦尼补充道。

"终于有个真正是来喝酒的人了。"托尼狂喜。在忙完另外几个人点的饮品之后，给他端上了第二杯酒。"喝吧！"他说，"这杯鸡尾酒够你喝到天亮了，说实话我都已经快忘了怎么调 Caipiroska①，不过偶尔碰到一些喝苏格兰威士忌的人还挺好。你在等季赛拉吗？"

"对，你能告诉我她什么时候来吗？说实话，我有一点赶时间，我想尽快投入工作。"

"你放轻松，慢慢来。她一会儿就过来了，然后她会跟你讲讲具体情况。季赛拉总是迟到，就像来这儿的人一样。你看，现在已经快零点了，还没有什么人。"

"我可不这么觉得。"

"真的，今天来的人跟平常比可差远了。你试试随便哪个周六凌晨两点钟过来，人多到根本挤不进来，我们差不多能卖出去几千杯鸡尾酒……"

"那你每天工作到早上六点肯定很累吧。"乔瓦尼打断他的话，"不好意思，你能再给我满上吗？"

"你喝慢点，否则你招架不住她的。"

"谁？"

"季赛拉，喏，那个嘴巴嘟嘟嘟说个不停的女人。"

"她具体是负责做什么的？"

托尼冷笑，道："应付媒体。"

乔瓦尼朝托尼指的方向望过去，一个身穿蓝色连衣裙的漂亮女孩儿吸引了他的注意力。她似乎也正朝他的方向看，但他不确定。他已经不知道如何去默默观察一个女孩子，而不是盯着她们看被当成疯子。现在来舞厅里的女孩子们，她们的装备早就和以前不一样了，衣服、首饰、

---

① Caipiroska 是一种由伏特加、柠檬和糖制成的鸡尾酒，是巴西最畅销的饮料之一。

妆容都有所改变，唯一不变的是仍然闪闪发光，尤其是手机散发出来的那种强烈的、刺眼的光，十年前还都没有手机。

"晚上好，罗先生。"季赛拉打断了他们之间的对话，晚礼服衬出她饱满的乳房，华丽的亮片反射着蓝色的光。"我们能以'你'相称吗？"

"当然可以，你应该就是季赛拉了。"

"是的，幸会。"季赛拉的握手颇有些劲道。

她有张漂亮的脸蛋，身材似雕塑般完美。也不知是不是苏格兰威士忌在起作用。

"幸会。"乔瓦尼说。

"你有什么问题想问我的吗？"

与季赛拉短暂却令人疲乏的交谈中，他实在想不通在这种地方怎么会需要有人专门负责应付媒体。这里既没有演员或者音乐家们表演，也不组织什么特殊的活动或晚会，一个大佬也没有遇着，没有任何值得写进新闻报道里的消息。

不知是不是酒精的误导，他把阿谀奉承和性勾引弄混了，竟大胆猜测季赛拉对他有意。

他想算算他到底喝了多少杯酒，但数不过来，绝大多数情况下他都是满上整整一杯，但有时候他会让托尼给他少倒点，希望这样能缓一缓。

季赛拉像是那种从真人秀里走出来的女孩儿，楚楚动人，举止性感，美得独具特色，但又没有模特或者演员那种遥不可及的感觉。季赛拉把她的外在美展示得像是场盛大的活动，短暂如昙花一现。

"罗先生，如果你没有其他的问题了，那我就先行一步，这样你还可以好好单独享受一番。"季赛拉最后收尾道。

理性已经完全失控，刹不住车了，乔瓦尼发出一阵粗鲁的大笑，说："如果你知道我喝了多少，就不会说让我继续享受了。"

“什么？我没听懂。”

“嘿，季赛拉，如果我想请你喝一杯，你会怎么说？”

“我会拒绝，罗先生，请不要……”

“奇怪，你看起来不像是那种会拒绝的人。”

“什么？”季赛拉脸上的美丽消失无踪，紧张不安的情绪溢于言表，但更接近于一种被侵犯的厌恶，而非遇到麻烦的愤怒。“听好了，你个浑蛋，这个夜总会是我男朋友开的，你最好别自找麻烦。什么记者会在工作的时候喝成你这样？”

乔瓦尼笑着说：“好吧，我确实不应该在工作的时候喝你们请的酒，现在倒好，涉嫌受贿了。”

“我要叫保安了。”

“哎呀，就只是个玩笑，大家都是成年人有话好好说。不过，要是你能陪我喝一杯的话，我也可以睁一只眼闭一只眼。”

季赛拉朝大厅尽头的某人招了招手，示意他过来。“是你自找的，人渣。”

乔瓦尼转身看了看正朝他们走过来的男人，个子不高但十分健壮，就像是在无人监管的公园或是网球场上长大的一样。

“好好好，”乔瓦尼手指交叉，做出允诺的手势说，“如果你把那个小矮子看好，我保证会给‘未来战役’写一篇特别棒的文章。”

男人走到跟前，但现在已经没他什么事了。

“有麻烦吗，小姐？”他问道。

“这得看情况，”乔瓦尼说，“如果交易成功，就不再需要您插手了。”

季赛拉正在考虑，似乎她身体的每一寸，包括蓝色的礼服，都在慎重地思考着。最后，她抛出一副丝毫没有同情心的表情说：“好吧，但你现在得滚了。”

愚蠢孤独的男人。

愚蠢，喝醉了酒，独自一人。

他独自走在大街上，不会有任何人来接他回家。他既不知道如何正确地维系一个家庭，缓解矛盾，也不知道身处婚姻的牢笼里，在新鲜空气到来之前，要保持沉默。以至于当新鲜空气真正来临的时候，他觉得自己又累又老，不知如何去享受了。

愚蠢孤独的男人，没有孩子，没有家，一无所有。他走在街上，整个人浑浑噩噩，精神恍惚，肚子里胀了一堆屎随时准备着被排出体内。没有尊严，没有力量，没有欲望。血液的不流通快要将他冰封，寒冷总是深入骨髓，他变得麻木不仁，不知怎的，街上的其他人看起来都一样，穿着一样的衣服，说着一样的话。

时不时路过一些肥胖臃肿的女人，还有穿着毛衣看起来像袜子的男人，人生来都一样，但他们比他过得更好。可怜的男人像一出苦情音乐剧里的男主角，一人饰演着多重角色，忠诚的儿子，疲惫的父亲，背叛的丈夫，沮丧的、不关心时政的咨询师，总而言之，一个绝对正宗的那不勒斯人。

他就这样飘零在路上，车辆无视任何交通规则随意地开着，道路从他醉酒的步子下一厘米接着一厘米地溜走。通往家的路是多么地艰难啊！尤其是当你拖着摇摆的身体的时候，哦，不，是吱吱作响的身体。

在他的音乐剧梦想里，他认为独处是获得自由的另一种可能性，应当填满生活的空隙，起到安慰的作用，而不是现在这种，让你晕眩、抑郁、咯吱作响的孤独。

他感到孤独，一个人的那种孤独，前所未有的孤独。

6

公园的长椅上坐着一名男子，他正漫不经心地翻阅着报纸，头上戴了顶帽子，手里拿着根拐杖，双眼被半透明的墨镜遮住，时隐时现。时不时有各种裤子和彩色条纹从他面前晃过，还有从过路人的耳机里传来的嘈杂声响，他环顾四周，树木、植物、草坪上还有几对年轻情侣在搂搂抱抱。

呵，真是个适宜碰面的好地方！

他透过镜片，视线在报纸上来回扫动，用眼角的余光瞥见了一名党内官员，正步伐稳重地从路的尽头朝他走来，官员双眼滴溜着四处打探，面带疲惫。他不禁暗自窃笑。

官员穿过跑步的人、狗和它们的主人，走到他身旁，气喘吁吁。"抱歉迟到了，那个浑蛋法官想再见见我。"

达密德副董事长继续看着报纸，说："坐吧。"

官员坐下来，从口袋里掏出一块手帕擦着冒汗的额头。"情况不容乐观。"他说。

副董事长处变不惊地把报纸合上，他们给他派的还是之前说好的那个党员，他总是迟到，还总是渴望对着麦克风发言，所幸人还算聪明。平日里和大家一样上班打卡的政治家们，他们的生活简单无比。但是要想成为一位优秀的政治家，也必须学会适时地隐藏自己。他很想告诉眼前这个骄傲的木桶，要是有一个地方法官天天追在你屁股后面跑，你他妈为什么每天还要接受电视采访？

"党内什么情况？"

"呃，党内什么都做不了，施展不开拳脚。"

停顿了一小会儿之后，官员继续说："我们的事千万不能暴露，他们等的就是这个，好趁机把我们一举歼灭。"

低俗，副董事长想着，就像所有政客一样低俗，像叮当作响的半桶水，像粪球。如果他们想演，那他就配合他们，逢场作戏。刚才官员看到他在看报纸了吗？看到他是怎么叠起来的吗？

"可如果你们什么都不做，所有人都得玩儿完，你知道吗？"他问。

官员保持沉默。

"八年来，你们几乎把这个大区所有的企业咨询项目都委托给了我们。我们赢得了那些本不可能赢得的项目承包权，被授予了本不可能被授予的资金。所有这一切都是因为党，我们的执政党，决定创建达密德公司，创建一个响应国家鼓励措施的企业陪同机构。"副董事长看了看表，"现在他们派你到这里告诉我，他们的手脚被捆住了？"

官员难为情地叹了口气，说："总是能找到解决办法的。"

"是吗？"

"找得到的，能找到的。"

他们总能找到解决方案，他必须承认这点。但不是哲学家、逻辑学或者数学家的解决方案，而更像是诗人、牧师甚至魔术师的解决方案。政治舞台上的喜剧演员都是魔术师，其他人，比方说纵容者、纳税人还有爱管闲事的人，则都是观众。剧院厅内的观众来来往往，但是剧院总是在的。

"说起来，你们那边难道就风平浪静？"官员话锋一转，突然问道。

这话里有话，副董事长恼怒地看着他，没想到对方来了个意料之外的反扑。

"此话怎讲？"

"你还记得克里斯吗？他曾经是你们的客户。"

副董事长点头。

"是我们介绍给你们的，他本来是要拿点资金建个工棚。"

"我印象中，他已经拿过了。"

"是。"党官员说，"不过，前几天他又去了趟达密德，想介绍他的一个新项目，但是你们的一名顾问把他拒之门外了。"

"谁？"

"乔瓦尼。"

副董事长爆发出一阵苦涩的笑声："那他为什么这么做？"

"为什么？你他妈竟然会在乎为什么？"党的官员不耐烦了，"总之，他们吵了一架，乔瓦尼指控他欺诈，但这不是问题的关键。你们若是想要得到援手，那你必须让水保持平静。"

"我们这儿水很平静。"副董事长嘟囔道。

沉默了半晌，党的官员犹豫地打量了一番周围的情况，说："你想喝杯咖啡吗？"

一个跑步的年轻人磕磕绊绊地从他们面前经过，但没有摔倒，鞋子在人行道上发出吱吱声，MP3 播放器从耳机上脱落掉在了地上。男孩儿停下来，咒骂着，弯腰捡起 MP3 播放器，但是太迟了，MP3 已经被摔坏了。

副董事长和党的官员转过头看了他一会儿。

"你想喝杯咖啡吗？"

"不了，谢谢。"

才没住多久，西蒙娜就感觉自己不像是这个家里的女儿，反而更像一位客人。她闻到一股刺鼻的味道，是自己脸上涂的母亲的粉底。家里的其余人都已经准备好可以出门了，突如其来的一股压迫感扼住了肺部，阻止她呼吸。

在这套房子里，你无法呼吸。这就是当初她离开的原因。当年她才二十五岁，相信自己遇到了生命中那个对的人，于是迅速坠入爱河。

自她小时候起，厨房里那些棕绿色的陶瓷就让她感到莫名沮丧。深绿色以及更深的棕褐色的陶瓷，在艺术家巧夺天工的手里，变成了一块块的小方砖。当时她并没有意识到这种低沉的情绪如火一般烙印在七十年代的家具陈设中。而现在，西蒙娜的父亲托马索，他的阿尔茨海默症并没有给这本就不乐观的环境增添什么益处，虽然他自己根本没有意识到自己病得有多严重。

西蒙娜始终忘不了巴托那个眼神，他们刚搬到这里的那天，她父亲问他叫什么名字。

"巴托。"她儿子回答说。

在放下行李箱后他们进入厨房，桌上放着饼干、安神茶和水果茶，托马索又问了一遍同样的问题，那一刻巴托的眼神是那么地不确定。她条件反射般地心生悔意，后悔带着孩子一起去了，但她立刻又为自己的这种想法感到羞愧，觉得自己很自私。

"巴托。"他只好再次回答。西蒙娜的父亲抬头看着她，然后瞥了一眼迭戈，问："他是你儿子吗？"

"托马索，你已经见过他了。难道你不记得了吗？"西蒙娜的母亲打断了对话。她的脸像往常一样写满了愤怒，她的怒气和痛苦足以传染整个社会。

"算了，妈，没事。"

"我给你切一块蛋糕吃怎么样，巴托？"

"谢谢姥姥。"

已经过去十五天了，她还是想不起来是在哪里读到的那句"遗忘的必要性在于，它是理解的一部分"。这两个星期的短暂逗留让她疲惫不堪，父亲不断地提问，迷失在了他混乱的思绪里，只有母亲可以理解父亲的话语。

除开别的乱七八糟的事情，这段时间里，西蒙娜老是挂念着多功能料理机，想着它出色的表现和数不清的好处。她与母亲讨论了很多次关于食物的问题，比如如何用杂七杂八的食材烹饪出美味多汁的佳肴。有一天晚上，她还梦见计时器响了。

迭戈也在慢慢调整状态，偶尔当多功能料理机轰轰作响的时候，他会变得渴望食物，蹒跚地朝着桌子挪动。

窗外吹来一阵冷风，托马索怀疑地看向窗外，然后又把视线转回到西蒙娜身上："你现在又怀孕了吗？"

"没有，爸，你在说什么？"

"你看起来胖了。"

"我没有发胖。"

"她没有发胖，托马索，她很好。"西蒙娜的母亲手里晃着一瓶梨汁说道，她用手掌拍着瓶底，梨子的果肉像融入一种着迷的化学物般混杂在果汁里。

"所以呢？"母亲问道。

"什么？"

"迭戈可以吃意大利面吗？"

"我觉得应该没问题，怎么了？"

"晚餐吃鹰嘴豆意面。"

"不放辣椒就行。"西蒙娜说，"爸，你为什么不带巴托去看看你收藏的唱片？之前他问了我很多关于爵士乐的问题。"

"行吧，"她父亲回答道，"我们一起过去，我给你们讲解讲解。"

巴托的眼里写满了不情愿，通常他都会和他姥爷离得远远的。姥爷是个奇怪的人，总会问巴托是从哪里冒出来的，为什么会待在他家里。

"姥爷怎么了？他疯了吗？"

"没有，他生病了，什么都不记得了。"

"他病得很重吗？"

"是的。"

"昨天他跟我谈了谈音乐，我什么都没听懂。他讲了一个很优秀的人最终死于毒品的故事，然后，他把这个故事又讲了一遍。"

"我告诉过你，他生病了。"

"我们会回到爸爸身边吗？"

"我不知道。"

"什么时候？"

"我不知道。"

众所周知，托马索是一个爵士乐爱好者，他所有的同事都认为他是个厉害的行家。事实上，他的确对这方面了解甚广，但还没有达到他想要的程度。毕竟，他也知道别人对他的恭维，很大一部分原因是他曾在外交部任职长达三十年。

晚餐后，西蒙娜把孩子们哄上床睡觉。客房是她母亲的一种古老的习惯，一种类似于提供食物和饮料的款待形式，大多数时候都在等待着不知何时会来的客人。

迭戈的一只耳朵在颤，他睡得很不安稳，睡着睡着就会不自觉地调个方向。巴托平静地躺在床沿。他们的小脚丫脏脏的，西蒙娜吃惊地发现迭戈脚上还粘有细碎的植物，她抬手轻轻拂去他们脚上黑乎乎的碎屑和灰尘。如果她放任不管，把他们就这样放到床上，那她就不是一位好母亲。

回到厨房。"爸吃过药了吗？"

西蒙娜的母亲正在清洗多功能料理机。"吃过了。"她恼火地回答道，"他都快把我逼疯了，每天都问你的祖母。"

"我跟你说过很多次了，你不必顺着他的话聊。"西蒙娜说，"他现在理解能力有问题。"

"你说说，在葬礼当天都没有哭的人，为什么会在半夜醒来，为三十多年前去世的母亲哭泣？"

"你不必跟着他的思路走，"她重复道，"不然早晚你也会生病的。"

"他甚至都不想下床了。"

"你得说服他，让他多出门，帮助他克服压力。"

"他根本就不想要帮助，再说了，有压力的那个人难道是他吗？"

"妈，你又来了！"

"你都不知道他前几天做了什么！他威胁我，你敢信吗？他说要告诉你，我毁了他的唱片集。然后我想，那不然就把他的唱片拿到他跟前，希望这样他能意识到自己的神志不清，但是当我拿着唱片集再回到他面前的时候，你猜怎么着，他正弯腰打电话说他想控诉我。你觉得我们能做些什么呢？"

"我不知道。"

"心理治疗或许可以帮助他。"

"也许吧,但我不跟他一起去。"

"为什么不呢?"

"我们不是已经说好了,如果你想的话,我们还是可以去上次那个地方。"西蒙娜说。

"我都快被他逼疯了。"

"妈,你肯定也需要心理治疗。"

"我才不用。"

西蒙娜坐下来,开始翻阅杂志,要先看多少广告才能找到一则有趣的新闻?"你要多出去呼吸新鲜空气,"她说,"如果你在想怎么逃避,那你还是趁早忘了,这事儿免谈。"

"不要误会,我只是想去洗洗手。"

"好吧。"

西蒙娜靠在床上,想起了一位病人朱茜,她是诊疗中心的常客,遗忘对她来说,不是为了理解,而是种常态,她甚至会忘却自己。

母亲准备的客房里,各种东西都如博物馆一样陈列整齐,那些头天到第二天就走的客人,是无法体会到客房里缺了什么的。床垫不舒服,床头柜也不稳,整间屋子只有一把椅子显然不够。最重要的是缺一盏当你睡前靠在床头看书时恰好能照亮书页的灯。眼前的床头柜上只有一盏古旧的台灯在散发出昏暗的灯光,一根长长的线紧连着插座,稍不留意就会被绊倒。陶瓷制的香薰,墙壁上的挂画,房间打扫过后遗留的清洁水味。这曾经是西蒙娜的妹妹——乌拉的房间,说起来,她们俩也好久没联系了。

如果当初硬要她打赌,猜她父母二人谁会先生病,她会赌她的母亲,她就像有狂躁症一样。然而世事难料，最后生病的却是她父亲，强大而英俊的外交官。他老早就被这种疾病给盯上了，疾病就像穿着便衣的警察一样，默默地在暗中观察，等待合适的时机然后将他一举击败。

一股梨汁的清香味时不时地从孩子们身上传来。

餐厅爆满，很热，服务员们的妆容有些花了，他们表情呆滞，汗流浃背，就像吃了摇头丸一样。

"不好意思，能不能麻烦把暖气温度调低一点？这里面都快要热爆炸了。"

"我知道。"一名女服务员回答道，她的金色头发没有其他服务员那么假，"我们已经把暖气关了。"

乔瓦尼说了声谢谢，点了瓶矿泉水。罗里斯又迟到了。乔瓦尼把手伸进衬衫衣领，擦去几滴汗水，然后起身去洗手间小便。当他发现电动烘手机坏了时，他发出一阵痛苦的呻吟，于是再次打开水龙头，洗了把脸，回到大厅。

在他点的矿泉水前面坐着罗里斯，仍旧穿着他那件棕褐色的天鹅绒夹克，乔瓦尼停下来看了他一小会儿，罗里斯伸出一只手捋了捋他的头发，然后开始玩夹克的纽扣。

"最近怎么样？"

"启罗改了主意，"罗里斯回答道，"他想改卖避孕套，我不知道，我感觉不太靠谱。你时间多吗？我一会儿就得溜了。"

"避孕套？"

"报警器的主意我觉得还挺可行的，但是卖避孕套我不知道行不行得通。不过启罗特别善变，几天前，他又改变了主意，决定开一家进口服务公司，帮别的进口公司找最优惠价格的进口产品。"

"听起来还不错，对了，你复活节有什么安排没？"乔瓦尼问道，"不然你过来找我吧，我们家就只有我爸和我。"

"可怜三人组？"

"那可不！"

"行吧，我肯定来，除非我已经到上海，去管理什么草莓味避孕套的生产部门。你知道的，我一看到有人在工作，就忍不住想要去指导一下。顺便问一下，你爸怎么样？很久没见他了。这里面太热了！你爸真是个坏老头。"

"他挺好的，虽然最近我一直尽可能少地待在家里。"

"你做得对，本来婚姻就已经一团糟了，要是你还在家跟你爸两个人待着，那你岂不是会越来越绝望？"罗里斯说，"对了，你要不先把文章给我？我今天下午看一看，然后发给报社，真是感激不尽！服务员，麻烦再拿一瓶矿泉水，谢谢。哦，还有一份炸薯条。"

"给我来一个鼠尾草裹牛肉的帕尼尼。"乔瓦尼补充道。

"话说，你觉得这次怎么样？"

乔瓦尼从口袋里拿出一个光盘递给他。"挺好的，"他说，"但我喝得太多了，今天早上我就跟一块破布似的。"

"被一堆腰肢柔软的美女环绕着度过一个晚上，感觉是不是特别爽？"

"你知道吗，自从西蒙娜和孩子们走了以后，昨晚我第一次没有想他们。"

"这就是美女们的神奇疗效！你不要跟演悲剧似的，好歹你也是一个中产阶级分子。"

"我一点都不想和他们分开，但是说真的，要是昨天我没有喝到烂醉如泥，没准儿我会随便跟一个女的上床。"

"很好，说明你还是个正常男人。这是个好消息，不要感到内疚。"

"我没感到内疚。"

"你的薯条上来了，"乔瓦尼说，"我们赶紧开吃吧，我都快饿死了！"

"慢慢吃，乔瓦！复活节如果我没有去中国，那我肯定会去你家的。我觉得你父亲人挺好的。"

外头的风疾如猛兽。

乔瓦尼上班迟到了。冰冷的空气闯进他浓密的汗毛下衰老的、带有酒精味的皮肤褶皱里。商务中心的风在移动、奔跑、交织，紧咬着乔瓦尼的屁股不放。大风猛烈地撞击着酒吧的桌子，最终把自己丢弃在楼梯的尽头。

乔瓦尼走进达密德公司那栋摩天大楼，按下电梯。在他身旁站着一名酒吧的服务生，一副未成年人的面孔。他的脸就像是那种可以永久使用的面具模子，上面刻着那不勒斯永恒不变的价值观——与人为善。

电梯门开了，男孩儿礼貌地让乔瓦尼先进去，然后自己再进去。他小心翼翼地拿着托盘，生怕晃动了托盘里的咖啡和还在冒着热气的咖啡壶。

如果说人与人之间的尊重是推动社会关系运转的齿轮，那么男孩儿这一礼貌的行为，就是齿轮上的一剂润滑油。

"你能给我一杯吗？"

"不好意思，"男孩儿回答道，"我得拿去给马谢洛博士。"

"那咖啡壶里还有吗？"

男孩儿看着咖啡壶，拿了一个塑料杯，倒了半杯给乔瓦尼。

"给你，"乔瓦尼掏出一欧元硬币，说，"你人不错！"

男孩儿道谢。

吉吉披着大衣站在四楼的楼梯口，旁边是他的心腹安东尼奥，两人脸色发灰，带有恶意在那儿窃窃私语。

吉吉很生气，安东尼奥也在努力地表现出生气的样子。他们俩就像是悲剧版的《天堂电影院》里的艾佛特和多多，有一个毫无疑问是主演，但我们也不能错误地低估了他的左膀右臂。

"乔瓦尼！"

"嗨，吉吉，安东尼奥。"

乔瓦尼感觉似乎有一瞬间，他们俩彼此交换了一个嘲讽的眼神。

他同他们打完招呼便走进办公室，然后又去了趟洗手间。他妈的，镜子里他的下巴上竟沾有一点咖啡渍。

7

　　西蒙娜认为，巴托从四岁起，就已经对想象当市长这个话题丧失了兴趣。每次只要乔瓦尼谈论起那不勒斯，谈起他实现道路畅通的构想方案，最后总是会矫枉过正，真是拿他没办法。每当这种时候，他作为一个那不勒斯人的本性就会暴露无遗，时常讲出一些轻率而且自相矛盾的话，甚至有时还会从嘴里冒出一些下流的笑话，这使得他的话不再有可信度而言。

　　说实话，那不勒斯的地铁运行得还是蛮正常的。

　　新线开通大约已经有一个月了，从东到西横跨城市，从但丁广场始发车，途经沃美若，一直到老城区比西诺拉。这条线路从一开始就被命名为一号线，因为这是那不勒斯至今为止完成的最重要的工程，要是把它命名为二号线，倒像是对它的一种侮辱了。

　　一号线也好，二号线也罢，不管它是被煤烟熏黑的破旧地铁，还是出自最现代的工程师之手的伟大工程，在经过回家这一路上的现场考察之后，乔瓦尼觉得，那不勒斯人永远不会改变，在他们扎眼的衣服、不文明的习惯、阴沉的面孔之下，是永远不会变的本质。

"你看到没？"他兴奋地问道。

"我看到了。"西蒙娜有些生气地回答，意识到自己又要开始听他的长篇大论了。

"大家本来都很淡定地在站台上等地铁，有的人站着，有的人靠着墙壁。这时突然从扬声器里传出一阵机械的声音，'列车即将进站，请站在黄色安全线外候车'。这时候人们在干吗呢？大家都开始摩拳擦掌，完全不顾安全性，一个接一个地往前挪，最后导致所有人都往前迈了一步，就是为了在列车停靠时能尽量站在前面，抢最好的位置。你看到了吗？"

"对，我看到了。但说到底，地铁运行良好不是吗？"

乔瓦尼瞪大眼睛，就好像在说，不，这不是重点。

"地铁运行是在运行，可是……"

"又不是每个人都往黄线挤。"

"就算不是所有人，那也差不多，这就是令人难以置信的集体心态，一个人的不顾安危，使得几乎所有在场的人都心存侥幸。"

西蒙娜没有说话。

"除了这个，"他继续说道，"黄色安全线也有问题。站台本身就很窄，还有这两条黄线，一条靠近墙壁，一条靠近站台，等播报的时候，只说要远离黄色安全线，可没说到底要远离哪条黄线。"

他边说边跨过了黄线，真是搬石头砸自己的脚。

"是，你说得都没错，但地铁还是运行得很好。"她说道，想一劳永逸地终止这场讨论。

"那你说了什么？"

"我说我不想这样做，我不感兴趣。"

"那他呢？"

"他什么都没说，后来他找到了个借口打了我。"

"只是打了你吗？"

"那次是的，因为没过多久妈妈就回来了。"

"那你妈妈知道他在骚扰你吗？"

"嗯，知道的吧，我觉得她应该是知道的。当初，他们因为收养我的事情差点没打起来，一直忙着准备各种各样的材料手续，来来回回地往孤儿院跑。我也不愿意相信，本来还以为终于找到了个好归宿，结果却……"

西蒙娜看着朱茜的眼睛，本以为她会哭，但她没有，她一直强忍着情绪。她才十五岁，是诊疗中心里西蒙娜最喜欢的小女孩儿。

"那个家庭也一样恶心，"朱茜说，"就跟我亲生父母家一样，跟孤儿院、跟这里一样，到处都这么恶心。"

朱茜站起来拥抱她，她们就这样交错着胳膊拥抱了一分钟，然后女孩儿垂下手臂，说："医生，谢谢你听我说这些，明天见。"

"好的，明天见。"西蒙娜说，"你去玩你的吧。"

朱茜走了出去，西蒙娜盯着办公室洁白的墙面发起呆来。在诊疗中心，每个人都叫她小薯条，因为她的鼻子十分小巧，还略微上翘，就像根薯条。

是哪个白痴批准那两个人领养她的？

诊疗中心为所有不幸的人敞开大门，这里每天都会来一个新的未成年人，需要予以疏导、治疗和照顾。大多数人待三天后就会离开，但是几乎没有一个人是真正意义上的彻底回家，所以，这里也不乏常客。

毕竟，如果不对家长们也辅以正确的指导，那么对孩子们的治疗就算一时有用，也必定不会长久。诊疗中心首先是一名护士，一位母亲；其次，是一个辅助工具；最后，才是一个心理治疗师。所以真正对病人们进行心理治疗的时间其实很少，至少没有他们所需要的那么多。

天气很冷，门没有完全关上，只需轻轻一推就能知道，门其实并没有紧紧贴住门框，透过空隙能听到护士们的交谈声、助手们沉重的呼吸。

朱茜每次来问诊都会犹豫不决。墙壁虽然不久前刚被粉刷一新，但视觉上它们从未给人带来什么新鲜感，嗅觉上也没有干净墙壁的气味，门把手和墙壁之间还有一个黑色的手印。西蒙娜拿起电话拨打家里的座机号码。

"家里怎么样？"

"挺好的，不过男人们真的是不知道怎么保持干净，幸好没有弄得太脏。你呢，还好吗？"

"这一天过得真是糟糕透了。"西蒙娜叹了口气，"罗宾，吹风机上的卷发风罩我忘在家里了，就在主卧那间浴室的柜子里。"

"好的。那你是等有空自己过来拿，还是我让你丈夫给你送过去？"

"不用麻烦他了，周五你去我妈家的时候顺便帮我带过来吧。"

"还要等两天才到周五。"

"没事，我等等。"

"那你的卷发会很难打理。"

"我知道。"

"其实我觉得卷发风罩也没多大用，但它给人一种在理发店的感觉。"

"是啊。"

"行吧，那交给我了。"罗宾说，"我现在就去把它装到袋子里，这样我就不会忘记了。"

画面里爷爷正在穿衣服。

剪切，粘贴，然后，在爷爷穿衣服和迭戈紧抓着妈妈耳朵这两幕之间，插入一个淡入淡出的效果。

他这里加点效果，那里打点马赛克，当背景音乐唱到"你摆正了我的生活／回到我／微小但琐碎的生命"这句时，他加了一点回音。

巴托始终无法做出决定，他已经浪费了半小时在纠结，"我的一家"这几个字，到底是让它滚动出现，还是制作成爬行字幕。但从另一个角度来看，他的犹豫也是因为他的不在乎。

他不在乎是因为，这台电脑简直就是块破铜烂铁，而且品尼高这个视频编辑软件一点都不好用。

他不在乎是因为，没有任何人会关心《我的一家》这个短片。

他不在乎是因为，他在乎别人所不在乎的事情。

他不在乎是因为，无论是滚动还是爬行字幕，反正都是品尼高制作的。

他不在乎是因为，现在爸爸妈妈已经分开了，他不知道等他完成短片之后，怎样播放给他们看。

他不在乎是因为，今天下雨了，而下雨的时候一切都变得无聊透顶。倾盆大雨使得天光暗淡，灰色的乌云层层压来。他把一根手指塞进鼻孔里，也许录制的视频片段需要 3D 的阴影效果，也许是时候再找他爸爸要一台新的摄像机了。

他看了看周围，不知道该做什么，扫视了一下这间新卧室，外头正下着雨，而屋内丑丑的。他尤其想念他那台配备有刻录机、外置硬盘和摄像头的电脑。

巴托环顾四周。

这个九岁的男孩儿，正在环顾四周。

老乔盯着不断变化的电视屏幕，在广告与广告的间隔期间，他不由得发问，电视不断给他输出信息的意义在哪儿？本来决定看电视的他，是想要休息一下自己被各种思绪所折磨的大脑，结果却又被电视上的种种信息困住。

他试过离电视机远点，但是各种各样的信息并不在意，仍然源源不断地灌输进来。因为问题并不在于我们关不关注时事，认不认识电视机上的那些著名面孔，或者理不理解电视所传达的观点。事实是，不是信息为我们所用，相反，是我们正在为它们服务。是我们打电话给直播间，参与问卷调查；是我们去试镜，接受街头采访；是我们用唱歌跳舞帮助策划电视节目。有观点的人是我们。

"世界上有的人自出生起就注定会被戴绿帽子，有的人一辈子都不会。"老乔说道，"显然，戴绿帽子的人比不戴绿帽子的人过得更糟糕。那么是谁发明了戴绿帽子这种说法？是少数被压抑的男性，他们想恢复自己曾经在世界上的统领地位。你听说过萨特和波伏娃的非典型爱情吗？"

"你为什么不刮胡子？"

"我不想刮。"

乔瓦尼可以列举出一大堆原因，来解释他为什么不喜欢他父亲留胡子，但介于电视机上不停切换的人物，还有出于自己内心的反省，他决定用一个词总结，那就是——悲剧。

他第一次看到他父亲留着胡子，是在他父亲的父亲——和他同名的祖父乔瓦尼，去世的时候。老乔在医院过的夜，第二天早上，肾脏已经感染很久了的祖父最终被疾病击垮。乔瓦尼闭上眼睛努力不哭出来，他最后一次抓着他祖父的手不放，就在那时，他瞥见了他父亲红色的胡须，仿佛正在他那悲恸欲绝、憔悴不堪的面孔下编织着一张网，而他一点也不喜欢父亲这个样子。

　　第二次则是在他母亲去世之后。一天下午他回家探望他父亲，仍旧是下巴底下那一撮毛，不过没那么红了，反而有些偏黄。即使特蕾莎已经去世两个多月了，老乔还是无法从悲伤中走出来，他给乔瓦尼煮了杯咖啡，忍住没哭。

　　"如今，无论是背叛本身，还是那些受害者所经历的折磨，都不断被人们赋予一定的价值。"乔瓦尼拧紧手里那瓶西西里苦橙味汽水，继续说道，"若真如你所说的那样，那为什么大部分人，都没有采取萨特和波伏娃那样的相处模式呢？"

　　"我怎么知道人们为什么如此愚蠢？"

　　电视播放着各种广告：汽车、卫生巾、洗涤剂、护肤产品。

　　"你觉得妈妈有过别的男人吗？"

　　"我不知道，不过我觉得应该没有。"

　　现在电视画面上有个九十来岁的老年人，他正在义愤填膺地控诉一个假的邮递员，以送快递为由进到他家，跟他说大楼着火了，让他赶紧离开公寓，就在一片混乱当中，假邮递员套出了他的银行卡和密码。

　　乔瓦尼问："为什么我们在看这个节目？"

　　"因为它让我生气。"老乔回答道。

　　"这个老人很绝望。"

　　"衰老即是绝望。"

　　一小时后，他在电视机前醒来，他看了看沙发，老乔也睡着了。

　　他走到餐厅打开电脑，在键盘上敲击下一长串的密码。他开始网聊也有十来天了，在虚拟的世界里，结交朋友很容易，只需注册，填写个人资料就可以开始狩猎了。自从网络发明以后，狩猎变得如此简单。

　　根据相关研究表明，婚姻的失败，首要元凶便是金钱，其次是对孩子的教育理念不合，最后才是因为背叛。各项研究都在尝试去解释，为什么人们会忙于建立长久的关系，而不去回答这个基本的问题：为什么人们一定要结婚？

网上有个人问他，第一次的时候他不予作答，后来那家伙又问了他一遍，他回答说自己也是男的，然后那个人就再也没打扰过他了。这个名为"红黄心"的聊天室如今已然成了他的另一个家，他知道这会打破他生活的平衡。在这里，别人眼中的他是一个聪明有趣的人，偶尔还会开一些无关痛痒的玩笑。他很兴奋，整个人表现得十分轻松自然。他从来都不是一个擅长调情的情场老手，但是隔着一台键盘上满是碎屑的电脑，你也可以假装自己很在行。

他现在正尝试加入两位女性的对话，在此之前，他们从未聊过天。

乔（乔瓦尼网名）：你们介意我们三个人一起聊吗？

这两个女人消失了。不要狂躁。过了五六分钟，电脑的音箱里传来一阵提示音，是来自艾玛'75的消息。

乔：你是红黄心聊天室的？

艾玛'75：不是，我是拉齐奥大区的。

乔：你在这做什么？

艾玛'75：来认识下附近的人。

乔：你是哪里人？

艾玛'75：罗马，你呢？

乔：那不勒斯。

艾玛'75：你多大了？

乔：五十。

艾玛没有反应，隔着屏幕乔瓦尼都能猜到她对他的失望，想到她随着音乐摇摆的头。

乔：嘿？你还在吗？

仍旧是沉默。他走去厨房，拿了瓶水喝，试着叫醒他的父亲。然后又回到屏幕前。

乔：艾玛，你还在吗？我刚刚是骗你的，我四十二岁。

一个令人不安的提示框弹开，艾玛已经把他拉入了黑名单！

乔：你是哪里人？

关键人：那不勒斯。

乔：真巧，我也是。

关键人：那不勒斯本地人？

乔：对，怎么这么问？

关键人：因为有很多人都说他们来自那不勒斯……

关键人：但其实他们只是来自同一个省。

乔：你对这个省有什么意见吗？

关键人：绝对没有。

乔：你多大了？

一点点唾液流到了他的下巴上，最后滴在键盘上。他赶紧擦掉，眼睛却没离开屏幕。

关键人：三十二，你呢？

乔：三十六。

关键人：你介意我比你小吗？

乔：不，刚刚好。

沉默。关键人不再说话，她陷入沉默。只一瞬之隔，乔瓦尼从欣喜若狂沦为灰心丧气。他调低音箱的音量，从座位上站起来。

有些时候，他会后悔自己曾经戒了烟，比如此时。

他不止一次地问自己这样做是否值得，许多和他一样的男人，在经历了抽烟所带来的一系列危害之后，到大约三十岁的时候开始戒烟。中产阶级的男人们，一般或早或晚都会戒烟，而且不会后悔。以前的他们，觉得吸烟很好，吸烟可以舒缓神经，更有甚者还觉得烟草有益于身心健康，对儿童也无害。但过了三十岁，就像是反宗教信仰一样，整个态度发生了一百八十度转变，他们摇身一变，成了注重健康人士的茫茫大军中的一员，还严禁子女们吸烟。

关键人：对不起……

关键人：我刚刚有事。

乔瓦尼重新坐下，开始在键盘上打字。

乔：没事。

关键人：所以……

关键人：我们之前说到哪儿了？

乔：年龄问题。

关键人：我可以问你一个问题吗？

乔：当然。

关键人：你说的，刚刚好，是指什么？

乔：我三十六岁，你三十二岁，我比你大点刚好。

乔：但要是反过来，可能就不那么完美了。

关键人：？

乔：因为我认识很多女人。

乔：要是她们不找个年纪比他们大的……

乔：就干脆连家门都不出。

关键人：我又不是那种在家里躺尸的人。

乔：不说这个了，你叫什么名字？

关键人：卡尔曼。

乔：我叫乔瓦尼。

乔：你有工作吗？

关键人：你呢？

关键人：我做售货员。

关键人：在一家鞋店。

乔：我想见见你。

关键人：你这个节奏是不是太快了点。

乔：到目前为止，我已经浪费了太多时间。

乔：我必须加快进度，这是生死攸关的问题。

关键人：你很奇怪。

关键人：奇怪，但人很好……

乔：谢谢。

关键人：不好意思，电话又响了。

关键人：我得走了。

乔：行。

乔：那我什么时候能再找你聊天？

关键人：明天这个时候。

乔：明天见，拜。

关键人下线了，乔瓦尼这声道别存留于空气之中，紧紧抓住这份没有收到回复的孤独。拜。不再有任何回应，就这么消失在真空的宇宙。

今天没有什么可做的了，他起身，关掉电脑，走去洗手间刷牙。

8

　　加里波第广场充满了阳光、烤肉串和苍蝇，圣诞临近，橱窗里摆设有复原耶稣诞生场景的马厩，还有用来装饰的各位圣人、牧羊人，等等。街上有来自东方的金发女人，就像他的克莉丝汀，但比他的克莉丝汀更臃肿。老乔本来在找哪里有卖移动电源的，没想到碰上了个卖假劳力士的。

　　"看，"卖假货的小贩说道，他又矮又胖，穿着件敞开的衬衣，外面套件皮夹克，"这跟原版的一模一样。"

　　"要真是一模一样，那我买了岂不是立马就会被偷。"老乔随意应付，想继续往前走。

　　"不不不，"小贩拦住他的去路，"小偷眼力都很好，不可能弄混的。"

　　"反正你说什么我也不想买，那不勒斯是做错了什么，要忍受你们在这里卖假货？"

　　他没有时间再说点别的了，两团黑色的小剪影正疯了似的边喊着边朝他跑来，像蜘蛛一般，快的那只迅速掠过他身旁，第二只紧随其后，手里紧紧地攥住一台摄像机。

老乔被撞得一个趔趄，重重地往后倒在墙壁上。不疼，这只是一个小碰撞，带有回声的小碰撞。

有人走近问他："你还好吗？"老乔抬起头望向天空，回答说还行。广场上的光线突然涌进他的视网膜，让他有一瞬间的眩晕，一时间他有些站不稳，但幸亏只是片刻。

没过一会儿就出现了第三个身影，这次是个身材高大而且健壮的年轻人，金色的头发，肩上背着个双肩包，看样子应该是个外国人。他出手敏捷、迅猛，让人印象深刻，也就几秒钟的时间，他大步一跃，扑向第二只"蜘蛛"。两人都摔在了地上，外国人给了他一拳，"小蜘蛛"回了外国人一拳，场面十分混乱，但是外国人还是成功地夺走了紧紧握在"小蜘蛛"手里的摄像机，然后起身准备离开。

没有一个人分心，老乔、卖假劳力士的小贩、各路行人，还有橱窗里那些牧羊人。广场在一片光线的包裹之中，不可思议地静止了。就连第一只"蜘蛛"，都停下来看这一幕，他意识到需要立即采取行动，来阻止这场不可饶恕的骚乱，于是他吹了声口哨。

凭空冒出许多人，像细小的黑蜘蛛，从小巷、商店和楼房中探出头来，十来只，或许更多，所有人都是同一副面孔。有瘦的，有胖的，但这并不影响，他们看起来还是像同一个人，有着多重身份的同一个人。

"抓住他！"他转向大家喊道，"快抓住那个游客，他拿走了摄像机！"

这时，外国人意识到他最好是赶紧动身，他开始跑，但是已经来不及了。北欧人所拥有的力量、肌肉和敏捷，到底还是对付不了这些"小蜘蛛"。这些藏匿在城市各个角落的"小蜘蛛"，一眨眼的工夫便粘到外国人身上去了。

老乔看得目不转睛，他揉了揉肩膀，继续看着，所有人都在看着眼前这一幕，无论是圣人还是魔鬼，抑或是橱窗里的那些牧羊人，所有人都在自己的位置上观察着这个脸颊通红的外国人。他像是浑身在发热，等过一会儿"蜘蛛们"肆虐之后，他的脸颊会变得更红。

整个场面像一场大屠杀。

"蜘蛛们"推他、打他，每个人打一下。哦，不，其实也没有这么精确，都是随便打。总之就是干巴巴的拳头就这么砸下来，没有回音。他们围着他，一拳又一拳，外国人倒在地上，他和他的肌肉，他和他的脸颊，他和他的信念，统统倒在地上。

他本来以为自己有权拿回属于自己的相机，有权反抗。可怜的人啊，来自远方的人啊，要明白这里可是那不勒斯。

他最好的同事之一，卢多维，正在办公室的正中央看着他。

"你是从哪里冒出来的？"

"乔瓦，你怎么脸色这么苍白？"

卢多维很高，人还不错，他的面部结构完美地处于肥胖的边缘。平坦的前额下戴着一副小眼镜。两个巨大的鼻孔，若是放在一个音乐家脸上倒是绝配。嘴唇丰满，虽有着南方人的狡猾，却给人一种怯懦的感觉。

"你在做什么？"卢多维说。

"斯科波尼刚刚打电话给我。"乔瓦尼回答道。

"他也给我打了，他找你做什么？"

"还不是和之前一样，想和我见面。"

"他给了我一份名单，上面有政治家、官员、企业家。"

"那你怎么说的？"

"我跟他说我什么都不知道，我们只负责做好自己分内的工作，至于公司委托给我们的客户，我们不会问太多。乔瓦，我也被卷入其中了。"

卢多维说，"你都想象不到今天米凯乐发了多大的火，我觉得他们迟早会把他逼疯，唉，可怜的米凯乐。"

"斯科波尼也给他打电话了？"

"比这还糟糕，他们见了面。"

"什么？！"

"这消息够劲爆吧，嗯？有人把所有的事情都泄露给了吉吉。"

"他们为什么要见面？他们有什么要说的？"

"我也想知道。"卢多维说，"我现在要走了，我得带儿子去看牙医。不过，你怎么了？"

"我？"

"你有点奇怪。"

"没什么，我一会儿要跟一个人见个面。"

"有客户？这种时候？"

乔瓦尼笑了，说："不，她不是客户。"

穿着西装、打着领带的男人，把自己收拾得简单利落，穿过地铁出口汹涌的人潮，专注地寻找一位大约三十二岁、身高十五英尺、留着黑色短发的女子，不过没找到。

关键人迟到了。

乔瓦尼向服务员点点头，他不情愿地朝乔瓦尼走来。乔瓦尼面带笑容，准备点一片杏味果酱烤面包干。"卖完了，"服务员回答道，"但是卡普里奶酪味的还剩下点。"

"那还新鲜吗？"他问道。

服务员挤出一个略带欺骗性的笑容，作为那不勒斯的服务员，这是他们在向顾客保证菜品的美味时惯用的表情。"非常新鲜。"服务员回答道。

过了几分钟后，他迈着小鸭子般的小碎步走了回来，边走边摆弄着制服的金色纽扣，拿着一片巨大的涂着卡普里奶酪的面包。

从广场上传来的交通噪声，又肮脏又苦涩。乔瓦尼看到了那个女孩儿，短发，牛仔裤，长开襟衫，脖子上系着绿色围巾。卡尔曼朝着酒吧的小桌子和地铁站方向四处张望，有一瞬间她还怀疑自己是不是来错了地方。

她飘忽的目光迟疑地落在了乔瓦尼身上，觉得不太可能，于是又望向别处。服务员从酒吧里出来，托盘上满是咖啡和小点心。女孩儿逐渐向乔瓦尼所在的桌子靠近，但是眼睛仍旧在朝着错误的方向看，等她快走到乔瓦尼那一桌时，乔瓦尼叫住了她："你是卡尔曼吗？"

女孩儿看了看他，摸着围巾，倏然明白自己已经被人默默观察好半天了。她暗自打量，心里想着：看着还算年轻，干练，不丑。

"不是约好的在地铁站见？"她嘟嘴埋怨。

"坐下来说吧。"他说。

卡尔曼坐下来。"幸会。"他伸出一只手说道。乔瓦尼原本是准备站起来做这个动作的，但是他又不太确定，卡尔曼并没有给他足够的时间犹豫，就已经坐下了。

"他们这里的卡普里奶酪面包，吃起来像世界末日到了。"

"那我点一杯咖啡吧，谢谢。"

乔瓦尼点了两杯咖啡。他努力让自己显得不那么尴尬，主动开启话题。"你的口音有点特别，"顿了顿，他继续说，"应该不是那不勒斯本地的。"

"我出生在特拉帕尼①，妈妈是西西里人，然后我又在罗马待了十一年。"

---

① 特拉帕尼，位于意大利南部西西里岛特拉帕尼省。

"你没有三十二岁。"

"我二十七岁。"卡尔曼迅速答道。

在接下来的半小时里，乔瓦尼嗅到了猎物的味道，卡尔曼所散发出的气味，是干净的房子，是新鲜的肉体，是一大片干枯的松果。一个接一个的问题，一声又一声的欢笑，一场追逐就此开始。

"你住在哪里？"

"在老市中心的一间两室公寓里。"

"你觉得在那里住得好吗？"

"还挺好的，"她回答道，"虽然在那附近有家美黑中心，每天有好多杀马特来来往往，有时候真的很烦。"

两人喝着咖啡，卡尔曼小口啜饮着。

"我等下要去这附近的一个酒庄稍微露个面，就在这后头，"乔瓦尼说，"你愿意和我一起去吗？"

"露个面？"

"我要给他们写篇文章，他们会请我们喝点东西。我跟酒庄的庄主在电话里聊过，他人不错。"

"你是记者吗？"

"不是，我只是在帮朋友个忙。"他说，"但如果你不想去，那就算了。"

卡尔曼笑笑，她觉得他有点奇怪，但没关系。

"为什么不呢？"她说。

"那我们走吧。"

他们在狭窄的人行道上并排行走，两人的身体紧挨着，乔瓦尼嗅到她身上沁人心脾的香气，大脑沦陷在这香气里，脚下的步子也变得轻盈。有些路过于狭窄了，他们不得不分开，一前一后地走，他便从后面看着她的脖颈。香气中混杂着些许汗臭味，是忙碌了一天之后的余韵，并不会招人讨厌。漫长的同行，葡萄酒后的微醺，倘若能沉浸在这样的香气里，便是死也心甘情愿。

西蒙娜还记得当年，母亲穿着奶奶的貂皮大衣，化着过了时的妆，从学校大门走进来的样子。那时她便意识到，就算穿在人身上的水貂能重新活过来，她父亲对一张纸的执念也丝毫不会撼动。

彼时的她正忙着准备毕业答辩，她的论文研究的是离轨行为和犯罪心理学，毕业之后，她打算继续攻读心理学，不过，没有任何人关心这个。她的父亲只在意一纸文凭，只要她顺利拿到学位证，别的都不重要；至于她母亲，这辈子从来没上过一天班的人，更是不会管；就连她自己，说实在的也没有多挂在心上，她只知道心理学是她唯一感兴趣的学科。

答辩的前一晚她失眠了，乱七八糟的想法占据了她的大脑。直到第二天早上，忧虑以压倒性的优势，打败了之前所有的想法。她对毕业答辩的恐惧就像面对癌症一样，她担心自己不能为学业画上一个圆满的句号。

答辩前一天，当焦虑以原始状态蔓延开来，她脑中闪过一丝疑问，衣柜里的衣服好像都不太适合这个场合。最后排除了各种不确定的选择，她挑了条灰色长裤，心里很满意，觉得到时候论文答辩的起始分数，光是凭印象分就能高出其他的同学。然而，到了答辩当天，当她看到其他同学的优雅着装时，忽觉有些失落。

母亲嘴上的唇彩闪闪发亮，她无法将视线从她母亲那厚厚的反光的嘴唇上挪开，两瓣嘴唇一直不停地在动，问她感觉怎么样，需不需要喝杯菊花茶安安神，还帮她计算着时间，以保证她在关键时刻不会想上厕所。西蒙娜简单地回答着好或者不好。等待的煎熬终于随着答辩大厅门的开启而终止，她和其他同学，以及亲友们一起走了进去，一眼就认出评委席上，自己的导师那肥硕的肚子。

在向众人宣布完后，西蒙娜内心不由得发出感叹：终于结束了！

庆祝派对办得十分热闹。打小她就很擅长人际交往，因此，组织各种派对的任务总是落到她身上，什么生日派对啊，暑期派对啊，等等。有时候她真的很想把自己脑子里的内容分一部分给她的同龄人，免得他们总是毫无羞耻地展示着自己的无知。

她本来以为，这场由她组织并且为她组织的派对会以失败告终。在她的想象之中，空旷的大厅里，服务员们在等待宾客的到来，水晶高脚杯里酒精满到都快要溢出来了，还有许多准备好的待用的杯子。她甚至都能预见到，她坐在酒吧座椅上苦闷不堪的样子，思考着那些宾客为何迟迟不来。不过，事实与猜想的大相径庭，这场派对比她想象的要热闹得多，甚至还有些钻空子不请自来的人，不过她也不太在意。

所有人都来了，除了她父亲。

"恭喜你毕业了！"电话另一端的声音说。

"嗨，爸爸。"

托马索已经出差一周了，他实在是脱不开身。芬兰总统访问意大利需要他花时间准备、安排，另外还有些别的检查要应付。因此，芬兰政府、芬兰驻意大利大使馆、意大利驻芬兰大使馆、意大利外交部，所有这些机构的人都认为，参加她的毕业派对没有这些事情重要。不过，西蒙娜知道这不是她父亲缺席的真正原因。

托马索其实不在乎他的女儿取得的学位证书，但是拥有学位证，意味着你可以高昂着头进入工作世界中。他只在乎结果，因为结果是具体的、可衡量的，但他却不理解他的家人需为之付出的情感代价。有时他为了达到目的，甚至会不择手段，但他一贯认为，不经历点痛苦，是不会取得任何成果的。

"这里非常冷。"

"真的吗？我这里一点都不冷，芬兰怎么样？"

"还不错，总统很友善。你在参加派对吗？"

"嗯，我的毕业派对。"

"玩得开心，小心点！"

"拜拜，爸爸。"

"拜拜，亲爱的。"

电话挂了还没三分钟，西蒙娜就懂了父亲为什么告诫她要小心。当然了，托马索并不认识大卫（在那天晚上之前，西蒙娜也不认识他）。大卫深谙一场派对意味着什么，相貌出众的人很容易就被人注意到，使宣泄具有了价值，而最后宣泄却以一种明明白白的方式，伸进了西蒙娜的内裤里。

她隔着很远冲着大卫的笑容回了个微笑，他从远处走近她，给她送上祝贺。她没问他是和谁一起来的，任他拿着几杯柠檬伏特加，把自己引向停车场。外面的温度还挺低的，他们上了车。她喝醉了，大卫笑了笑，露出整齐的牙齿，在停车场的黑暗之中，他的满意之情溢于言表。当处女膜彻底且无法挽回地破裂之后，她才感到一阵快感流过她的血管。

她想掩盖身上大卫的那辆菲亚特所遗留下的味道。她没有同他打招呼，便独自回到了派对上。往回走的路上，她突然有点恶心，差点就吐出来了，这种感觉与她小时候闻到生肉时的感觉一模一样。她回到派对所在的大厅，头脑一片空白，酒也醒得差不多了。

她的内裤上留有一两滴血。

在半明半暗的灯光下，裸露的肉体展现出细节。绘有《辛普森一家》的海报，手工刺绣的窗帘，宜家的台灯，木质的书桌，上面放着几本打开了的笔记本和书，还有一本字典。脏衣篓，椅子上躺着一叠彩色围巾、手套和帽子。一个破旧的沙发，一台电脑，占据房屋一角干干净净的厨房，一个迷你的小露台和几株天竺葵，墙上贴着些便利贴，一场聚会的剩菜，百里香的味道，一个木质立体的日历，两个轻微烫焦了的隔热餐垫，还有一些收藏的专辑。

"你是学生吗？"乔瓦尼问道。

"什么？"

卡尔曼在吸烟，他无奈地吐了口气（双人盖的羽绒被，印着花的被套，绿色包装袋的烟草、卷烟纸，还有个卷烟机）。"你要抽一根吗？"她问道。

"不用了，谢谢。"

"我是在读博士生，不过延期了。"

"'延期'是什么意思？"

"意思是我现在十分易怒。"

"我就知道你不是售货员。"

"我马上就要写完有关语言学的论文了。"

"你骗了我。"

"我是在做研究。"

"你正在挑战我的忍耐力。"

"我正在写这个研究课题的最后一章，"卡尔曼说，"在网上搜索和查找信息。好了，我要说的都说完了。"

"跟我上床也属于研究的一部分？"

不知道西蒙娜在和瓦莱里奥同床时是否有同样的优势。对于乔瓦尼来说，去卡尔曼家里就好像预谋了十五年的一个圈套一样，在酒吧氤氲的雾气中，坐着些大学生。城市蜿蜒的道路上，孩子们抓着他们年轻母亲的家居服，一直到深夜都还不睡。他呼吸着老城区颓废的大楼的空气，假装散漫随意地走着，路过低矮的敞开的大门时，碰巧听见一首达雷西欧①的歌，他跟着哼唱着，想借此洗涤一下自己的心灵。然后他就看到一个女人切掉这首歌，换了张最新的唱片，内容讲述着背叛、车震，还有对他人自由的束缚。虽然他不清楚，但他莫名地肯定，认为这些事西蒙娜没有全部做过。

"我要走了。"他说。

"你也可以留下来，要是你愿意。"

乔瓦尼从床上起来走去洗手间，他裸着身子在半明半暗的灯光下，感受到这段日子的无聊，正在被女孩儿的谎言和被遗忘的城市打破。

今晚他没有腹泻。

① 达雷西欧，歌手，1967年出生于意大利那不勒斯。

9

在伊斯基亚 [①] 的港口，来来往往的几乎全是穿着短裤的外国人。当地的出租车司机吆喝着游客们，彩色的小巴士卸下一批白里透红的德国旅行团和少量行李，等待着装载下一批面露期待的白人游客。

空气温热，已经快到夏天了。乔瓦尼脚刚一落地，就朝着码头走去，他迫不及待地租了一辆小艇，一刻都不能浪费。

西蒙娜此时正在想，事情已经很清楚了，他肯定是有外遇了。分居已有三个多月，现在都已经六月了，然而他甚至都没有尝试过跟她谈谈他们之间的问题，连一次都没有。就算他没有挑明，直接说他遇到了别的女人，或者更糟糕，说他正和另外一个女人在一起，但是事实显然如此。

会是谁呢？也许是他每天都能看到的某个实习生，也许是朋友的朋友。说不定他成了个花花公子。不，应该至少是个有教养的女人，一个结过婚，早在他之前就经历过家庭危机，于是跟前夫离异的女人，她迫不及待地想要引导另一个男人，教他在婚姻这条艰难的小巷中行走，教

---

① 伊斯基亚，第勒尼安海中的一座火山岛，距离那不勒斯约有 30 千米。

他如何面对家庭的支离破碎，更教会他如何走出过去，发展一段新的关系。但是所有这些都有一个前提，只有拥有三十五岁之后的成熟度，才能进入这场游戏。

西蒙娜想象着她苍白的脸，眼神迷离魅惑人心，是乔瓦尼这个年纪的男人很想拥有的那种典型美女。她一定很精明，特别精明，还有一头金发，可能高中时期的外号就叫机灵鬼。鼻子是整过的，嘴巴擅长说谎，对掌控男人有种偏好，会把她那虚假的高贵掩饰起来，谈论些平庸的话题，比如食物、金钱。又或许她很年轻，非常年轻，太过年轻以至于没法公平地与之相比。西蒙娜无法想象和一个穿着泳衣无忧无虑的小女孩儿竞争，不过，她倒是能大致猜到，一个精明的女人是如何解决棘手的与孩子相处的问题。

玛雅，是个很机灵的女孩儿，能言善辩。埃内斯托，一个内向的小男孩儿，顽皮的假知识分子，活脱脱一个翻版的杰拉尔·德帕迪约[1]小时候。看着玛雅和埃内斯托，你就会明白，童年阶段的特权就是，你可以肆无忌惮地展露自己的艺术天分。所以，当埃内斯托调皮捣蛋时，比如在邻居的车库里放火、剪断电梯的电线，他的妈妈早已准备好原谅他了，因为他做的这些事情，显然，是一个天才的原始天赋。同样地，当小玛雅成为故事的主角，用她的超级不可擦除笔在学校的墙上信笔涂鸦时，精明的女人将墙上的这些符号，看作是需要被驯服的野性，于是赶紧给我们崭露头角的艺术家报了个绘画班。但西蒙娜最能想象到的，还是精明女人在给乔瓦尼讲述这些小天才的事迹时，乔瓦尼会心一笑，他和那个女人在一起的每一刻，都使他变得更加顺从、开朗、实际。"我的小疯子们。"精明的女人会边喝着葡萄酒边这么说道。

---

[1]　杰拉尔·德帕迪约，出生于法国的男演员，代表作品有《基督山伯爵》《少年派的奇幻漂流》等。

对一些乔瓦尼过去从不感兴趣的话题，比如运动跑车、足球、脱口秀、异国旅行、组合式厨房、寿司、徒步旅行、引擎快艇、托斯卡纳乡村，等等，精明女人也会鼓励他发表自己的见解。

在所有类型的女性中，有两类是不会被淘汰出局的，一是年轻的，二是精明的。这两类女性尽管采取的方式不尽相同，但是大抵差不多，总之，都能完胜竞争对手。

酒店空气清新，由于正处于人来人往的中心地段，不乏有些来打听旅游景点的游客。告示语印有三门语言，不过德语是最受人关注的。酒店里的员工从他们狡猾的外表来看，应该都是些当地人，他们怀着谨慎又紧张的复杂心情，拥堵在大厅里盯着旅客们。

乔瓦尼、西蒙娜和孩子们，在长达三个月的分离后，第一次在周末聚到了一起。他们来到港口，一个面容瘦削的先生把他们载到汽艇上，他对那些专门面向游客的渔民很是不信任。"你们回来的时候把汽艇交给特奥多罗，只能交给他。"临走时他嘱咐说。

"特奥多罗，好的，我记住了。"乔瓦尼回答。孩子们开心地笑，西蒙娜也跟着他们笑了起来，为了不让他们失望，乔瓦尼给他们抛了个酷酷的眼神。"出发吗？"他问道。大家齐声说"好"，给船长加油打气。远处的特奥多罗，无论他是谁，正目送着汽艇驶出港口，一直到它消失在视野里。

半小时的航行后，乔瓦尼抛锚停船，不远处的浮标上写着"禁止停靠"，但在假期，许多其他家庭的船只也都安稳地停在这里，从这儿游泳去索杰托海滩也就只需五分钟。风平浪静，六月的光线透过蓝绿色混合的云彩。乔瓦尼记得在他印象里，最后一次来到这个海湾时，海上的船只比海滩上的人还多，而现在，这里却只有一片奇怪的寂静。

少数几个游泳者泡在海滩附近的含硫水中，一个男人躺在凸起的岩石上卖泥浆面膜，时不时传来的惊叫声会打破海滩的宁静，原来是一些女孩儿触碰到水源处沸腾的水。卖泥浆面膜的男人在石头上铺了块布，上面摆好一罐一罐的面膜，每罐五欧元。

人们下海游泳，然后上岸，再次下海。乔瓦尼紧握双拳，急不可耐地想去海滩上，于是抛出了个不太可能的建议："我们去海滩吧？"

"你说什么呢？"西蒙娜说，"有孩子在，我们去不了。"

她仔细地将毛巾抚平顺，一个角落都不放过，然后躺下。**你不应该迅速压制住他，放轻松点，让他表达。**"这艘汽艇挺舒服的。"她尝试着缓和气氛，心平气和地沟通，"你花多少钱租的？"

"九十欧元。"乔瓦尼回答。

"你们俩快停下来！巴托，你弄得整条船都在晃！"

"你觉不觉得迭戈暴露得有些太多了？话说，你每天能受得了他们俩吗？"

"以前还能忍，你看看他们现在！不过你放心，等到晚上，他们肯定不到八点就困了。你们两个小点声，这附近就只听得见你们两个人的声音！"

西蒙娜躺着挪来挪去，越来越靠近汽艇的边缘。

"西蒙，这边还有位置。"乔瓦尼说。但是乔瓦尼的眼睛越是游离在海滩上，在人们身上，在卖泥膜的那人身上，她的身子就越靠近边缘。她感觉再过几分钟，自己裹在比基尼里的胸就会被太阳烤熟，像煎鸡蛋一样，等回到那不勒斯，她得赶紧去买件新的。她不想像那些不修边幅的女人一样，不在意自己穿的是什么样的泳衣，这会直接毁掉这原本美好的一天。

比基尼麻烦的地方在于，可能前一秒还好好的，下一秒就把你变成了太阳下待烤熟的鸡蛋。头一年在店里的试衣间试的时候，它们把胸和屁股裹得就好像连建造金字塔的绳索都没它们结实，然而第二年，它们便无情地将包裹的内容抛给悲惨的命运，金字塔的绳索承受不住，于是胸和屁股被打回原形，陷入深渊。当然这里所说的，不是真正的深渊，因为时间不会在所有人身上留下同样的岁月痕迹，但即使一个小小的偏差，都会酿成悲剧，比如汹涌增长的脂肪，就会造就一副苦痛的样貌。

"你太靠边了，小心掉下去！"

"好吧。"西蒙娜叹了口气，她一定会买一件新泳衣的，但现在她正穿着这件，没办法掩饰。她站起来，昂首挺胸地向乔瓦尼和孩子们走去。她为自己的身体感到自豪，为她的乳房感到骄傲，一点都看不出她已经三十六岁了，哎呀，更别提她那翘臀了。

但就在那一刻，巴托突然发出一阵坏笑，她一瞬间失去了平衡，在不到一秒钟的时间里，她感到头在拼命往后逃跑，脚则是先碰到空气然后沾到水，在之后整个人都浸到了水里。

孩子们笑了。

乔瓦尼也笑了。

西蒙娜透过水看了他们几秒，能听到他们的狂笑声。她闭上眼睛。

然后慢慢将头脑放空。

晚些时候，在吃晚餐时，迭戈困难地尝试着念新学的词语，巴托仔细地观察着他的父亲，发现乔瓦尼最近这段时间迷上了饮料瓶盖。兔子做的肉酱让巴托觉得很恶心，但是他的父母执意要他尝一尝，他实在没有勇气拒绝。他感到那只可怜的兔子现在正躺在他胃的深处，以乱涂乱画的方式作为报复。

"你感觉不舒服吗？"

"还好。"

乔瓦尼担心地看向西蒙娜说："他会不会不小心吞了几块骨头？"

西蒙娜说："应该不会吧，不然他肯定会噎住的。"说完又转向她儿子，问："你感觉呼吸还顺畅吗？"

"嗯。"巴托的目光垂了下去，"就是，这个兔子肉酱让我有点恶心。"

西蒙娜看着乔瓦尼，乔瓦尼看着西蒙娜。就像一个糟糕的咒语一样，这次时隔已久的重聚，表面上家庭和睦的假象，在巴托的干涩话语中失去了所有的力量。

"好吧，要是他觉得恶心……"西蒙娜失落地低声说道，"你要是不喜欢就别吃了。"

"对了，盖子在哪儿？"乔瓦尼问。

"什么盖子？"

"芬达的盖子。巴托，你放哪里了？"

"我不知道，刚被迭戈拿走了。"

其实乔瓦尼对饮料瓶盖的控制欲一直是存在的，只是之前都处于一个被抑制的初始状态，就像宗教对性的讨论一样。但是，自从他父亲住到家里以后，碳酸饮料和瓶盖的数量都大幅增加，也助长了他对瓶盖的掌控欲。他得尽快把瓶盖拧上，不然等气儿都跑了，饮料就不好喝了。

"你把它放在哪里了？"他用一种审问的语气问迭戈。

迭戈看着他笑，并没有回答问题，这简直是在考验乔瓦尼的耐性，他差点就要违背对所有儿童的尊重，尽管这并非他的本意。他开始在桌上翻找瓶盖，在面包屑和餐具之间、在溅出来的酱汁和一根掉出来的意大利面之间寻找。

老乔喝健怡可口可乐的量之大，就像在当泻药使。每次吃饭的时候，看到餐桌上的可乐瓶，想到父亲拿它当泻药，乔瓦尼就心生厌恶。他看着父亲把杯子倒满，咕咚咕咚地一饮而尽，然后睁开眼睛，一脸陶醉的表情，最后以一声响亮的嗝作为结束。通常这时老乔都会赶紧看看周围，好像要表达歉意，但他致歉的对象不是人，而是周遭的环境，然后预先感受到之后坐在马桶上通便的舒畅与快乐。"一个便秘了四十年的人，"他说，"谁能想到呢？有人发明了这个什么鬼健怡可乐，然后就把便秘给治好了。真的，我跟你打包票，这比什么药都好使。"

乔瓦尼家的冰箱里，塞满了可乐、芬达，还有西西里苦橙味汽水。各种各样的瓶盖，它们必须各司其职，盖在自己该盖的瓶子上，乔瓦尼则是它们的监护人。

"乔瓦，你就别管瓶盖了，肯定找不到了。"西蒙娜劝说道。

乔瓦尼叫住了一名服务员，他正在维持着手里四盘菜的平衡。"不好意思，"乔瓦尼指着桌上的饮料说，"你们有芬达的瓶盖吗？刚才被小孩子们给弄丢了。"

服务员回应说马上会再拿一个过来，他那难以置信的目光和声音中透露出疲惫。

夜晚的岛屿容纳着那些睡不好的城市女性，她们半夜醒来，然后看看自己身边，只有一个隔着三米远睡着了的丈夫，还有两个孩子身上传来的华而不实的爽身粉气味。在岛上失眠是无解的，因为边界线就在那里，五十米远，但是不能逾越边界。失眠的夜里，思绪总是反反复复，它们一一罗列，思考着自远古时期就有的关于存在的问题；它们在精神的原野上放牧，看着长得一样的牛羊个个吃饱喝足，然后侧过头去，没有人能听到它们的叹息。你们告诉不眠之人，告诉这个思绪不止的怪癖，跟她说就算她想，她也不能越过边界。你们告诉她，理论上，除非她有一艘船、一个指南针、几盏勇气可嘉的指路明灯，她才有可能跨越城市和岛屿的边界。但是城市的女性受过良好教育，她是母亲、妻子，还是个心理学家。屈从于无法超越的边界是她生活中不可或缺的一部分。

"妈妈？"迭戈在她脸上吹气。

"怎么了？"

"妈妈。"他重复道。他双眼紧闭，一定是在做梦，在梦中他正在呼唤她。

"嘘，睡吧，"她低声说，"睡吧。"

渔人海滩是介于他们家和大海之间的一小片沙滩，对面是维瓦拉岛，绿色的一团，一座老桥连接着普罗奇达岛。每年渔人海滩上的商业征用面积都会增加，以至于公共海滩部分缩减到只剩三块地方了。唯独这三块地方，夏天的时候，太阳居然会五点就下山了，除了教堂会遮住一部分光线，还有一栋比周围所有建筑物都高的大楼和一家巨型酒店。也许，等到他们把这片地方完全占领之后，会拆除教堂、高楼和酒店。不，酒店应该不会被拆。

乔瓦尼在阴凉处，躺在地上。他放弃了，反正无论怎样他都晒不黑。他正在观察城堡、维瓦拉岛和那些来回的黄色小船。从远处看，渡轮正冒着黑烟缓慢行进。他给自己和孩子们一人买了支雪糕，巴托坐在他身旁。一群孩子正在玩游戏，他们要么太胖，要么太瘦，最小的那几个孩子，还不怎么会玩游戏，就在沙滩上追着鸽子来回跑。大人们时不时地会把他们叫住，把他们从危险的地方拖走带到远离滚烫的沙滩和大海的地方。

他没打算开手机，反正卡尔曼肯定也没有找他。出发之前，在经历了一番思想斗争之后，他还是决定跟卡尔曼道明这趟周末旅行的原委。

她不动声色地听完了，她是如此地镇定自若，以至于他开始把事情复杂化。为了使对话更加生动，他讲到西蒙娜，但是卡尔曼仍旧一副无动于衷的样子，这摧毁了他浪漫的幻想。

"亲爱的，这世界上相似的故事那么多。你结婚了，他们是你的家人，而我什么也不是。"她说，"不过是些千篇一律的故事罢了，唯一让我感到安慰的是，我们是在你婚姻危机之后相遇的。"

巴托跑着去扔雪糕包装袋，然后回来坐下。他们又沉默了十几分钟，乔瓦尼继续看着周围，观察事物捕捉细节是对抗懒惰的一种方法。

"你不觉得太短了吗？"乔瓦尼问。

"不啊。"

"作为第一部作品，四分零一秒有点太短了。同样的时间，布莱恩·德·帕尔玛 ① 至少拍了一堆奥斯卡影片。"

"爸爸，我现在不想说这个……"

"我觉得你已经完成了，但是没有跟我们讲。"乔瓦尼笑着说，"是吗？说实话。"他捏了一下巴托的胳膊。"《我的一家》你已经拍完了对不对？但是你不告诉我们。"他突然顿住，发觉巴托的脸骤然严肃起来。"怎么了？"

"你们什么时候和好？"

"我不知道。"

巴托在沙上画了一个圆圈。

"我想回家。"巴托说，"姥爷是个疯子。"

"他生病了，你爷爷才是个疯子，姥爷他只是生病了。"

---

① 布莱恩·德·帕尔玛，1940 年出生于美国新泽西州纽华克市，导演、编剧、制作人，代表作品有《碟中谍》等。

"有什么区别吗？"

乔瓦尼摇了摇头，说："不管怎么说，我们现在不讲这个，你妈妈等下听到了会不高兴。"

巴托看着他的巧克力冰棒融化流到了冰棒的木棍上，他用舌头舔了舔，尝到了一股略带木头纤维的苦涩。"我不在乎妈妈说什么。"

"她有时会哭吗？"

"谁？"

"你妈妈。"

"她为什么要哭？"

"她哭了还是没哭？"

"没哭。"

"那你呢？"

"我为什么要哭？"

"我有时候也会哭，"乔瓦尼说，"这很正常。"

"我知道，所以呢？"

"算了，没什么。"

10

　　腹痛如绞，他疼到都说不出话，只有跑去厕所的时间。他避开正从审讯室出来的吉吉，关上背后的门，解开裤子，脱掉内裤，让屁股透透风。下午这个时候的厕所总是很脏，马桶盖的一圈都湿漉漉的，地面的凹陷处形成了一个小水坑，就在马桶的正前方，里面都是撒出来的尿。

　　乔瓦尼被迫半屈着膝，尽力不把屁股触碰到马桶。他低头朝下看，那个满是尿液的水坑开始散发出阵阵臊味直熏他额头。

　　他把内裤弄脏了，但他不想承认是自己干的。

　　幸好几分钟之后，他听到吉吉敲门。"你还好吗？"吉吉问。尽管他很不情愿找吉吉帮忙，但是现在窝在办公室的厕所里，闷热不说，他的内裤还脏了，他不得不开口求助。"吉吉，麻烦你帮我个忙。"

　　"怎么了，你不舒服吗？"

　　"我得拜托你件事，外面就你自己吗？"

　　他害怕门的另一头站着他所有的同事，一个个的把手扒在门上，笑得眼睛皱成一团，这会摧毁他对世界的信任。

　　"你说吧，这里没别人。"

他除了相信他以外，别无他选。"我需要一条干净的内裤。"他说。
"什么？"

"我不想再说一遍，求你了，你听明白了吧？"

这突如其来的古怪让吉吉有些不适应。像吉吉这样的人，一生就是一餐饭接着一餐饭，逐渐累积成一个长长的列表，其中穿插着些枯燥无味的工作时间。"那我去哪里给你拿？"

厕所里传来低沉的声音："你去买吧。"

有些事必须慢慢来，不能着急，尤其是当你到了某个岁数的时候。

尼诺告诉老乔，海瑟拍的片子，最特别的地方就是很自然，因为吉姆就是海瑟的丈夫。要是有人连看她的片子都硬不了，那估计就硬不起来了。

在电视机旁有面镜子，告诉他慢慢来，只要不盯着镜子看，就不会有杂念。老乔把 DVD 放到读取器里，打开电视，坐在沙发上。

快点啊，怎么片头这么长。讨厌，还打什么马赛克。

每集平均五分钟，海瑟和吉姆在飞机的厕所里、在泳池、在花园、在家里，海瑟穿着兔子装、穿着蓝色的内衣。已经过去了快一小时，老乔还是在那里，在屏幕前，坐在乔瓦尼的沙发上屁股发汗，他硬不起来。

这个老人，这个古怪的、快勃起不了的老人，当他用尽全力打飞机时，他甚至都没来得及感受每一滴血液的冲胀，脉搏就已趋于平静。

电话。

他不管。

电话。

他咒骂。

电话。

他按下暂停，提上裤子，去接电话。

"喂？"

沉默。

"喂？"

先是轻微的窸窣声，然后声音慢慢变强。一个金属般的声音从这里跳到那里，然后全部都消失掉。他挂掉电话，跑到沙发上研究他买的那点碟片，趁着这个讨人嫌的人还没有再次打电话之前。

他坐下，重新打开播放器，眼睛不自觉地就落到电视机旁边的镜子上。

生活通过性来反抗死亡。

在一场可怕的灾难与疾病之后，在一场手术之后，在无情地抛弃之后，生活开始反抗。然后，抗议随着生殖器的进军，打着激情的口号，开始变得越来越热闹。这是用于对抗敌人而发生的性行为，是祈祷，为生命里那些不可抗拒的事情的祈祷，也是诅咒，诅咒着那些蛮荒人口中的终结、死亡和掠夺。

裸体的卡尔曼就像在迷幻丛林之中的一座白色城堡。

抗议总是存在的，即使当一切进展顺利时，或者说，至少在问题浮出水面之前，我们都沉浸在死亡的液体中，但仍然离海底很远。

卡尔曼起身去煮咖啡。她的皮肤在黑暗中发着光，腰虽然宽但是很瘦，不符合客观生长规律的瘦，是种强制性的对肉的克制与反抗。她光着脚踩在地板上，就像有羽毛的飞禽那般轻盈，腹部的几道褶皱犹如擦伤的痕迹，一个被拉宽的影子在地面上显露出来，但只是一个影子。乔瓦尼坐直身子问道："你明天准备做什么？"

卡尔曼转身的那一刻，灯光映上她的脸，她的眼睛是如此悲伤，以至于乔瓦尼想收回自己的提问，不，这还不够，他想收回所有他说过的话，退回他从母亲的子宫里出来的那天，然后起身在雨中赤身裸体逃跑。

"你明天准备做什么？"

"啊？"

"明天，我们能待在一起吗？"

她的嘴唇在他脸上磨蹭着："明天不行。"

她说，明天不行，或许明天她忙着剃毛，或许忙着剪脚指甲。

"你身上怎么会有瘀伤？"她皱着眉头用侦探般的语调问他。

"我周末去开了快艇。"

"啊……"卡尔曼的脸似乎在说"啊？你说什么？"。

过道的灯光移到别处，它曾驱走阴霾，照亮恋人的失落，此时，它重新把他们抛回到黑暗之中。

"那我们什么时候可以见面？"乔瓦尼问道。

"后天我有空。"

"巴托，你都快把蜡烛弄灭了！巴托！"弗朗切斯科的妈妈——鲁宾正冲他喊道，"巴托！麻烦你开一下摄像机！"

今天是弗朗切斯科的生日。

"巴托，快点，不然我们都走不开。"朱利奥的声音从鲁宾相反方向的角落里冒出来。

巴托走出来，留下朱利奥（老大）、马里奥（巴托不愿意跟他讲话）和盖娅（巴托的女朋友，就是说说而已）在角落里。他慢悠悠地从包里拿出摄像机，装上镜头。

蛋糕来了，鲁宾用打火机点燃所有蜡烛，突然起了一阵风。鲁宾有些紧张，她充满慈爱地看着他，直到摄像机红色的指示灯亮起，画面里出现孩子们和家长们的面孔。

所有人都在齐声唱《生日快乐歌》，除了坐在蛋糕对面的弗朗切斯科，他在歌声中吹熄了蜡烛。鲁宾将蛋糕切成小块分给大家，小朋友们都在关注着奶油、千层蛋糕和巧克力。

"连一滴起泡酒都没有，没劲！"是朱利奥开始的这个话题。

"上个星期天，我爸妈让我尝了尝蓝布鲁斯科。"马里奥自豪地说。

"蓝布鲁斯科是什么？"盖娅问。

"是葡萄酒。"朱利奥回答道，"但是度数很低。"

巴托不动声色地观察着周围的环境，看得出来，鲁宾为这个生日派对做了精心的准备。派对在户外举办，有动画片、蛋糕、音乐和小电影。对了，《我的一家》缺一些户外场景的录制，他之前怎么没想到。

趁小伙伴们不注意，巴托独自走到远处，从裤子口袋里掏出手机，按下他父亲的手机号码。他必须得跟爸爸讲，他不能在姥姥姥爷家制作《我的一家》了，他得用他自己的电脑、用自己的硬盘，总之就是，他得回家。

爸爸没接电话。

"你在干吗？"盖娅突然出现。

巴托赶紧把手机塞进口袋里。

"我看见你拿着手机了，巴托，不过你不用紧张。"

"谁跟你说我紧张了？"

"学校老师们说的。"她说，"爸爸妈妈不能送我们手机当礼物。"

"这个不是礼物，"巴托干巴巴地回答说，"我拿这个是真的有用。"

盖娅想了想说道："嗯，可能吧。"

"我爸妈从来都没有给我办过这样的生日派对。"巴托换了个话题。

"谁说的，去年就办了呀，我还去了呢。"

"但那是在家里办的，像这种露天的，从来都没有过。"

"可你的生日是在一月，你知道这里一月有多冷的。"

巴托沉默了一下，皱着眉头说："好吧，你说得对，我都没想过这个问题。"

"巴托！"鲁宾在花园的尽头喊，"巴托！"

"真麻烦。"朱利奥走近小声说道。

"巴托，你快来这里！"鲁宾牵着弗朗切斯科的手朝巴托喊道，"这附近有一个很漂亮的驯马场，你要不要和我们一起过去，还能给马录像！"

巴托抓紧手中的摄像机。天哪，马，幸好马儿们不会出现在《我的一家》里面。"好……好吧。"他回答道。

朱利奥和马里奥在偷笑

"巴托，"盖娅说，"我准备走了，我爸爸来接我了。"

"那我们改天见。"巴托答道，小小的身子消失在鲁宾宽阔的背影后。

"今天是她的生日，所以她决定不下厨做饭。"

"祝她生日快乐。"

"谢谢。"

"说实话，你是不是懒得出来。"

"哪有，偶尔活动下对身体还是挺好的，再说了，单位里人多眼杂，出来透透气也好。"

副董事长停在一个摊位前，在一堆皱巴巴的衣服里面翻找。

权力的一种形式是，你的话明明已经让对方很不舒服了，对方却没法回嘴，没法对你进行尖酸刻薄的嘲讽。跟吉吉什么都可以说，你知道他是那种不愿意去市场上走两步，但愿意在办公室和你喝上一百次咖啡的人，但是你不会告诉他。权力还有一种形式，是你明明可以说出来，却保持了沉默。

"你喜欢这个吗？"

吉吉张开嘴，没有发出声音。副董事长拎起来看了看，又放了回去换到下一件。他走近另一排货架，在支撑柱上不断敲击。

"这是不锈钢的，"他说，"还是靠我们组织的大众融资建成的。"

吉吉笑了笑，说："我不记得了。"

副董事长正在一堆内衣里翻找男士内裤。最后，随便找到了两盒四角内裤，看了看站在那堆内衣后面的男人，问他："多少钱？"

男人每天起早贪黑地装货、卸货，长年累月下来，皮肤也晒得黝黑黝黑的。他对副董事长说："没事不用给了，你们需要个袋子吗？"

"不用了，谢谢。"副董事长回答，然后伸手把两盒内裤递给吉吉，"你拿着吧。"

吉吉把两个盒子放进包里。

"安东尼奥呢？"副董事长突然问道。

吉吉有些不知所措，一时摸不透他的老板葫芦里卖的是什么药，只知道跟着往前走。副董事长停在了一个阴凉的角落，避开来来往往的人群，附近只有一个卖饮料和三明治的小摊。

"安东尼奥挺正常的。"吉吉说。

"嗯，"副董事长接着问，"那埃德加多呢？"

"他也没什么异样。"

"米凯乐呢？"

"嗯……米凯乐，你知道的，他跟斯科波尼谈过话。"

"把他开除了。"

"好的。"吉吉回答道,"卢多维虽然不是我们的人,但他守口如瓶,应该是个胆小怕事的。"

"好,很好。"副董事长说,"但是,我怎么听说乔瓦尼和一个顾客吵起来了?"

吉吉手摸着下巴,问:"你是听谁说的?"

"听一个选民说的。"

"是有这回事。"吉吉承认,"但是现在我要赶紧回去了。"

副董事长沉默了片刻。"好吧。"他说,"但我希望你检查所有人,包括秘书和清洁人员。你要是需要帮忙就找安东尼奥。保护好电脑,不要给人留下可乘之机,总之,不要出现任何问题。"

"好的。"

市场上的人逐渐减少,街头摊贩一个接一个地清空摊位上的货物,用大的塑料帘子把摊位盖住。

这个要求真他妈扯淡。政治家们见风使舵,用公共财政资金换取支持率,其实大家都心知肚明。差不多所有人,除了极个别特例,都多多少少参与了分赃。那么现在究竟是谁在调查,在看报纸?舆论又指向何方?

"是时候去吃午饭了。"副董事长说。

吉吉连忙点头说"是",像一个正在朝出口走的梦游者。

"你妻子今天多少岁生日?"副董事长站在车前问道。

吉吉把门开得吱吱作响,回答说:"四十一。"

"她今晚不想做饭吗?"

"嗯,我们出去吃晚饭。"

"挺好,挺好。"副董事长说,"女人嘛,偶尔需要带她们出去几次。"

头疼到快要爆炸了。眼睛缓缓睁开，先是朝右边看，然后转到左边，仿佛想要抢在整个房间被感染之前苏醒过来。鼻孔通了，手臂一点一点地恢复知觉，他打了个喷嚏。窗外的温度不断攀升，一股热浪从街道上呈螺旋状顺着墙壁上升到屋顶。他的意识还没有完全恢复，透过卧室的门，他隐约听见老乔和巴托正在玩扑克牌。对话被反复打断，时不时传来巴托的叫喊声，还有老乔的咒骂声。他看看闹钟，快正午了。今天周六，他答应了西蒙娜去接孩子们，不过看样子她已经把他们送过来了。奇怪，她怎么没给他打电话呢？

"嗨，巴托。"

"爸爸！"他儿子热情地同他打招呼。

"早上好，大懒虫！"老乔眨着眼睛说道，"你还没睡醒吗？看看谁来了？"

"哎呀！"乔瓦尼挠挠脑袋，转向他儿子问，"妈妈送你过来的吗？迭戈呢？"

巴托看了看他爷爷，没有说话，然后他面露嫌恶地往桌子上丢了一张牌。

老乔连忙捡起牌，兴奋地说："这张牌我要了有用！"

"你先让我看看你有没有四十分。"巴托警告他。

老乔在桌上摊开三个王后 ① 和一张七。"喏，你看，哈哈哈。"他说，"圣乔法则永远都不会错！"

"圣什么？"巴托问道。

"这不是重点，世界分为两种人，一种人擅长打四十点，另一种人不擅长。说实话，你属于不擅长的那一类。不过，圣乔可不是我自封的，想当年我们去西巴里夏令营，你还记得吗，乔瓦？"

---
① 王后在意大利纸牌游戏中，等于十分。

"嗯，我记得。"

"你还记得我们和你文森佐叔叔一起打牌吗？"他提高音量，娓娓道来，"巴托，杏树其实是一种乔木，所以在我们的方言里，杏树我们叫作'杏乔'，而谐音又很像'圣乔'。'杏乔'这种叫法来自拉丁语，意思是'早熟的果实'，也就是说，杏这种果实，在它还没有成熟的时候就会掉落。在玩牌方面，我可是很早熟的，很小的时候就会打四十点了，所以大人就给我取了个外号，叫'杏乔'，叫着叫着，就变成了'圣乔'。"

"所以呢？"乔瓦尼打断道，"你们还没有回答我之前的问题呢？"

"你起牌吧，巴托。"老乔并没有理会乔瓦尼。

"我赢了。"巴托高兴地嚷嚷。

"什么？！"老乔简直不敢相信。

乔瓦尼在一旁看着他俩。

"没什么好担心的，"老乔对乔瓦尼说，"就是巴托自己从他姥爷家跑了过来，我已经告诉西蒙娜了，我跟她说你昨晚很晚才回家，所以晚点再给她回电话。"

"哦。"乔瓦尼嘟囔着，他走近巴托，抚摸着他的头问，"能说说你为什么逃跑吗？"

"不为什么。"巴托撇了撇嘴，"你昨天为什么没有接我电话？"

"乔瓦，你们等一下再聊吧，没看见我们正忙着吗？"

牛奶的味道。

和大多数人一样，乔瓦尼想为自己起晚了做些辩解，再说，就算起晚了，他也还是巴托的父亲，照样有权利责骂或训导孩子，总不能因为他起晚了就剥夺他的权利。但是他的父亲就是这样的人，在他家，最后一个起床的人总是最后一个有发言权的人，就好像睡眠会妨碍你发表出严肃的意见一样。那些在睡觉，或者才刚刚醒来的人，不能归到有思想的人里面，只有那些看到了初升的太阳、听到了破晓的鸡鸣的人，才有资格评判是非对错。乔瓦尼去灶台那里煮咖啡，有一个电话等着他去打。

乔瓦尼倚靠在水槽边上，小口喝着杯子里的咖啡，看着他们爷孙俩打牌。

说心里话，巴托逃到他这里来，他其实很开心，即使他知道，他必须将其视为一个坏兆头。九岁的年纪，从妈妈住的地方逃到了爸爸住的地方，严格说来，这也不算是逃跑，毕竟这里本来就是他的家。是的，他有些欣喜，但是只要一想到巴托独自在城市里走动，他就十分焦虑不安。这种事可能还会发生，而下次，他也许会在街上碰到变态、小偷、杀人犯、普通罪犯、精神病患者、反社会分子、恋童癖、饥饿的狼、恐怖分子、吸毒的人、肢解分尸的罪犯、被雇用的刺客、流浪汉、带炸药的人、小混混、黑社会、专业的抢劫犯，一路上还有霸占道路的纸箱、坏了的摩托车、被盗的汽车、无足轻重的普通人。

"这股牛奶的味道是怎么回事？"

老乔的大拇指在牌面上滑动，漫不经心地应了句："啊？"

"我说，这股牛奶的味道是怎么回事？灶台都脏了。"乔瓦尼喊道。

"乔瓦，你是从床上掉下来摔傻了吗？不就是点牛奶，至于这么大惊小怪的吗！我们早上一起吃了早餐，你还记得我有热牛奶的习惯吗？好吧，这次我不小心把牛奶倒洒了一些，我等下再过来擦。你认为是时候……怎么了？"

巴托脸上容光焕发，他的手把老乔重新吸引回扑克牌上。

"爷爷，我又赢了。"

西蒙娜承认："有时我不知道拿他怎么办。"

"在伊斯基亚的时候，他跟我说他想回家。"

"那你怎么没告诉我一声。"

"我也没料到他会从家里跑出来。他当时问我们会不会和好。"

"说来惭愧，亏我还是心理咨询师，却连自己的儿子都不了解。"

"现在他在和我父亲玩牌。"

"那你呢，你怎么回答他的？"

"什么回答？"

"在伊斯基亚岛。你觉得我们会和好吗？"

"是你要离开家的。"

"有些东西变了。"

"你是在说，有些东西变了吗？"

"我不知道我在说什么。"

"那最好等你想清楚的时候，我们再一起谈谈。"

"你呢，乔瓦？你是怎么想的，你觉得和以前有什么变化吗？"

"我觉得，我需要更多的时间。"他以一个看似不那么坚决的态度，回避了可能会出现的所有问题。乔瓦尼语气变得严肃："抱歉，我还没想好。迭戈还好吗？"

"嗯，他在我妈那儿。"

"不然，让巴托在这里住上一段时间吧，你觉得怎么样？"他问。

沉默。

"我们能照顾好他的，你相信我。"乔瓦尼补充道。

西蒙娜叹了口气："你觉得你能行吗？"

"我想应该没问题。"

"你必须得很确定才行。"

"我很确定，我刚才说应该，但其实我想说肯定。"

"我能让罗宾周一过来吗？顺便说一句……我需要用浴室柜里的那个吹风机的卷发风罩。"

"那我周一让罗宾给你带过去吧？"

"离周一还有好几天，你等下送巴托过来的时候，能顺便帮我带过来吗？"

"行吧。你要跟巴托讲几句吗？"

"他想跟我说话吗？"

"他只是想回家了，又不是拒绝和你待在一起。"

"也许你说得对，不过现在，我也不知道和他讲什么，我晚点再打电话过来吧。"

"西蒙？"

"嗯？"

"我知道你很痛苦，你是一个好妈妈，这事不该发生在你身上。"

西蒙娜突然大笑起来。

"怎么了？"乔瓦尼问道。

"谢谢，但我不认为你能真正体会到我此时此刻的感受。"

11

　　卡尔曼出生于特拉帕尼一个居无定所、挥霍无度的家庭。她的姥爷卡梅隆，在七十年代初曾是个著名的扑克玩家，连续资助了一家高尔夫俱乐部十五年，然而在她出生的时候，全都赌没了。

　　卡梅隆共有三个孩子，卡尔曼的母亲伊莎贝拉，是他的二女儿，也是整个家族里唯一一个对赌博毫无兴趣的人。她的父亲和她的兄弟们都对扑克无比痴迷，只有她避之如瘟疫。伊莎贝拉向来与整个家庭的意见相左，是个性格刚烈的女子。在她二十岁时，她认识了一位来自弗罗西诺内 ① 的学生，名叫亨利，并和他结了婚。等到她二十七岁时，他们的女儿也要上一年级了，于是她决定追随她丈夫来到罗马。

　　亨利和伊莎贝拉将他们唯一的女儿抚养成了一名独立的女性，和家族的劣根性丝毫不沾边。卡尔曼原名叫卡梅拉，在她十四岁的时候，她决定改名为卡尔曼。在罗马生活的十一年中，她只回过西西里岛寥寥几次。

　　也许，卡氏家族的血管里就流着游牧民族的血液，他们总是从一座

―――――――――
① 弗罗西诺内，位于意大利拉齐奥大区东南部，靠近罗马。

城市转移到另一座城市。很快，这种特性就在卡尔曼身上彰显出来，她决定追随她的男朋友去那不勒斯，他是名职业军人，两人在罗马相识。

就这样，卡尔曼来到那不勒斯，她搬到一间位于老市中心的公寓里，楼下是家色情电影院。但是造化弄人，她男朋友的军队被要求前往波斯尼亚。她于是有了人生中第一次也是唯一一次呕吐，她跪在马桶前，想起前天在电视上看过的一部有关贪食症的电影，电影的主角为了不被父母发现，偷偷地在玻璃罐里存钱买零食吃。卡尔曼把两根手指伸进喉咙里，催吐比她想象的要困难得多。

"我受不了了，这味道太恶心了，我受不了了！"

丽莎痛心地尖叫，她住卡尔曼家对面，时常跑到阳台上抱怨那些来楼下看电影的人。影院放映的都是些庸俗不堪的电影，标题诸如《疯狂情色》《画廊惊情夜》《家有娇妻》等等。

丽莎坚持认为，这里能闻到从电影院传来的臭味，是观众体液的味道。对此，住在二楼的艾斯女士也深表同意。

"我怎么闻不到？"卡尔曼问。

"问题就在于他们闻不到！"丽莎与电影院的老板已经较量很多年了，无论是法律上还是心理上，她都认为忽视卫生条件是有罪的。

她问过市政警察、宪兵，还有卫生组织、社会服务中心、该地区的负责人、反全球化和失业人士组织。但没有任何结果，没有人闻到这股味道。

"客观上没有什么气味。"卡尔曼重复道。

"你这么说是因为你已经习惯了。这就像住在波佐利，那里没有人能闻到硫黄气味，但如果你来自其他地方，你立即就能闻到。"

卡尔曼沉默地回到自己家，而隔壁阳台上重新开始喊："这是什么鬼味道，我受不了了！"

后来卡尔曼认识了保罗，比认识乔瓦尼早了大概一年半。

那时候保罗才刚从监狱里保释出来。他们都参加了那不勒斯东方大学的一个关于"战时通信"的研讨会。卡尔曼当时优雅地坐在第一排，在讲台上的主讲旁边。保罗则坐在教室后排，和文学社的社员们坐在一起。他们都认为这场争论"虚假""讨论方向是被规划好的""明显受改革派的启发"。抗议者们用横幅和标语抗议，而发言者则急切地想继续前进。

研讨会结束后，因为在下雨，所以人们都挤在了出口处。卡尔曼和社团里几个熟悉的面孔打了声招呼，人群里有个人开玩笑地说她穿得很靓，卡尔曼听到笑了笑，和那人握了握手，那人就是保罗。

之后的几个月，保罗没事就去卡尔曼家串门，他总是带着他的那只白色拉布拉多，给它取名叫"小鬼头"。小鬼头有着纯正的所罗门王血统，它的耳朵气味难闻，眼神呆滞，是纯种狗才会有的那种呆滞。

保罗的生活像条不停流动的河流，没有人（包括卡尔曼）知道，他来自哪里或者他的父母是谁，唯一与他的过去相关的事物就是小鬼头。没有人知道，他为什么要这样生活，他积极参与社交，去常人想不到的地方旅行，还组织游行。说起来，就是因为他之前反对那些反恐怖分子的组织，才会被逮捕，在监狱里待了三十二天，出来以后，却因祸得福，因为他勇于献身的精神而在圈子里享有很高的声誉。

"你到底做了什么？"

"没做什么。"

"你是恐怖分子吗？"

"不是。"

"我只想知道在我床上睡觉的是不是恐怖分子，这要求难道过分吗？"

"我不是恐怖分子。"

"那你告诉我是谁让你这样做的？"

"做什么？"

"像你这样生活。"

"没有人指使我。难道你的生活，是别人让你过成这样的吗？"

几个月来，卡尔曼扮演了保罗女朋友的角色，尽管她从来都没有进入过他的世界。对于睡觉的地方，他从来不喜欢将就。有时候，他会去潮湿的地下室参加电影俱乐部的活动。他有个小怪癖，就是每天都要换衣服。小鬼头倒是经常和卡尔曼待在一起，她逮着机会就会带它出去长途跋涉一番。

突然有一天，在丽莎日常的抱怨声中、在艾斯夫人的八卦、电影院的人来人往和小鬼头的陪伴中，这一切都结束了。保罗回到她家要把狗带走，告诉她，他将跟随一个人道主义组织前往巴勒斯坦。

"那小鬼头呢？"卡尔曼问。

"它跟我走。"

"巴勒斯坦？拉布拉多？"

"嗯。"

在随后的日子里，在绝望的深渊中，卡尔曼悲伤地意识到，爱情是一个只能存活在记忆中的东西。阿尔菲耶里 ① 有一句诗这么写道，"忧伤存于我天性之内"，她觉得这句话说的就是她。自那以后，她便竭尽全力去掩饰这种"忧伤的天性"。在断断续续地谈过几次恋爱之后，她忽然有了主意，或许可以写篇论文深入研究一下"忧伤的天性"。她决定网聊，再后来就遇到了乔瓦尼。

有一次她跟乔瓦尼讲了她的故事，他评论说："你还真是过得丰富

---

① 阿尔菲耶里（1749—1803），意大利剧作家，著有多部悲剧，其作品影响了意大利民族主义。

多彩呀！"

"哪有，我的生活跟丰富多彩完全就不沾边！"卡尔曼说，"可能是我讲故事的方式不对，让你产生了这种错觉吧。事实是，我身边的其他人全都在变动，除了我。只剩下我自己，总是待在同一个地方。"

"可能吧。"他回答道。

"你也在我身边移动。"她伸出双臂说道，"看着我，我是静止的。"

12

天很热，迟来的困意缓缓上头。太阳炙烤着大地，地面烧灼着行人的脚。老乔感觉自己身上的衣服就像裹着的面包屑，就差没被丢进油锅里炸了。

他走到门口，打量了一下四周，破旧的街道上，这扇大门显得格外别致。

这里既是伊佐医生的工作室，也是他的家，但是老乔从没进他家里瞧过，只见过这扇大门、通往工作室的楼梯、候诊室的绿色沙发和作为问诊室的小房间。

"嗨，老乔，快请进。"

他往后退了一步让老乔进来。"你能等我一分钟吗？那边还有个病人，我先过去跟他打声招呼，马上就回来。"

"没事，你去吧，我在这儿等你。"

老乔坐了下来，墙上有四张海报，内容丰富，有三张是关于紧急情况下的急救，但是第四张，谁知道为什么，是关于治疗阳痿的。那张海报贴在那里已经有段日子了。

没过多久，伊佐便进入候诊室，向他点点头，意思是让他去问诊室。

"请坐。"

"谢谢。"

伊佐冲他笑了笑，嘴咧得很大，他宣布道："检查结果已经出来了。"

老乔的脸上露出了担忧的神色："情况怎么样？"

"就检查结果来看，你是可以服用的，要是你实在需要的话。"

老乔松了一口气。

"重要的是要排除心血管并发症。不过，这只是我作为医生给出的意见。"

气氛突然变得沉默，老乔看着空荡荡的办公桌，问："怎么了？"

伊佐医生坐在椅子上，他叹了口气，说："没什么。"

"有什么话你就直说吧。"

"没什么，没什么。"

"你但说无妨，难不成你是想谈谈政治？"

伊佐医生在处方上潦草地写了点什么。"你想知道我作为朋友，而非医生给出的意见吗？"他问道。

老乔摊手，道："那不然你以为我为什么会坐在这里？"

"因为作为一名医生时，我的目的只能是帮助病人消除疼痛，但是作为朋友是不一样的，尤其是，当你面对着一个七十岁还有性生活的病人。"

"六十九。"

"六十九，好吧。"医生纠正自己，"原先这个工作室只有那些坐骨神经痛和感冒的老年人经常光顾，现在呢，他们都想着做爱，想更持久。"

已经过时了。老乔不得不想到自己，就像录音机、油灯、电视机上插着的天线、橙色的电车那样，已经过时了。就像所有仍然存在但正走向灭绝的东西。过时会推动你去寻找一个补救措施，把你扔进战斗中去，把你带到市场，让你去为寻找合适的产品而感到困惑。老人是完美的消费者。

"那么，问题在哪儿？"老乔问。

"没什么。我有时会问自己，我们是否应该开始接受这样一个事实，我们已经变老了。总之，浮尘往事，就这么过去了。"

"我们变老了吗？"

"那不然你以为呢，难道唯独你不会变老？"

"难道不是吗？"

隔得很远也能听见门铃在响。

伊佐医生在漫长的停顿后，说："不，你也不例外。"他撕下处方，递到老乔手里，"拿着，下周你再过来看看情况，你答应我，一定要坚持住啊！"

乔瓦尼走在一条人迹罕至的路上，这里鲜有车辆穿行，他悠哉地四处闲逛，把逻辑思维逐渐从他的闲暇时间中清除。

前面有条路，写着禁止汽车通行，拐角处有一家酒吧，他进去随便找了个位置坐下。酒吧里有几个斯拉夫人坐在小桌子前喝着啤酒，他点了一杯冷茶和一份柠檬刨冰，边喝茶，边嘎吱嘎吱地嚼着榛子。

天太热了。不知是从哪幢建筑物里传来一阵不和谐的管乐器声。一只鸽子啄着吧台上的小碗花生，酒吧里的服务生一进到店里，就赶紧把它赶走。人们总是会问双簧管长什么样子，事实上，如果不听声音，他也不知道如何识别双簧管。

一个女孩儿将她的小型摩托车停在了车辆禁行线上，她弯下身子把锁链穿过轮子，锁好车，站起来走向酒吧。

乔瓦尼的目光像是粘在了她身上一样，看得目不转睛，她从他面前经过，往吧台走去。两个斯拉夫人也不自觉地转过头去看她。

乔瓦尼试图吸引那个女孩儿的注意，不过女孩儿正在和酒吧的服务生聊天。

这时，进来了三个黑人，高高的个子、穿着球服，其中一人手里还拿着一个足球。两个斯拉夫人一见到他们就连声问好，接着就和他们一起跑到不远处的小广场。

他们开始踢足球，三对二，黑人对斯拉夫人。平衡很快就被打破，黑人不仅占据人数上的优势，而且体能和个人战术上也更胜一筹，加上他们没有喝酒，体内的酒精含量低，他们明显占上风。

女孩儿走出酒吧，回到她的小摩托上，连一眼都没有扫过乔瓦尼。

双簧管，或者是别的什么乐器，继续着它绝望的咕噜声。

乔瓦尼站起来结完账准备离开。

"球！"斯拉夫人朝他喊道，"对不起，你能把球踢给我们吗？"

乔瓦尼看着脚边的球犹豫不决，他捡起球问："我能跟你们一起踢两脚吗？"本来，乔瓦尼是打算直接回办公室的，但他没料到最后竟然会汗流浃背地回去。

笑容在斯拉夫人的脸上化开，他们直点头，连声说："好，好。"乔瓦尼盯着脚下的球，霎时间红了眼，眼里闪着光。

黑人和另一个斯拉夫人也上场了。他不知道他们的名字，不过，他们应该知道他叫什么，因为所有人都开始喊他的名字。

连酒吧的服务生也走出来看比赛，不时地鼓鼓掌、吹口哨，开几个黑人小伙子的玩笑，他们则会回以微笑，有时还会回几句那不勒斯方言的脏话，让服务员对他们刮目相看。

球滚远了。

"我去捡!"乔瓦尼整个人兴奋地说。他跑了几米到了路边,穿过人行道,这里的交通状况真是令人担忧,果然不愧为那不勒斯的路。球被困在垃圾箱下面,他弯腰将其捡起来。

他站起来的时候浑身是汗,但是整个人都很高兴,就像回到了三十年前。突然,他看见西蒙娜的那辆雷诺正驶向前方,西蒙娜坐在驾驶座上,迭戈被困在儿童安全座椅里。他们要去哪儿?乔瓦尼举起一只手臂朝他们挥了挥手,有一秒他的眼神与西蒙娜的迷茫目光相交汇,只一秒,却显得如此漫长。

他保持了这个动作好几秒钟的时间,好像举起的胳膊与他身体的其他部分毫无关联,眼睛和大脑在运作,一个痛苦的鬼脸浮现在他脸上。他本想向他的新朋友介绍迭戈和西蒙娜,也许大家还可以一起回到酒吧,然后他请所有人都喝一杯。但已经来不及了,西蒙娜的车被迫往前开走了,事实上,它甚至都没有减速,或者用喇叭和他打声招呼。

在副董事长的办公室里,在办公桌不那么亮的那一端,吉吉正在等待着副董事长与党内官员的聊天结束。等他成为副董事长时,他也想要一张这样的办公桌,但是不能完全一样,也不能太相似,否则有人会认为他在模仿他的前任,也就是现在这位,他跟在屁股后边溜须拍马、阿谀奉承的副董事长。

办公桌上有一份摊开着的文件和一个金属镇纸。他怀揣着副董事长让他打听的消息,衣服的口袋里有半包咖啡夹心巧克力,他感觉又有点饿了,毕竟,一个火腿奶酪帕尼尼还不够给他塞牙缝的。

"我们谈妥了,马上就会有新进展。"副董事长身子滑入办公桌前的旋转椅,说道,"有些人的脑袋是保不住了,我们这里有一个,大区里也有一个。当然，前提是，我们必须掌控好这里的局势。"

街道上散发着活力，铺满碎石的沥青路上人来人往，高速公路的斜坡上车水马龙，这时传来傍晚时分的噪声和独属于这个季节的声响。不过，街道永远不会与你推心置腹，厚厚的玻璃和遥远的距离是你们之间的阻碍。

"那恭喜了！看来谈判很成功。"吉吉几乎要鞠上一躬了，"我能问问，我们这里谁会下台吗？"说这话的时候，他从口袋里拿出巧克力，给副董事长递过去一块，他没有要。"该不会是……"

"就是他，我们敬爱的首席执行官。"副董事长神情得意地宣布了这个消息。

"那他怎么想？"

"他怎么想？他什么都想不了！九月会讨论他当前的行政级别，明年是选举年。"副董事长耸了耸肩，"我要的消息，你打听到了吗？"

就在那里，在办公桌的右上角，有一包新的还没拆的咖啡夹心巧克力，应该是前来谈话的人带来的。

"目前没什么严重的。"吉吉打了个呵欠，有一瞬间，他看起来就像是那些街上找大人们要烟抽的小屁孩儿。那些小屁孩儿不知道，正是因为他们年纪小，大人们才会毫不犹豫地拒绝，丝毫不会觉得不好意思。

"电话监听已经实施了大约一个礼拜，安东尼奥的电脑上有个程序，记录了所有的通话类型和具体内容，要是有什么值得怀疑的地方，调出通话记录听一听就可以了。"

"很好，别的问题有吗？"副董事长走向空调，把它关掉然后打开了窗户，"啊！我忍不了了，你能受得了整天耳边空调嗡嗡地响吗？你要抽烟吗？"

"不了，谢谢。"

"你继续说。"

"没什么特别的，除了一个人，不过也是件微不足道的小事。"

"是不是小事，就像肿瘤一样，傻子们是没法评估的。"

吉吉又累又饿，他不想纠缠于那句"傻子"，天很热，现在，他只想要淋了一层巧克力软糖味奶油的无花果。"乔瓦尼。"

"你前几天不是说他没有什么好担心的。"

"我知道，但有时他表现得很奇怪。"

"他和他的妻子和好了吗？"

"还没有，他最近跟一个普通的女大学生在一起。"

"经济方面他有问题吗？"

"应该没有。"

"这样更好，一旦他有经济方面的问题，我们就能立马知道。经济问题是所有背叛的原因，况且他还有女人夹在中间……"

"在上次和客户起争执之后，他就变了，和客户们争吵，在同事面前越来越封锁自我。幸好，他做事从来都是滴水不漏。但总的来说，我感觉他正在酝酿着什么。"

"酝酿？"

"嗯，以我的观点来看，他可能会给我们带来一些麻烦。"

"为什么？"

"因为米凯乐可以畅所欲言，反正他也在法网之内逃不掉的，但是乔瓦尼不一样，他出淤泥而不染。"

"你是在说，我们做错了？"

"可能吧。"吉吉回答道，"也许我们应该也脏了他的手。"

副董事长思考了几秒钟。"你先跟他说说，要是你感觉他没懂你的意思，你再把他叫到我这儿来。对付乔瓦尼这种人不能硬来，需要友好地去威胁他。把话讲得明白又留有余地，是成为一名领导的基本功，你要是将来想当副董事长，那你就得先学会尽快把这件事情办好。"副董事长吸了最后一口烟，然后把烟头扔出窗外，"你今晚吃什么？"

该死的电话！怎么偏偏这个时候响！真应该丢掉这台老式座机，安装个无线电话。

"不知道，我现在打电话问问我妻子。"

"行，那你打吧，打完了告诉我一声。"

乔瓦尼拿着个球在路中间做什么？那些家伙是和他在一起的吗？这个时候他不是应该在他的办公室吗？

西蒙娜手握方向盘的样子，就像个士兵骑行在路上。她躲过一辆摩托车，超了个车，避开那些不走人行斑马线的九十多岁的老人。虽然她很想遵守所有的交通规则，可在那不勒斯这根本就是做不到的事情。

她是这片区域的人吗？难道她当时在场我没看到？她是个非欧盟的女孩儿吗？

没看到她真是个不可饶恕的错误。不，不，她当时不在场。西蒙娜看得很清楚，当时有三个黑人，另外两个，一个坐在小桌子前，一个是拿着球的乔瓦尼。

那举起的手臂算什么呢？

"妈妈？"迭戈从昏睡中清醒过来。

"怎么了？"

"妖怪！"

西蒙娜转过头来看了他一秒，说："我们现在要去的地方，有很多妖怪，再过五分钟，我们就到了。"

"妖怪怪怪……"

在她身后有一辆 SUV，车里的男子不停地按喇叭，催着她开快点，西蒙娜加快速度，但他还是在不断按喇叭。西蒙娜只好往右边挪了挪，并给他做了个意味深长的手势，示意他前面有二十米的空间，他可以想开多快就开多快，反正最后大家还是会在路尽头的拐角处相遇。

"很好，好样的。"她评论道，"你就自鸣得意吧。"然后她又看向迭戈，说："对不起，没有玩具了。"

"妖怪怪怪……"

她迫不及待地想把迭戈放在儿童寄存处，然后自己去商店里逛上几小时。但是，她又忍不住好奇，想回去看看乔瓦尼到底在和那帮家伙做什么呢？

他似乎很惊讶，谁知道他的手臂举了有多久。但是，是的，举起的手臂表示他想引起他们的注意。那个女孩儿一定不在那里，不可能在，否则他一定会小心翼翼地抬起那只胳膊，而不是这么明目张胆地举着。如果她早点看到他……也许，她会停下来和他打声招呼吧，也许他会把她介绍给他的那些朋友，然后，她会接受邀请，和他们一起在酒吧里喝个开胃酒。但是，现在已经来不及了。

在红绿灯处，她旁边是辆 SUV，当它静止不动的时候，看起来要更大、更凶。里面的男人眼睛直视着前方，面无表情。

"我们快到了，亲爱的。"西蒙娜对迭戈说。她脚底稍微松开了一点离合器，在绿灯亮起的同时往前滑出半米远，挡在了 SUV 的前面。男人回过头来望她，她也摇下车窗回了个眼神，从车窗里顿时传出一声"妖怪"。

男人如煮熟的鱼一样翻着白眼。

"妖怪怪怪……"

屏住呼吸，他正在往这边走。

生锈的门吱吱作响，老乔一步一步地朝目标走去，朝着巴托的藏身之处。巴托闻到他爷爷皮肤的味道离得越来越近，紧张感在额头上越绷越紧，温热的鼻息吐在金属门上。只一瞬间的沉默，却恍如隔世。然后，车库的门就打开了，爷爷那难以掩饰的笑容透着一股执着，出现在半明半暗的光线里。

"巴托！"爷爷边喊着边跑上楼梯，和攀岩者在岩壁上攀爬一样费力。

巴托没有反应，他的爷爷太兴奋了。最好还是让他赢一次吧！巴托停在原地，即使门已经打开了，额头上的紧张此时也化为一连串的汗珠。一分钟后，他也上楼回到家，老乔在客厅里双腿叉开坐着，气喘吁吁地说："我赢了。"

"现在该轮到我了。"巴托说。

"算了，我不知道该藏在哪里。你想不想吃冰淇淋？"

"冷冻柜里好像没有了。"

"一个都不剩？"

"嗯。"

"我去看一下。"

老乔一跛一跛地走向厨房，脸上红似火。不一会儿，他回到客厅对巴托说："那我先去冲一下澡，然后我们就出门。"

"去哪里？"巴托问道。

"去吃冰淇淋，你喜欢什么口味？"

"所有口味。"

"就连英式浓汤口味你也喜欢？或者卡萨塔① 口味？"老乔问，"别

① 卡萨塔（cassata），是一种西西里奶油夹心巧克力口味的冰淇淋。

告诉我你喜欢卡萨塔口味，只有像你爸爸这样的老人才喜欢吃。"

"我都不知道那是什么口味。"巴托摇了摇头。

"等你老了，你有的是时间知道这些东西。给我两分钟准备。"

巴托倒在沙发上，等爷爷从浴室出来的时候，他已经换上了一件短袖衬衫，喷了香水，非常开心的样子。"我们走吧。"

"我去拿件夹克。"

"拿什么夹克？"老乔说，"外面热得要死，快点，我们走吧。"

出租车上，老乔坐在前面，透过挡风玻璃看着车外，黄昏时分，散步的行人，在闪烁的车灯下像幅风景画。路面上卷起的风声，可与飒飒的大型森林相媲美。他从敞开的车窗处收到六月的傍晚给他带来的信息，那是夏天即将到来的气味，在那一瞬间，春天让位给盛夏，就像一个彬彬有礼的男士让女士先行。一刻钟后，老乔让司机靠边停下，巴托有些后悔没有带摄像机出来，不然此时他就能录下这一幕，一张十欧元的纸币从爷爷手里滑进了出租车司机的手中。"不用找了。"

出租车司机道谢，然后开走了。爷爷在冰淇淋店问巴托他想要什么口味的冰淇淋，巴托不知道怎么告诉他，他要先付钱，而这个步骤，不需要知道他想要什么口味，他的爷爷应该这样问他"你想要一个小号的、中号的还是大号的"，或者是"上面你想要加奶油吗"。有些浪漫主义者，比如他的爸爸，在冰淇淋柜前会变成诗人，但收银员对诗歌一点都不感兴趣。通常，乔瓦尼会点两个巧克力和奶油布丁口味的甜筒，这时，收银员会问："甜筒要大号、中号还是小号的？"于是，乔瓦尼就会犹豫不决，不知道该选哪个，他会询问儿子的意见，而巴托一般都会选择中号。

"中号的。"巴托说。

"什么？"他的爷爷问道。

"我想要一个中号的甜筒。"

"好的，但是你想要什么口味的呢？"

"我现在看看。"

老乔转向收银员，他的踌躇让人感觉，付了一个中号甜筒的钱却没有说明想要什么口味，对他而言就像是个罪行。"一个中号甜筒，另一个要哈密瓜味加开心果味。"

"需要加奶油吗？"

老乔转过身来问巴托："你想加奶油吗？"

"不想。"

"不用，谢谢。"老乔回过头对收银员说。

他们坐在外面的长凳上，巴托看着从冰淇淋店出来的人，他们看起来很开心，然后不高兴，然后又变得开心。空气令人窒息，他感到喉咙里有个结像一只等待执行任务的野兽，他终于有些明白独处的甜蜜，即使他并没有明白得那么彻底。因为如果孤独在家里等着他，如果他的父母对他的需求是如此重视，但没有一方过于宠他，那他当然会体会到独处的诸多甜蜜。

"你喜欢吗？"老乔问道。

"喜欢。"

"比那些恶心的包装好的冰淇淋强多了，嗯？"

"可我也喜欢包装好的。"

"我小时候喜欢吃小奶油和大幼犬，但是现在市面上几乎都找不到了，我还喜欢 Sammontana 冰淇淋。"老乔狠狠地舔了一口冰淇淋，继续说，"如今，到处都充斥着脆皮甜筒。有人认为，现代性必须是有冲击力的，否则就不够现代，他们甚至连牛角包都没放过，这可是经典中的经典，但是你要改就改吧，能不能不糟蹋经典。Sammontana 冰淇淋我过去也很喜欢，因为它的极简主义，但是梦龙就是纯粹的巴洛克风格，就像这家冰淇淋店一样，有这么多种口味，但是只能选两个。"

"我喜欢脆的。"

"你是说樱桃吗，还是其他？"

"樱桃。"

巴托即将赢得这场吃冰淇淋比赛，他快要吃到甜筒的底部了。从冰淇淋店出来的人还和之前一样，要么开心，要么不开心，可能冰淇淋不是他们所期待的味道，又或许是。他的爸爸告诉他，不知道会不会回到从前，他的妈妈也说了同样的话。"爷爷，"巴托问，"人们为什么会分开？"

老乔耸了耸肩。"我不知道。"他回答道。

巴托看着地面，说："我今天在学校和女朋友分手了。"

"你还有个女朋友？"

"嗯。"

"她叫什么名字？"

"你知道她叫什么有什么用？"

老乔笑得很开心，说："有用，名字很重要。"

"盖娅。"

"是一个好名字。"

"反正，我决定和她分手。"

"说来听听，你为什么要和她分手？"

"我做了跟你们一样的事情，"巴托说，"跟你和爸爸一样。"

"意义是什么呢？"老乔的眼睛盯着被啃的圆锥体，"你也想体验一下不开心吗？"

"什么意思？"

"没什么，那你现在感觉怎么样？"

"没什么特别的。"

老乔从来都不擅长和小孩子交谈，这一点他很清楚。有些人掌握了和孩子沟通的代码，并且运用自如。有的人天生就不会这些代码，但是他们擅长想办法，在和孩子吵架和相互理解之间循环往复。最后还有一类人，比方说老乔，他们没有代码，因此对他们来说，儿童的宇宙就是个摸不透的丛林，是个解不开的谜题，他只能用自己的方式尝试去解答，老乔的方式即健谈。

"你看，"老乔说，"你可以随心所欲地做自己想做的事，盖娅会找到理由的。但有件事我必须得告诉你，也许你误会了，我可和你不一样，不是突然有一天早上醒了决定和我女朋友分手的，而是她把我赶走的。上帝保佑，我和你爸爸的情况也不一样。你爸爸和你妈妈决定暂时分开休息一段时间。"

"那我和盖娅也是暂时分开休息一段时间。"

"嗯，毕竟你现在才上小学四年级。"

巴托的一天从早晨五点钟开始。他又倒下睡了几分钟，然后起床。他本想弄醒他的父亲，睡到他的床上，但还有些别的事等着他去做。他打开电脑检查一篇有关能量的超文本，科学老师交给他这个任务，让他检查文本，还有创建链接。超文本上说能量是物质的基本属性，自从将某种力量转化为了能量，人类就开始依靠能量，没有了能量什么都不会有，汽车、公交车、工厂都无法运作，地球也会是还没开垦的样子。我们的身体也需要能量，这是物质的基本属性（老师应该删掉这种重复语句）。然后他看了眼《我的一家》，有些过渡的地方他需要重新看看。六点半的时候他爸爸定的闹钟响了，他听见爸爸挪动身子，在潮湿的被子下像黎明时的拖拉机一样咳嗽。他关掉电脑，重新躺回床上。

现在他快要哭了，不，是正在哭。"我和盖娅分手了，一点感觉也没有。"泪水涌上喉咙，"那爸爸妈妈也一样吗？"

"不，这不一样。"老乔回答道。

"就是一样的。"

"不是这样的。"

"就是这样的，没有人在乎任何事。"

在没有慰藉的夏季傍晚，八点之后，在一辆从远处出发、永远也到不了目的地的公交车上，只剩下了他、司机还有几个对闷热的天气无感的酒鬼，他们的脸上是忙碌一天之后的油腻。工人们疲乏的呼吸是看不见的，他们疲惫不堪，虽说还不至于走到社会边缘。

乔瓦尼哼着小调，试图和司机套近乎，暗自希望身上这件新 T 恤不要被汗湿，衣服是很显年轻的绿色，胸前印有"深井冰"几个字。

"你迟点交班吗？"

"……"

"这真是个神奇的城市。"

"……"

对于有些会面，如果你带着腋下汗湿的水印出席，那简直是世界上最糟糕的事情。比如说，去会见情人、去工作、去看病、去自己的葬礼。但是如果是去见一个老朋友、回家，或者是去太阳下散步，那就不是什么大不了的事了。或许如果他停止吹小调，汗自己就会蒸发掉。

"这一定是份压力很大的工作，换作是我，我肯定会疯。"

司机瞥了他一眼，仍旧保持着沉默。

没什么好说的：卡尔曼是他的情人。他做了许多中产阶级，许多糟糕的、膨胀的中产阶级都会做的事情，但是在情感上，他一点都不后悔。只有他的理性会后悔，会惩罚、会放纵自己，会组织、计划、思考，但最重要的是，会悔改。

他从公交车上下来的时候，右脚已经着地，左脚还在悬空的时候，他突然记起自己正在哼的小调是哪首歌。难怪巴托会想把它作为《我的一家》的背景音乐。

与你同在的世界多么美好

我甚至不敢相信

我所看见的一切

会永久长存

只是当时

为了看你让我看的东西

我有些不知所措

与你同在的世界如此之大

宛如重生

我终于看见

若不是你赠予我

这个礼物

与我分享

我将会冒着丢掉数千亿

和更多东西的风险

公交车在沉默中前行，窗外的道路几乎已经荒废，夜幕低垂。

对巴托来说，《世界与你同在》这首歌所要表达的，应该是一种稳定的信念，是爱的乌托邦，但这在现实生活里是不存在的。要是有人真的觉得，只需陪伴在另一个人身旁，靠送送礼物，就能救对方于水火之中，那只能说，这人要么是个孩子或恋爱中的男人，要么是个傻子。

中产阶级的男人常常会感受到血管里的热量消退，每当这时，他不禁会想起他生命中的那些女人，他深信着，回忆是能重温血管的最佳良药。

他回忆起过往那些女人的大腿和香味，然后从记忆里走出来，去见二十七岁的情人——卡尔曼。

他首先想到的是玛丽亚，他的初恋，一个十六岁怀过孕、堕过胎的女孩儿。在听了史密斯的那首《手在手套》后，他和她分了手。

后来便是同埃琳娜厮混在一起的记忆，他常会把她阔气的拥抱和沧桑混在一起。埃琳娜有许多狐朋狗友，他经常被迫和他们一起晚上出去玩。后来他才知道，她爱上了她那些朋友中的一个，名叫洛伦佐，长相类似于那种扮演足球冠军的美国演员。洛伦佐一开始看似对她并不感兴趣。于是，埃琳娜开始在各种场合，在车里、酒吧或是派对上和别人发生关系，直到第三十二次，洛伦佐才开始被毁灭性的嫉妒冲昏头脑，乔瓦尼也就在那时退出舞台。

再后来就是卡拉，她是所有人中最重要的一位前任，西蒙娜还曾经与之展开过一场微妙的心理战，以防止她偷偷潜进他们的生活。他们非常相爱，但卡拉骨子里就是个悲观的人，而他一直都是喜剧爱好者。

对了，还有乔瓦娜，他们就像是同一个灵魂分成了两个肉身，两人是那么相像，无论在哪方面。就连名字都差不多，乔瓦尼，乔瓦娜。不过，介绍他的这位前女友时他总是感到有些尴尬，因为曾经很长一段时间，乔瓦娜都是他的一个好朋友的女朋友，所以不可能不谈到他的那位朋友。

他朋友是个很特别、难以给他归类的人，但是人很大方，事业心强。乔瓦娜在和乔瓦尼短暂的交往过后，重新回到了那个朋友的怀抱，而乔瓦尼则回归单身，倒成了不厚道之人。

还有些插曲，比如亚历山德拉。他还曾暗恋过一个陌生人，是他的情史里第一个不认识的人。她是那种经常会在公交车里遇到的女孩儿，背着装满书的书包，有着害羞的目光。

远远地他看到有人走了过来，几米后轮廓开始变得清晰，是个个高的小伙子，脸上满是皱纹，属于那种会在深夜漫无目地闲逛之人。你可以看到他们用双脚研磨好几千米，反正从来都没有人在意他们。那不勒斯充满了这些失落的灵魂，他们甚至都不如流浪汉，没有被拯救的可能性。虽然他们也穿得破破烂烂，但总是有某种东西能将他们与乞丐区分开来，某种没有磨损弄脏的东西，而这也是他们危险性的标志，像是在强调，他们是游荡在城市里的夜归人。小伙子走近，看着他，乔瓦尼低下了眼睛，然后他看到了一双锐步的鞋子，相当新，即使那已经是十年前流行的老款了。乔瓦尼抬起头，加快步伐。

他看到了那家色情电影院，但有样东西先引起了他的注意。头脑里纠缠不休的声音迫使他转向了与卡尔曼家平行的道路。没几分钟他就走到了一家拉斯维加斯美黑中心门口，柜台后面站着个扎马尾的女孩儿，整个头部包括耳环都在随着音乐摆动，正在翻阅一本杂志。

乔瓦尼推开玻璃门走了进去，女孩儿的视线从杂志移向乔瓦尼，一个巨大的口香糖揉皱了她脸上的千言万语，她绿色的眼睛显得很假，眼里透着迟疑。

"请进？"她强行压制住方言口音说道。

"我想做个日光灯。"

"面部的？"

"嗯，面部。"

"你靠近点。"女孩儿用一只手把他拉到自己跟前，这个动作向乔瓦尼揭示了，在固有的、有耐心的工作表象之下，隐藏着到现在为止的粗鲁、生硬的方式。简单粗暴却行之有效，这就是典型的那不勒斯方式。

乔瓦尼走近了些。"喏，这样。"女孩儿抬起他的下巴，在他脸上来回摸了几次，提拉了下他的皮肤，"这是你第一次做吗？"

"嗯。"

"你肤色很白皙。"

"所以我才想要做个日光灯。"

"行，你先在这儿坐一会儿。"

二十分钟后，他按响卡尔曼家的门铃。汗水停止往下滴落，他感觉自己很虚弱，在那个黑暗的房间里，他的脸暴露在美黑灯的光线下，有一小会儿他觉得自己好像脱离了自己的躯体。但是现在，他已经恢复了他的身份：企业顾问、那不勒斯人、没有食欲的中产阶层一员、与妻子分居的丈夫、两个孩子的父亲、一个边缘型人格的疯子的朋友、被同事怀疑、被一个记者追踪、有一个名叫卡尔曼的博士生情人。这一切都有它的根源，就像任何一个婊子的好儿子，都与他的根源脱不了干系。他有一个放荡的父亲，一个天主教信徒的母亲，一个很难下定论的家庭。是的，他又回到了自己的生活当中。

"你怎么了？"

"没什么，我刚做了日光灯。"

"日光灯？"

"就在这附近。"

"你看起来像个杀马特。"卡尔曼说，"所以，你到底是要进来，还是整晚都待在门口呢？"她给他让路，点燃了一支烟，接着打开冰箱，拿出两罐啤酒，递了一罐给乔瓦尼。"美黑灯的光线一定很强吧，你看你都汗湿了。"

"我们看个电影吧？"

"你不想吃晚餐吗？"

"当然想。"

"今天我找了找奶奶给的食谱，想做鱼味的古斯古斯，但我没找到。"她说。

"没关系，下次再吃吧。"他说。

"你吃过吗？"

"没有，一次也没有。"

"下次我给你做。"

他躺在沙发上，虽然不清楚到底为什么，但他知道卡尔曼喜欢他现在黑红的脸颊。他们看起来像两个青少年，卡尔曼迅速将手指伸到他的T恤里，在昏暗的灯光下，她青栗色的双眼像充血般红肿，目光里尽是欲望。在这样的灯光下，她看起来像一个哭泣过的动物，哭泣的眼睛、哭泣的鼻子，脸颊上还有泪痕。

"你想换一件T恤吗？"

"等会儿吧。"

"什么时候？"

"等会儿。"

"等会儿你就走了。"

"那好吧，我现在就换。"

"算了。"卡尔曼说。

他们向前倾，亲吻。如此温柔和原始的神经必须与其他神经相接，嘴唇覆上嘴唇，胸贴着胸。从卡尔曼的嘴中吐出一丝甜蜜的气息，蕴含着她所知道的所有东西：她所喜爱的非洲沿海公路和杏仁味刨冰；一间宽敞干净的公寓和耗费多年学习的希腊语；为爱上不那么聪明的男人所做出的努力；散落在世界各地的朋友们；狗换季时脱落的毛发；开缝了的沙发和心底深处的诚实。乔瓦尼闭上眼睛任思绪纷飞，*她对我而言，太多了*。他感到卡尔曼的气息使他的心脏膨胀，他开始像昏迷的烧伤患者一样颤抖，不敢移动分毫。他很想推开她重新吻一次，不颤抖地再吻一遍。

13

迭戈常说的几个词：1）辛巴；2）杀手；3）医生；4）丑小鸭。或者他会把这些词混在一起说："辛巴杀手""医生杀手"或者"辛巴不是丑小鸭"。他最喜欢说的句子是："那是谁？""你说什么？"。

"他们当时不在。"托马索说。他的眼睛半睁着，脸部的皮肤光滑透明。"对，那时他们俩还没出生呢。"西蒙娜说，"你糊涂了。"

"这太不可思议了。"

医学上称这种症状为幻觉。如果要尽量减少幻觉的产生，需要减轻体重。西蒙娜停下在做笔记的手，平日里她记笔记多是用于研究和治疗，顶多用在出版书籍上，但对于她父亲，用不着。她觉得自己好像在做无用功，就算自己记录下父亲患病后每一阶段的细节，也没什么用。患有阿尔茨海默症的病人，他们的一生对他们而言就像是一秒。她写下这些，原本也只是为了在遗忘之前留下点痕迹，但现在，她决定将遗忘留在属于它的地方。

"我发誓，我看到了他们。糖和咖啡洒得到处都是。我记得就在这儿，在床上。"

"我跟你说了，"西蒙娜说，"你就是犯糊涂了。"

即使是在最好的情况下，犯病率仍有百分之十四。如果经常运动可以降低百分之四十老年痴呆症的患病率，但出人意料的是，冥想会使灰色物质变厚，足足增加百分之十六的患病率，如果一生都从事智力方面的工作，能至少降低百分之三十的风险，在假设所有情况都是最佳的前提下，仍然存在百分之十四无法控制的患病率。西蒙娜对科学充满信心，要想相对放心地活到老，只需要美国的科研人员说，有百分之十四的可能性要全凭运气，那就够了，就没有问题了。人们会更加平静地依赖命运而不是怀疑伽马波 ①。

"那个孩子，是你的儿子？"

"是的。"

在幻觉期间，头骨的形状变成椭圆形，然后等幻觉消失以后，头骨就会恢复到平常的状态，西蒙娜亲眼所见，不得不相信。就好像所有的神经元都集中在前额上，来看看到底是发生了什么样不可思议的事情。托马索微笑着点头，道："他叫什么名字？"

"迭戈。"西蒙娜说。

从厨房里传来一些声音，迭戈笑着问："姥姥，你说什么？"

"你必须全部吃掉！"姥姥回答道。

他们在厨房里正玩得开心。迭戈不想吃水果，他的姥姥正绞尽脑汁地想办法。西蒙娜的妈妈也和乔瓦尼一样，会为给孩子吃什么争吵，为了让孩子吃饭会使出浑身解数。谁知道等迭戈长大了，会不会记得这些，会不会苦闷地回忆起，他在这些棕绿色陶瓷的保护翼下用餐的时日。谁知道如果将来有一天她得了精神病，他会不会埋怨她，会不会怀念起，

---

① 伽马波，即伽马射线，是一种高频电磁波。

每次他屏住呼吸穿过走廊上母亲摆好的长凳。

"爸？"

托马索正在打瞌睡，他闭上眼睛，再次睁开的时候，房间已是一片昏暗。偶尔会有一丝风吹过白色的床单，露出一只肿胀的、枯萎的脚。

"来，这是最后一勺了。"

迭戈坐在桌前很兴奋："快点，快点！"

"啊……"姥姥示意他张嘴。然后，像一位老主持人刚等镜头关闭，就马上把假牙丢进杯子里一样，迭戈刚一吃完，她就把脏勺子扔进水槽，将罐子扔进垃圾桶。迭戈揉搓着他的耳垂，说："姥姥？"

西蒙娜拿起杯子盖住了她父亲裸露在外面的脚，起身走了出去。

"姥姥，玩。"

西蒙娜和她的母亲互相看着对方。抽屉逃离了滑轨，疲惫的铰链、巨大的剥掉外皮的玻璃杯、金属味道的餐具，一切都非常干净。

"我把晾的衣服收起来了，已经都干了。"她的母亲说。

"谢谢。"她回答道。

曾经的西蒙娜，在别人眼里也是个混乱又不守纪律的女孩儿。混乱统治着她的房间就像青春痘霸占满脸一样。她没有刻意去改变，但是在多年的婚姻生活里，在对丈夫和孩子的日夜操劳中，她自然而然地成了现在的样子。清洁阿姨不会阻止她去擦洗锅和炉灶，不过，外部的帮助越多（包括她丈夫的帮忙），家里的卫生反而越难管理，她尤其不喜欢那些对家务活完全没有经验的人插手。

在所有的家务事中，她最讨厌的，莫过于从晾衣架上收回干了的衣物。只要看一眼那些干枯的衣物和破旧的塑料夹子，她便兴致全无。她尽可能地避免去收衣服，宁愿去吸尘、洗衣服、预约好洗碗机的时间甚至熨衣服。有时，在熨烫时，她吸入布料和蒸汽的味道，感觉臀部很放松，腰向原始的、自然的痛苦低头。

"谢谢你照顾他。"她的母亲说。

"他都吃完了。"西蒙娜说，"挺好。"

"杀手！"迭戈说。

如果一个专业人士对他的工作有什么不理解的地方，那肯定就是会议的时长。冗长的会议是意大利式企业管理的一个典型方法，寄托了每一个领导的梦想，是合伙人的希望与安全感的来源。而平日里那些在办公室游手好闲之人，这时候却会胆战心惊，焦虑不安，因为会议上总是会有些正义之士，抓住机会对平时看不过眼的人和事大肆吐槽一番。

"这站不住脚，说不通的！"卢多维发牢骚，"你们看，有关现金流转的预测完全是不现实的。"

"这确实做不到，不在讨论范围之内。"安东尼奥拿近了文件看了看，表示赞同。

参与会议的其他员工，包括能力最差的卢多维、最懒的埃德加多，甚至是所有人中最吊车尾的安东尼奥，大家都像乔瓦尼一样，认为这场会议超出了它所必要的时间。差不多每天的订单，吉吉都要花上三四十分钟逐条向大家介绍，内容详尽涉及方方面面，还要加上他自己的观点和考虑，以为这样能方便大家讨论。而资本主义真正可悲的地方在于，开会的时候要求每个人都参与其中，各抒己见，所以大家你一言我一语地对每一个话题都要讨论半天，还得不出什么结论。

"你们电脑上的软件运行得怎么样？也不知道是怎么回事，我的最近变得不太好用了。"埃德加多插话说。

要想在会议上脱颖而出，就必须在他人的观点之上，提出自己的观点。需要否定、补充、修改、转移他人的观点，总之，最重要的一点是不要接受它们，否则会议就没有意义了。简而言之，我们必须努力在这些数据中找到会议的重点，趁大家还没有一边倒的情况下，赶紧达成决议。

"我的软件运行得非常好。"软件检测员安东尼奥恼火地说。

"我的也是。"吉吉补充道。"你们的呢？"他转向卢多维和乔瓦尼问道。

"我的也挺好。"卢多维小声嘟囔道。

"那你的呢？"

"我不用那个软件。"乔瓦尼大声说道，也许他希望有人支持他，但没有。

"什么？"吉吉心里一惊。

安东尼奥的眼睛变得如蛇一般，一条红色的偏执的蛇。恐惧在乔瓦尼体内释放出来，类似于一个书呆子被学校同学紧追不舍时的肾上腺素。这是一种可怕的恐惧，但是他还是找到了与蛇对视的力量。安东尼奥脸上的表情生动又暴力，他向来都是被动地工作，兢兢业业地完成上级吩咐给他的事情，所以，当事情如此不受控制地朝着他没有预料到的方向发展时，他才会如此不知所措。

"我有自己的软件，"他说，"我觉得很好用。"

安东尼奥的眼神没有任何变化，他薄而线条清晰的嘴唇里没有吐出一个字。卢多维脸色煞白。

"好吧，"吉吉圆场，"没问题，只要好用就行，不是吗？"

大家点点头，一扫之前的紧张局势。"我会再检查检查的。"安东尼奥收起外露的锋芒。

"都随你便。"

"喝个咖啡休息一下，"埃德加多挥舞着他粗大的手，中断了话题，

"你们觉得怎么样？"

大家纷纷离座，埃德加多和安东尼奥挽着手一起走了出去。乔瓦尼还留在座位上，吉吉则开始讲电话。卢多维偷偷瞥了一眼乔瓦尼。"抱歉，"他低声说，"我应该说我也在用你那款软件。"

"没事的。"乔瓦尼回答道。

"我应该说的。"在离开会议室之前卢多维还在嘴里念叨着。

乔瓦尼站了起来，吉吉给他使了个眼色，示意他留下来，然后关上门，问："你要喝咖啡吗？"

"不用，谢谢。"

"我在试着戒咖啡，你坐吧。"

"你有事要跟我讲吗？"

"坐下来讲。"

乔瓦尼坐下。

"内裤的事情之后，你是不是变松懈了？"吉吉直奔主题。

船被一举击中并沉没："偶尔……"

"我是想提醒你，我不是个傻子。"

"我知道。"乔瓦尼回答道，"是有人跟你说了什么吗？"

"没有，你要知道，是不是小事，就像肿瘤一样，傻子们是没法评估的。"

停顿半晌，吉吉继续说："有时候，合法性是那些没有勇气施展拳脚的人的避难所。"他咳了咳，"我们都属于同一个系统，系统给我们分配不同的工作，你觉得，要是有人在关键时刻，决定躲到合法性所提供的避难所里独善其身，这么做是对的吗？你觉得合法性就一定是公平正义的同义词吗？"

乔瓦尼试图拖延时间："我不知道你在说什么，吉吉，你说的这些我一点也没听懂。要是你是在说安东尼奥的软件……"

"我一点都不关心那个软件！安东尼奥是个不错的小伙子，但是那个软件有漏洞。我正在说另外一个问题，乔瓦，关于肿瘤的问题。你跟别人谈话了吗？法官、律师、斯科波尼？"

"绝对没有。"

"很好，"吉吉继续说，"你做得很好。"他眨眨眼，"你知道调查马上会有新进展吗？"

"知道。"

"也许他们会打电话给你让你做证。"

"我会做证的。"

"嗯，那你先和我们自己的律师聊一聊。"

"没问题。"

吉吉笑了笑。"最近你很奇怪。"他看了看手表，"听说有些客户对你很不满。不是说你和其他同事们联盟就万事大吉了。"

"事情不是这样的。"

"我听到的事实就是如此。"

"我不相信客户们会抱怨我。"乔瓦尼回答道，有那么一秒，他朝吉吉投去了一个凶狠、平等的目光。"至于同事们，像那样的蠢货怎么看我的，我一点都不在乎。"

抨击安东尼奥对吉吉这种人来说，无关紧要，这个信息技术专家在他的一个网站上建立了一个小的社群，里面都是些对女性的欢乐很敏感的同事。但是抨击安东尼奥意味着抨击电话监听，意味着抨击副董事长的哈巴狗，最终，也就意味着说他和副董事长是蠢货。

吉吉向前倾身："你在酝酿什么吗？"

"没有。"

"你确定？"

"确定无疑。"

就在他们目光对视的时候，乔瓦尼明白了吉吉的内心状态。他看起来像一个早起的猎人，从一大早就期待着很多东西，但是现在日光普照，他仍一无所获。

"我只是有些恶心，我在这儿工作都这么多年了，现在居然有人每天翻查我电脑、监听我的通话记录，我觉得这是种猥亵。"

"没人做这些事。"

"有人在做，"乔瓦尼抬起头来，"而且还是个不怎么聪明的人，留下了一堆痕迹。"

"我会查清楚的。"吉吉说。

乔瓦尼松了一口气。他觉得肾上腺素的流动减少了，就像他小时候和父亲一起玩捉迷藏一样，最后只留下汗水粘在他的背上。

"我可以走了吗？"他问道。

"我不认为有人在翻查你的电脑或者监听你的谈话，"吉吉说，"你走吧。"

老人发现天气很好，他不想起床，即使外面艳阳高照，他还是觉得冷。他的骨头是潮湿的，如果他没有那么老，他会像往常一样伸展四肢，迎接美好一天的到来。但是，如今已不似过去了，曾经的他舒展身体时还不会感到疼痛。

天气很好，他发觉自己的头发正慢慢变黄，变成没有希望的白色，眉毛正沿着前额攀爬向整张脸，曾经饱满的脸颊是温柔的源泉，而现在却日渐干涸，像砧板上被遗忘了一个星期的面包。背上汗毛的数量比他想象的还要少，黏膜炎成了他生活中不可分割的伴侣。

他发现人体内的运气和不幸都有其因果关系。人老了身上就会有种老年人才有的臭味，但是这种臭味又不是来自他的嘴，就像小孩子那种乳嫩的皮肤香气，也不取决于皮肤。那些不幸大小便失禁的人，也不会说在尿到一半的时候突然停下。

四十年里，他做过那么多的填字游戏，却还是显得不够，不然他如今怎么会那么慢才想到正确的词语呢？

天气很好，他感觉自己真的老了，因为5号勃兰登堡音乐会已经跨越了三个音乐时代（黑胶唱片、磁带、光盘）；因为每年冬季朋友的葬礼都越来越少；因为一提到肿瘤、癌症或者疾病这样的字眼，他的心就会瞬间沉下去，有种想哭的欲望，没有胃口，大脑停止思考；因为每个人都想教一个老人使用计算机，而这个老人甚至没有考虑过这个问题，他总是含糊其词不给出明确的答案，总是说，以后再学吧、等将来有空学。

今天真是美好的一天。他感觉自己真的老了，也许他应该改掉这个习惯，不应该称之为"美好的一天"。当有一天你发觉自己老了，也许那天算不上是美好的一天。

"乔先生？"

"进来吧，罗宾。"老乔回答道。

"克莉丝汀在客厅里。"

老乔一阵颤抖，他很少会这样。颤抖之后，他瞬间变得开朗起来，就好像心情所发生的变化不是因为发生了什么事，而是因为颤抖。

"跟她说等几分钟。"

"好的。"罗宾回答道。

"罗宾，"老乔叫住罗宾问，"她看起来怎么样？"

"非常漂亮的一位女士。"

"我知道，谢谢，但我不是在问这个。"

罗宾带着不解的目光走了出去，这让她看起来像是某个孤儿院的修女。老乔看着门直到全部关上。

心里有坚冰的人，一转身就会忘了你。老乔坐在床上愣了好几分钟，一想到克莉丝汀在客厅里等他，他的心就要被揉碎了。

五十年代末六十年代初的时候，老乔常去一家名为皮亚的理发店，黑色的玻璃外墙上写着几个银色的大字——理发店，店主就叫皮亚，为构建一个体面的世界贡献自己的一份薄力，老乔则在角落里期待着电影票。

老乔的父亲曾是欧莱雅的代理人，虽然最后他因为一些小的经济原因决定辞职了，但好在辞职之前他留下了一大笔财产。在他父亲的诸多客户里，就有皮亚先生。皮亚先生留着长长的灰色胡子，喜欢时不时地用食指和拇指捋捋。作为对欧莱雅产品折扣的回报，皮亚先生经常会送给老乔一些电影票，这些票是他店里地位最高的顾客——那不勒斯的一名警官送给他的，他总是大把大把地送。

"为什么警官先生总是有这么多票？"老乔无知地问道。

"你这是什么意思？"理发师恼怒地回答道，"警官先生是个重要的人物，他收到很多邀请是很正常的。"

"那他为什么不去看电影？"

理发师摇了摇头，说："因为他不像你那么闲。"

当警官拿着票进到理发店里时，老乔会迅速从椅子上弹下来，心悬一线。运气不好的时候，会碰上市中心那家影院的电影票，都是些放了好几轮的老电影，但是运气好的时候，会碰上些首轮放映的电影入场券，一般票价都不低于二百二十里拉。

在那些无休止的等待期间，老乔看着皮亚先生剪头发、剃掉脏胡须、梳理凌乱的胡须，给那些无法控制的头发打上蜡。那些本来又丑又老又胖的男人，在经过这一系列步骤之后，也变得体面。年轻的老乔对这一过程十分着迷，以至于很长一段时间以来他都认为自己想成为一名理发师。

"你是怎么成为理发师的，皮亚先生？"

"不是成为的，"理发师回答，抚平他的胡子，"我们生来就是干这一行的。"

时隔半个世纪，老乔感觉自己仍旧属于二十世纪，严谨、整洁、古龙水和剃须泡沫，那时一切都只限于个人卫生，体面即是体面本身，与美无关。一个人可以十分整洁，但不一定美，因为美完全是另一回事。

"嗨，你还好吗？"老乔走进客厅，克莉丝汀坐在扶手椅上，穿着一件红色开襟衫、一条紧身牛仔裤和一双灰绿色的运动鞋。她的右手握着一叠卷起来的报纸在挥舞，这让她看起来没有她实际上那么严肃。"我很好，你呢？"两人亲吻，相互摩擦着嘴唇。

"我们坐下说话吧。"老乔说，"你喝点什么？"

"我是来和你谈谈的。"

他们坐下来。老乔跷着二郎腿，陷在了乔瓦尼买的符合人体设计的椅子里。

"我必须告诉你一些事。"她说。

严格说来，克莉丝汀是个一点都不差的女人，她有一头茂密的金色发丝，美丽的眉毛浓厚得可与男人相比，两颗突出的虎牙还有些可爱，鼻子尽显罗马尼亚近百年的血统。但是她最漂亮的地方，要数她那双几乎透明的蓝色眼睛，尽管她最大的诱惑武器是那对丰满圆润的乳房。她的眼睛里没有一丝傲慢，乳房是无邪的赞美诗歌，白如雪山，乳头则是黑暗的丛林。

克莉丝汀给他讲了她的故事，有关苏恰瓦、奥勒良、酒精、贫穷，讲述了她一直闭口不谈的故事，她曾希望这些往事能随她的沉默安葬在世界的一角。当我们代谢掉过去和我们最不喜欢的部分时，我们会接近一种平和的灵魂状态。如今，她主动提起这些陈芝麻烂谷子的事，因为她想在她唯一爱过的男人面前，卸掉过去的包袱。他曾经让她感到自己被接纳，但是被接纳不等同于被爱，这让她容忍不了。

"所以，说到底，"她说，"我配不上你。"

"你说的这是哪门子的话。"

"我过来是给你送家里的钥匙，我不应该把你赶出去，要走的人，是我才对。"

"你知道吗？离开家的这段时间我想了很多事情。"老乔说，"这对我其实有好处，而且，我还更了解我的孙子们了，比如说巴托。"

"哦，天啊！"克莉丝汀笑着说，"我想都不敢想。"

老乔也笑了："是啊，这太不可思议了。你应该听听巴托讲话，我的天，他只是个九岁的男孩儿，但他有自己固定的方式来理解生活，一直到现在都是这样，他觉得没人在乎他。"

"那乔瓦尼和西蒙娜呢？"

"我是一点都搞不懂他们了。"他耸了耸肩，"你确定你不喝点什么吗？"

"那就来一杯茶吧。"

老乔离开客厅去了厨房，罗宾正在水槽边削土豆皮，为晚餐的马铃薯饼做准备。她放下削皮刀转向老乔，老乔礼貌地请她帮忙泡一杯茶。罗宾看着他，嘴里絮絮叨叨的，说这是个好机会，他不能白白错过啊之类的话。这个世界分为那些会浪费好机会的人和那些善于抓住机会的人，而今天他必须表明他属于后者。他回到客厅，坐了下来，专注地直视着克莉丝汀的眼睛，就像一个靠近罚球点的球员一样，他将球固定并踢出去。

"你唯一做错了的事，是把我送走。"

"我知道。"克莉丝汀说。

"我想回家。"

"嗯。"

"和你一起回去。"

"可我向你隐藏了过去。"克莉丝汀说。

"这有什么重要的？"

"也许对你不重要是因为你不爱我。"

"不是的，是因为我老了，我十分清楚对我来说什么重要、什么不重要。"

"你没有那么老。"

"不，我老了，我是个'老流氓'。"

克莉丝汀抖动了一下她的颧骨："我知道了。"

"什么？"

"你一直在试着告诉我的事情，"她说，"你没有骗过我，你只是，本性难移。"

"恰巧相反，我变了。"

"什么时候？"

"你也变了。要做到完全不撒谎是不现实的，对别人撒撒谎也是游戏的一部分。"

"我不想成为别人。"

"请进！"老乔抬起眼睛望向门那边说道。罗宾正在敲门，她压下门手柄，轻声说了句"打扰"，然后拿着一个装满茶和饼干的托盘走了进来。她拿了个有利于和解的好托盘，放在了茶几上就出去了。

克莉丝汀把茶倒进茶杯，递给了老乔一杯，然后吹了吹自己的那杯。"我来这里就是想跟你说这些的，我知道你看待我们之间关系的方式，但我不想被背叛，你能做到吗？"

"我不知道，"老乔回答道，茶杯上腾升的雾气在客厅里散开，屋内的热量逐渐增加，"我可以试试，我已经老了。"

"我不在乎你为什么这样做，我只是想让你这样做。"

"我可以试试。"老乔把杯子放在茶几上，站起来向她靠近想要吻她，他弯腰的那一刻，他觉得每一根脊柱都在肿胀，一股强烈的火热正灼烧着他的腰。他们就这样吻了几秒，老乔从这个姿势中获得了一种不可比拟的快乐。然后克莉丝汀轻轻推开他，从包里拿出一把长长的钥匙，说："你的钥匙。"

"你会跟我一起回去吗？"老乔问道。

克莉丝汀吻着他的脖颈："嗯。"

老乔任她吻着，椎骨就像气球随时准备爆发。那张在亲吻他脖子的嘴是如此令人愉悦，他把手伸进她的开襟衫里，先是隔着打底衫抚摸着她的肚子，然后掀起打底衫开始揉捏她的胸部。"关上门。"克莉丝汀说。像受神圣秩序的影响，老乔走向门口。正是那时，当他像做贼似的把门反锁上，满心希望罗宾什么都听不见的时候，他那个地方终于硬了，感受到不朽的回声赐予他爆发的力量。正是那时，他重返二十岁，火热的骨头、柔软的鬓发、征服者般的脸、甜蜜的手等等。有那么一会儿，他不再记得自己是个老人了，只有基本的意识仍然存在，他坚信不可知论的良心倾向，一切都是短暂的。在永恒严肃的怀抱抛弃你之前，几十年来一直让你感到骄傲的短暂，短暂到那些不太敏感的人称之为生命。

14

卡尔曼试着罗列出她对自己满意的方面：美丽、激情、智慧、青春。她喜欢她的工作，她有一些欣赏她的朋友、一间位于市中心的公寓、一些不错的邻居。她和一个有趣的男人约会，她还很喜欢他。

她心不在焉地从沙发上起身，再次思考着这场灾难。清晨，卫生间的水龙头把水喷得到处都是，她换了件衣服，出门去看看她的邻居丽莎是否知道如何处理这个问题。

丽莎盯着水池说："没办法，水龙头坏了，你得换个水龙头。"她的语气像个世界级的漏水专家。

列出自己满意的方面一点作用都没有，她有些沮丧，觉得自己像个乞丐，只是没人会有勇气说她是肮脏的，说她发臭。

"我也没办法。"丽莎整理了一下打结的头发，继续说道，"我可以把我的管道工的电话号码给你，但我不知道划不划算。这样吧，你先去把零件买好，然后打电话给水管工，让他帮你安上。"她脸上浮现出圆满解决事情的骄傲，朝门的方向走去。卡尔曼走出卫生间，艰难地说："拜托你了，别走，你能陪我一起解决这件事吗？"

*我是一个被宠坏的女孩儿。*她朝反方向思考，跳脱出常规的思路。她把学业称为工作，她是个已婚男人的情人，她的邻居们都不是什么善茬，但其实，如果坦诚来说的话，最令她感到震惊的，是她对她自己的处境漠不关心。

"我约了去理发店染头发，"丽莎说，"周四早上染头发便宜。"

即使罗列出来对自己的不满，也不会起什么作用。一个习惯了不满和孤独的乞丐。

她坐在沙发上，揉了揉模糊的眼睛，想着该怎么办。解决一个问题，本来是可以提高她对自己的满意度的，但是如果这件事情要她独立完成，那就……卡尔曼坐在沙发上自己跟自己分析着，就好像不是自己，而是别的什么人能穿透她的逻辑思维。

她站起来，她得出门去买这个水龙头，然后再去找水管工。

道路是一个巨大的妓院，卡尔曼心想，这就是那不勒斯，两瓣打开的阴唇和光顾的顾客们藏在隔音墙的九曲十八弯里，直到世界抗议你之前，都能平安无事。在妓院中间，在一堆摊位、吐着电子音乐的服装店、阿拉伯肉店和花鸟店之间，隐藏着一家西班牙水龙头和卫生品店，店里没有人，白色的墙面，有一个球形空调和一个留着辫子的长发男子在看着报纸。

"我需要一个水龙头。"

那个男人微笑，合上报纸，把辫子抛到脑后，又笑了笑，问："是自己家用还是工作的地方？"

卡尔曼迟疑了一下，是表面察觉不到的迟疑。

"自己家用。"

现在她正拿着一个表面锃亮的不锈钢水槽龙头，走在回家的路上。大街总是比妓院更混乱，越来越多的人，还有花鸟，都堵在商店的门口。

水管工没有接电话。

"等一下，"丽莎打开家门时嘀咕道，"等我一下下……"

"我按照你给的号码打过去了，无人接听。"卡尔曼说，"哇！你染的这是什么颜色？特别适合你！"

"带青绿色反光的黑色。"丽莎回答道，脸上的神色更加符合当天的个人满足感，"实际上是茄子的颜色。"

"很适合你，真的。"她说，"你能告诉我为什么水管工没接电话吗？"

"我讨厌水管工，要是他们总是不接电话，那他们要手机干吗？"丽莎一只手绕到脖子后面，把头发抓起来然后又散开在肩膀，"我的意思是，如果他们整天都把头埋在各种管道里面，哪儿腾得出手来接电话？"

"那我该怎么办？"

"你该怎么做，小家伙？再打呗。"

丽莎的茄子色头发消失在门后面，卡尔曼发现手中的手机，正扫描着邻居家地毯上的污渍。

水龙头是关的，但不断有水滴在水槽里，她试着再给水管工打了个电话，还是没人接。在耗尽第无数次希望之后，她想，或许可以打电话给乔瓦尼，但是因为这么点小事去找他帮忙……不行，这不太合适。如果是两个人，或者三四个人的问题，总之无论多少人，因为问题是大家的，那么当然是大家一起解决。但是当你孤身一人的时候，问题就只是你的。

卡尔曼走到阳台上，打开柜子，拿出工具箱，各种米色的、棕色的工具，她看着新买的锃亮的不锈钢水龙头，和自己家里的那个截然不同。

算了。我自己换吧。

落日的余晖下，乔瓦尼走在回家的路上。

今晚他不想外出，年过三十，只有避免夜晚出门，才能避免自己因体力不支带来的挫败感。不过，他的失落很快就被一股短暂的兴奋所取代，因为想到回到家，他就算懒散、无聊、不满，也不用跟任何人解释，心情便有些好转。一个人有消极对待自己但完全不造成任何冲突的权利，与婚姻完全相反。吉吉的威胁时不时就会回到他脑子里。

要不然晚上就看看电视吧。

乔瓦尼面带杀气，拖着他疲乏的身躯走在路上。够了，他必须告诉报刊亭里的店员他是怎么想的，要么跟他把话讲清楚，要么用千斤顶跟他打一架，早晚的事。他永远不会住在瑞典，他不在乎，但他想知道为什么。

"你为什么把这个广告板放在路中间？"

报刊亭的店员将报纸递到顾客手中，他显得很惊讶。乔瓦尼愤怒地看着他。"这个广告板，"他说，"您有权利把它露在外面，但不能占用车道！"

店员没有回应。他不在乎，乔瓦尼心想，他不在乎。显然他不在乎，如果他在乎的话，他肯定早就把广告板拿开了。

"你他妈的到底想要什么？"店员问，毫不掩饰内心的想法。

"难道你没有发现，就是因为你放的这个广告板，公交车永远都卡在这里过不去，所以这条路才总是这么堵，为什么我们要这样生活？"

"你说什么？"

"下地狱吧！"乔瓦尼快步走开了。

六月的阳光在忧郁的蓝色大海中熠熠生辉。现在乔瓦尼只想回家，他打算给她打电话，告诉她他今晚不想出门。卡尔曼会说没关系，她的朋友都觉得他人很好，有机会的话她想一起共进晚餐。然后她会再说一遍没关系。女人们都是这样口是心非，嘴上说没关系，然后又隐晦地表达出她们真实的想法，但最终，她们还是会说，没关系。

"我很想见你，但我太累了，不想出门。"

"没关系。"

"谢谢你的理解。"

"我们三天没见面了。"

"我很累，真的。"

"好吧，没关系。"

他和西蒙娜有过多少次这样的对话？在到家之前，他停下脚步，这里是这条路上他最喜欢的地方，他站在这里欣赏此时的黄昏。整座城市印在他眼中的夕阳里，一直延伸至维苏威火山，像一块地毯反射出黄昏时刻温和的光簇。离他近的地方较暗、潮湿，位于黑暗的尘土边缘。相反在火山底部光线变稠，与城市的霓虹灯和海面的波光粼粼交相辉映，即便是受污染的海水，在此刻也似乎清澈见底，水里呈现出青灰色的山的倒影。

乔瓦尼终于还是因为腹泻的事情去看了趟医生。伊佐总喜欢把问题扯到政治上，你要是膝盖疼，会给你扯到政治上，你要是腹部有些一点都不让人省心的小毛病，他还是会给你扯到政治上。

"医生，我们能不谈政治吗？我老是腹泻，每天要去五趟厕所。"

"今天的社会没有了绝对的左派或者右派，意识形态的时代已经结束，但后意识形态时代也不是很好，通过利益的瓜分实现政治阶级的分化，经济推动着政治，而政客们，创造出一种假象的区别，为了推动我们在选举之日走出家门。”

"我要服用什么药物吗？"

"铁杉。"伊佐医生笑了笑，"我们最好停止投票，弃权是我们唯一的武器，这样他们才能收到我们想传递的信息。"他从写处方的纸上抬起来头，苦笑着。

"那我们想传递的信息是什么？"

医生把处方递到乔瓦尼手中："每天两次，餐后服用，一定要坚持。"

乔瓦尼打开家门，刚进门就闻到一股扑面而来的香水味，从沙发、椅子、他那符合人体设计的扶手椅处传来，和卡尔曼家的靠垫一个味道。他把包放到地上，嗅了嗅空气。厨房最近一直很沉默，就像刚被逃犯遗弃的避难所一样。桌子上有几副脏的眼镜，他走进客厅，突然看到他父亲从卧室里出来，穿着干净的衬衫，看起来十分开心。

"你喷了我的香水吗？"乔瓦尼问道。

"嗯。"

"你要出门？"

"嗯。"

"又是去见些女性朋友？"

"瞧你说的，"老乔回答道，"是我们一起出去。"

"我们？"

"还有巴托。"

"我今晚想待在家里。"

"不，我们必须出去。"

"你能说说你到底怎么想的吗？"

"今晚是我在这里的最后一晚，"老乔说，"明天我就回家了，所以我们要庆祝庆祝。"

这个酒吧就像个洞一样，和同一条路上的其他酒吧类似，入口很窄，与街道只隔着一面装饰精美的玻璃墙，里面还挺热的。吧台处，除了一个眼神悲伤的年轻调酒师，和一个秃了头的中年男子，一个人也没有。

"你们就坐这儿吧，"老乔说，"你们喝点什么？"

乔瓦尼看着他的儿子，说："给我来杯啤酒，巴托的话，就给他点杯果汁吧。"

音乐声很大，巴托有些局促不安地看着周围的环境，又有些着迷。从阁楼上传来两个轰隆隆的声音，可以清晰地听到有人在他们的头顶上，沿着回廊随着音乐的节奏踏着步子。然后噪声消失了，几把椅子吱吱作响，热气如轻纱覆盖在桌子表面，玻璃瓶、彩色灯泡、木头、柳枝都充当点缀。

"你怎么了？"乔瓦尼问道。

"没事。"巴托手里玩弄着一颗鼻屎，回答道。

"巴托的梨子汁一会儿就来。"老乔溜了过来，就像从匿名嗜酒者俱乐部组织的会面中逃了出来一样，"乔瓦，你的啤酒。"

"谢谢。"

"我去趟洗手间。"巴托说。

"好的。"乔瓦尼说，"小心不要碰墙上那些恶心的东西。"

"厕所在楼上。"他的爷爷说。

巴托从凳子上下来，爬上楼梯，他那不确定的暴脾气和一个著名演员的小时候一样。

"所以呢？"乔瓦尼喝了口啤酒，问，"你能告诉我发生了什么事吗？"

“今天克莉丝汀来找我谈话了，现在我们之间的一切都很清楚。”

“清楚是什么意思？”

老乔嘬了一口他的朗姆酒，说：“今天我们在客厅做了爱。”

“在客厅？在我家的客厅？”

“是啊，”他轻笑，“你怎么了，难道你从来没在客厅做过爱？”

乔瓦尼的脸色突然沉了下来。

“这几个月过得很艰难。”老乔说，“当西蒙娜想要赶我走的时候，你的所作所为是高尚的，但也给你带来了很多麻烦。”

“跟你没关系，西蒙娜和我的婚姻，当时已经处于瓶颈期且有段时日了……那你打算怎么跟巴托说？”

“我们俩整个下午都在讨论这个，我正想跟你谈谈来着。”

从楼梯上下来两个年轻的醉酒的女孩儿，她们咯咯笑着，跑到吧台附近的路中央跳舞，那里总是被醉酒的人假想成是舞台。巴托从卫生间出来，从两个女孩儿背后一路小跑溜回之前的座位。

“我想花更多时间和我的孙子在一起。”老乔说，“我想，也许我会时不时地，在下午回家和巴托待一会儿。我在问你，但我并不是真的在请求你的同意，因为这是即使未经你的许可，我还是会做的事情。”

“你认为我会不同意吗？”

“我不知道。”老乔说，“有些人见不得别人开心。”

“你觉得怎么样，巴托？”乔瓦尼笑着说，“你觉得要允许爷爷每天来我们家搞破坏吗？”

巴托点点头表示肯定。

老乔仰头饮尽杯中的最后一口酒。“巴托真是个机灵的小家伙。”他说，“不好意思，我感觉现在我迫切地需要释放自我，音乐声那么大，女人们在跳舞，就只差我了。”他站起来准备走向舞台中央，乔瓦尼惊讶地看着他，他的腿部动作缓慢但合时宜，摇摆，保持节奏，目光狡黠，那样子像是就连拉丁语的舞曲都能应付自如。两个女孩儿互相看了看，笑出声来。"你不去跳舞吗？"乔瓦尼问巴托。

"我压根儿都没想过要去。"

乔瓦尼把啤酒杯搁到桌上，说："你爷爷说得对，你是个机灵的小家伙，你永远不会用这种方式使自己受欺辱。"

"爸爸？"

"嗯？"

"你电话响了。"

"真是见鬼了！"乔瓦尼说。他从裤兜里拿出手机快步走到酒吧外边，一定是卡尔曼。外面一个人都没有，酒吧的灯光在空荡荡的街道上闪闪发光，带着缺乏热情的伤疤。这里的夏天，那不勒斯人都喜欢在广场待着，要么就是去室内的地方，就像冬天一样。这是个只能在温和的气候中生活的城市，城市的热量决定了夜生活的风格。

"喂？"

"喂，是我。"一个含泪的声音说道。

"发生什么事了？"

"我想你应该来这里一趟，"西蒙娜说，"我父亲去世了。"

15

　　他站在大街上，在拥堵的交通之外，听到街边房屋所发出间歇性的嗡嗡声。空气氤氲，他静止不动，等待着融入这街道的宁静祥和，等待着丢掉背后的音乐、酒精和酒吧，完全进入一个黑暗、沉默和死亡的新系统中。

　　他站在那儿聆听远处街道的回声，温热的风穿梭于阳台之间，引得尘土飞扬。垃圾随风盘旋上升至半米高以证明它们的存在，两百米内，它们是唯一活着的东西，像是街头的某种装置，营造出黑色电影的效果。他整理了下衣领，检查口袋里的钱包是否还在。一辆摩托车从他面前安静地过去，自知不是电影的主角，没有那么夺人耳目。驾驶员嘴角叼着根烟，他那疲惫的厌倦感甚至不屑于渗透进空气。摩托车默不作声，每挪动一米都似奇迹。

　　四十五分钟后，他来到西蒙娜家楼下。他按响门铃，但是无人应答。这栋楼入口处的大门，古老又笨重，一点都不现代。几秒钟后，随着一阵电流通过，门开了。

　　他走进家门，没有人前来招呼他。当某个间接与我们有关联的人死亡时，很难感受到痛苦，而且不知该说些什么，因为我们既不是死者的直系亲属，又非死者生前的挚友。因此，也别指望着他们予以你某些形式上的尊重。人们的眼睛不会吃了你，也不会同情你的痛苦，最亲密的人会怀疑你，就像企业的创始成员看着新来的初学者。

走廊的灯亮着，有咖啡的味道。托马索的房间在走廊尽头，从那里传来些许杂音，轻微的哭泣、徘徊的步伐、微小的祈祷。乔瓦尼循着咖啡味来到厨房，西蒙娜靠在灶台前，心神不宁。正煮着咖啡的摩卡壶这时突然发出一阵咕噜咕噜的声音，西蒙娜从她刚刚的状态中脱离出来，目光从地面拖向乔瓦尼身上。他们互相拥抱。

"你想要一杯咖啡吗？"西蒙娜问道。

"嗯，谢谢。"

"你看到他了吗？"

"还没有。"乔瓦尼松开胳膊回答道。

"他身体一侧有一个可怕的水肿，"西蒙娜说，"那个水肿是可以治愈的。我都快崩溃了，我不停地在想这件事。我知道，这很荒谬，就好像他还活着，只是因为水肿而不能醒来。"

乔瓦尼看着咖啡通过滤嘴上升到咖啡壶顶部，在铝制的容器中不断往外吐气，他站在灶台旁，沉默不语。西蒙娜泪流满面，乔瓦尼拥抱她，当他的手环上她的腰，摩卡壶吐出最后一口气，连带着吐出一滴热咖啡溅到了乔瓦尼的手上。他的手轻轻弹了一下，但没有松开怀中的西蒙娜，他伸了伸胳膊，手背上的水滴顺势滑落。

"你想先看看迭戈吗？"西蒙娜问道。

"他在睡觉吗？"

西蒙娜点了点头，这次，是她先松开的胳膊："他这一整天都很紧张。"

乔瓦尼有些无措，自从他接到了西蒙娜的电话，他神经紧绷，努力准备好去见尸体，但现在，他要迟些去见尸体，之前做的所有准备都土崩瓦解。

他走进迭戈的房间，脸色凝重，他被任命完成一项一点也不愉快的任务——守护天使，但这项任务却充满责任感。迭戈穿着一件宽松的背心和一条绿色的短裤，他的昏睡呈现出一种短暂的孤独感，就像在机场办理登机手续时被遗忘的公文包一样。和上次见到他相比，他长大了许多，变得更高更瘦了，四肢也正在发育，各种神经和肌肉在内部交织。乔瓦尼轻轻抚摸他的头，孩子在灯光下也能入睡的能力令人羡慕。屋内只有一盏小夜灯，散发出如凌晨两点半时昏暗的光线。

他躺在床上，小心翼翼地挪动，将手指缓缓插入迭戈柔软温暖的鬓发之中。

有些东西突然唤醒了他，强烈的沙沙声、破碎的玻璃声、紧张的脚步声、砰的一声门响。也许这只是场噩梦，乔瓦尼起身，打开门，看了眼迭戈，然后看了眼外面的走廊，清新的空气吹打在他汗湿的背上。

他不太想去见尸体，于是他转身走进厕所，脱掉了衬衫，洗一把脸。只有当他不小心在镜子里看到自己时，他才知道自己睡了好一会儿。绛紫色的脸、平滑的皮肤、眼睛肿胀，像个刚挨了一两拳就轻松赢得比赛的拳击手。

对乔瓦尼来说，这所房子一直是个谜。谜一样的家具和走廊，无用的家居用品，总是紧闭的窗户，每天都要被拍打一次的屋子中央的地毯。道貌岸然是社会进步的结果，这个收拾利索的房子谜点在于，它从来都不符合资产阶级的习惯。在他第一次进这个家的客厅时，便侵犯了神圣的地毯表面，尽管这并非他本意。在他的文化背景下，乔瓦尼知道，在中产阶级的缝隙里隐藏着一堆偏执的毛病，他们要求环境干净整洁，家具完好无损。但他无法想象这块地毯代表了西蒙娜母亲对社会的肯定。当时的他想靠近托马索，于是像一本法国小说里的人物那样不出声地往前走，结果脚被地毯绊住，他僵住大约有半分钟，这个时间刚好够西蒙娜的母亲注意到他的窘态，然后在大家面前说："你快从地毯上下来。"

乔瓦尼的脚迅速从地毯上抽离，速度如同一匹斑马感知到即将到来的狮子，因强烈的求生欲产生的敏锐可能会令人赞赏，又或者惹人同情，视情况而定。托马索笑了笑，瞪了一眼他的妻子，然后他把女儿的新男友拉进他们的谈话中。斑马和狮子变得毫无意义。与那个男人谈话真的很令人愉悦。

在接下来的几年里，他们从来没有过非常密切的关系，不过他们彼此都对对方的印象很好。托马索虽是个话痨，但他从来不会蔑视沉默寡言的人。他有着自己独特的平衡方式，比如说，他要是对一位老朋友的保养方式持积极态度，那么之后他就会想到自己女儿们的无礼行为，从而变得消极。一个漂亮的女人一定不会很聪明，反之亦然。每一个他所认识的公正廉洁的宪兵，最后都被他发现有腐败的黑色收入。总之，他生活在价值判断的平衡中。

沿着走廊，乔瓦尼看到了一些熟悉的面孔和其他一些不熟悉的面孔，有的人停下来跟他打招呼，有的人则避开他，还有些人仍没猜出他是谁，但是，他们所有人的脸上都是同样的悲痛。大家在这个时间点还保持着清醒，都是遵循人死后的纯粹的惯例。虽然托马索的生命早已垂危，但他突然病逝还是让所有人都大吃一惊。

"她还要多长时间？"西蒙娜的母亲问道。

"已经在来的路上了。"西蒙娜强装镇定地回答道。她们在说西蒙娜的妹妹乌拉，乌拉虽比西蒙娜小六岁，但一直都比她姐姐更不稳定、更早熟。她曾经也住在这所房子里，不过在她还很年轻的时候，就跟她的丈夫一起去了安科纳。她在那边找了份工作，两人还在那里生有一女，取名为伊达。但她不安分的性子从来都不能安于平淡，大约三年前，她离开了她的丈夫和女儿，独自去了澳大利亚，从事一份秘书的工作。六个月后，大约觉得离开伊达去这么远的地方，却做一份这样的工作，实在是得不偿失，于是又辞掉工作。现在，她和她的一个朋友一起住在一个离海很远的地方，并且失业了。母亲早已定好了葬礼时间，但是因为她没有任何交通工具，所以来晚了。

"她一直都是个没心没肺的孩子。"

"给她点时间，她会来的。"西蒙娜说，"对吧，乔瓦！"

乔瓦尼咳了咳，西蒙娜的母亲转过头来疑惑地看着他，几乎是惊讶地看到他站在那里。"啊，你也在，之前怎么没看到你？"

"我之前在那边。"乔瓦尼随意指了个方向，回答道。

"哪边？"

西蒙娜从塑料袋里取出一大块光滑的莫扎里拉奶酪，问乔瓦尼："你想吃点东西吗？"

"不用了，谢谢。"

她把它放在盘子里切成两半，看了看四周，说："我不饿。"

"我们什么都没有吃。"她的母亲评论说。

"你们多少吃点吧。"乔瓦尼接话。西蒙娜拿起一半的莫扎里拉奶酪，放在另一个盘子里递给她母亲。她们沉默地吃着，像两个潜逃成功的罪犯。

一阵门铃声引起了西蒙娜的母亲的注意，她把餐具放在桌子上，什么也没说就走了出去。她的神情不像是个葬礼的守夜人，反倒像个聚会上不在状态的 DJ。

"你还记得你戒烟那会儿吗？"西蒙娜问道。

"嗯。"乔瓦尼回答。

"你当时说你很佩服我爸能把烟戒掉，所以你也想试试。"

"老实说，我不记得了。"

"好吧，你当时是这么说的。你当真是这么想的吗？"

"我想是的。"

"我不知道为什么我现在会突然想起来这件事。"

厨房被干净明亮的光笼罩着，渐渐地来了一些人，被拆掉的食品包装袋也多了起来，咖啡、糖、新鲜面包和水果罐头等的各种包装袋。切面包的刀在木质的砧板上躺着，周围是一圈面包屑，一大堆用过的杯子在洗碗池里静静地待着。

"巴托怎么样？"

"挺好的，他最近几乎每天早上都待在马里奥家。"

"上次和他打架的那个男孩儿？"

"嗯。"

"他们没有吵架？"

"放暑假的前一天，他们在学校里聊了聊，现在他们又成了好朋友。"

"我得洗一洗那些杯子了。"西蒙娜指着水槽说道，"你爸呢？"她继续问道，"他还好吗？

"他跟克莉丝汀和好了。"乔瓦尼回答，"就在今天。"

"那挺好。"

"是啊。"

"今天真是发生了很多事情。"他痛苦地笑着说，"我不知道该说些什么。"

"什么也不必说。"

"我还没去看看你爸呢。"

"在某种程度上，这很奇怪，不是吗？"西蒙娜说，"我从小时候起，就时常会幻想我爸妈的离世，我假装他们真的死了，然后模拟我和其他人的反应。有时候，我甚至还会幻想你死去了。但奇怪的是，等到事情真正发生的那一天，别人所表现出来的反应是那么真诚，能帮助你去承受痛苦。你看到这盒桃子罐头了吗？"

"嗯。"

"它看起来就是特地为死者家属定制的，你仔细看看。它不是那种需要你在超市排队买的东西，你可以今天吃，也可以过两个月再吃，保质期长，而且还是甜食，能给人以安慰。你知道为什么这个桌子上放满了必需的食品吗？"

"不知道。"乔瓦尼说，虽然他心里明明就很清楚。

"因为如果你遭受了重大打击，明天你是不会想出门买东西的，所以才会需要面包这样的必需品，还有能存放久一点的水果，比如说水果罐头。我一直都很讨厌桃子罐头，不过这盒罐头能给人一种归属感，能抚慰你，至少它不虚伪。"西蒙娜打开水龙头，开始洗杯子。水流顺着她手指的指引流进杯子里，她把洗好的杯子排成一排，放在不锈钢沥水架上。"你认识什么新的女孩儿吗？"她问道。

有些句子就像刀片一样，简单却锋利，说者无心，听者有意。西方夫妇的世界充满了这样的刀片，但是，在十年婚姻之后，以这么自然的方式把它拿出来，你不禁会想，如果没有发生死亡、悲剧，或是其他什么更严重的事情，也许某些刀片永不会见天日。

"嗯。"乔瓦尼答道。

"我就知道。"

"我们现在能不能不谈论这个。"

"为什么？因为我父亲死了？"

"是啊。"

"你在哪里认识她的？"

"你要知道这个干吗？我们就只是认识。"

"在哪里？"

"网上聊天认识的。"

"网聊？我的天哪，你都结交了些什么人……"

"那是她第一次网聊。"

"哼，大家都说自己是第一次。你和她是认真的吗？"

"我不知道。"

"是认真的吗？"

"不说了。"他说，"我去给我爸打个电话。"

迭戈好像想要醒来，他的睡眠比平常要少。几分钟后，乌拉突然哭着推开门，西蒙娜和她的母亲紧随其后跟了过去。三个人都瞪大眼睛，看着还在睡觉的迭戈，又退了出去。几秒钟后，门外传来一些听不清的低语，他们拥抱、争吵，家庭危机全面爆发，然后是沉默。门内的孩子仍在睡梦中。

"对不起，"乌拉说，"我不知道迭戈在这里。"

"他还在睡觉。"

"这是我第一次看到他。"

乌拉指着走廊的尽头，说："我没勇气去他那里。"

乔瓦尼多年没见过乌拉，和一个生活充满变动的人交谈总让他感觉是在白费功夫。因为说不定，对他而言很重要的谈话，在另一方看来，是完全无关紧要的。乌拉给人的感觉，和大家口中描述的她十分贴近，她不安分、不稳定、浪漫。她看起来不是那种能一起讨论生活的琐碎和平庸之事的女人，但她又生有一女，所以她不可能从来都没有说过或者做过什么平庸的事情。即便是最不食人间烟火的英雄人物，在他们有了子女之后，也免不了落入俗套，和孩子们讨论起时间、比萨还有带香味的湿巾。

"他头上有一个巨大的水肿。"乔瓦尼说。

"她们和我说了，所以到现在我还没去看过他。你会陪我一起去吗？"

"我？"

"嗯。"

"好吧。"

乌拉从黑暗中走向走廊，说："但不是现在。"

"我想先喝杯咖啡。"乌拉说。

乔瓦尼进入厨房，有人打开了一罐水果罐头。他拿起摩卡壶准备煮咖啡。

西蒙娜从门缝里冒出来，说："你给你爸打过电话了？"

"嗯，巴托在睡觉，他之前问了好多问题。"

"那你爸怎么回答的？"

"就实话实说。"

西蒙娜感到一股热量上升至颈背，她整个人落在椅子上，肘部撑着桌子，开始轻声哭泣。

"我在想你之前跟我说的话，关于吸烟的，还有所有其他的事情。"乔瓦尼说，"我记得那个时候的你，一点也不欣赏你爸。"

"你什么意思？"西蒙娜抬起头来问道。

"我那时告诉你我很佩服他，因为他能成功戒掉烟。但你却回答说这不是什么了不起的事。"

"好吧，我当时很傻。无论他们做了什么，我都觉得不好。"

"'待在这所房子里简直无法呼吸'，那时候的你总是这么说。"

"乌拉在哪里？"

"在你爸的书房里。"

"她很漂亮，不是吗？"

"你们不相上下。"

"她比我胸大。"

"你比她瘦。"

西蒙娜从乔瓦尼身后慢慢地拥抱住了他，她把脸埋在他的脊骨处抽泣着，眼泪滑落，沁湿了他的衣衫。西蒙娜双手紧握捶打在他的胸上，然后缓缓松开了拳头，手掌覆在他胸膛。

"怎么了？"乔瓦尼轻声询问。

西蒙娜的脸上满是泪水，话语不经思考便脱口而出："我想回家。"

"什么？"

"我想回家，回去做你的妻子、孩子们的母亲，一家人团团圆圆的。"

"你不是真的这么想的，你现在只是太难过了。"

"对，我是很难过。"西蒙娜说，"但这并不意味着，我不知道自己想要什么。"

"你真的想回家吗？"

"我没法再像这样过下去了。"

乔瓦尼有些累，眼皮也有些重。忙忙碌碌了一整天，几杯啤酒，他的父亲，一个他还没去看的死人。"我们的婚姻就差没被彻底摧毁了，你觉得还能修复好吗？"

西蒙娜直视着他的眼睛，道："你什么意思？"

"你自己说的，没法再这样过下去了。在这样的基础上，你觉得我们回到一起有用吗？"

"现在我已经不知道什么是有用的了，但是，我知道我想回到我从前的生活，而我的生活里有你，好也有你，坏也有你。"

"告诉我，"乔瓦尼从她的拥抱里转过身来，"如果情况有所不同，你也还是会想回到一起生活吗？"

"什么？"

"如果我没有认识另一个女孩儿，如果你不为你父母的事烦心。"

西蒙娜用乞求怜悯的目光看着他。

"对不起，我无意伤害你。"乔瓦尼补充道。

"没事，"西蒙娜说，"你说得对，我不想让你这么为难。你也有了新人，我……"

"你等一等再做决定也不迟。"他打断了她。

"……我不会那么不成熟、不讲道理的。但现在是你要做决定，是和这个女孩儿在一起，还是继续和我一起。"

"我不想在这种情况下仓促行事。"

"什么情况？"

"在被迫必须做个决定的情况下。"

"但这是迟早的事。"

"这需要时间，我还没准备好。"

"好吧，你需要多少时间，尽管用就是了。"

"如果我不想解决怎么办？"

"那我会帮助你下定决心，也许就在这里，和你大吵一架，这样你就能有一个充分的理由抛弃我了，对吗？"

"不是现在，但可能是类似这样的事。嗯，这确实是个好方法，既能拖延时间，又能避免我为自己的犹豫不决而感到内疚。"

"是我在请求你，乔瓦。你想用多长时间就用，但是拜托，最后你一定要做个选择。"

"你看，当你和你同事上床时，你选择了这样做，然后选择承认、伤害我。当事情不如人所愿时，你又选择了离开。现在，你想回家，跟我说我应该选择，但我们不一样。我不知道怎么告诉你，但现在听到你想回家，我不会高兴地跳起来。我正在找我的平衡，差不多找到了。"

"你想和她在一起吗？"

"也许吧，我还挺喜欢她的。我必须先搞清楚我们在往什么方向走。"

"那你试着去弄清楚吧！"西蒙娜说。

乌拉仍处在黑暗中。"给，"乔瓦尼说，"你的咖啡。"

"谢谢。"她伸出双手捧着咖啡，"现在我准备好了，你想陪我过去吗？"

"但首先我必须告诉你一件事。"

"什么事？"

"我也还没见过你父亲，我没有勇气。"

"那我们正好一起去。"

"西蒙娜刚跟我说想重新在一起。"

"怎么，你们难道分开了吗？"乌拉问道，脸上却是一副并没有被此事困扰的表情。

他们走出书房，一丝微弱的曙光从窗户透进来，西蒙娜跟上他们，感叹道："是黎明。"

房子像个被掏空的躯壳。人们早就走了，只有灯仍然亮着。乌拉转向西蒙娜问："她说了什么？"

"你了解她，还不是平常那些事情。"

"是，但这次她说了什么？"

"平常那些事情，乌拉。"

"我想知道到底发生了什么。"

"他心脏病发作，"西蒙娜说，"医生认为他有幻觉。"

"幻觉。"乌拉低声重复了一遍，她看着乔瓦尼，而乔瓦尼此时正在想另一件事。一小时之内他必须给公司打通电话，告知前台今天他不去上班。

"然后他就跌倒了。"西蒙娜总结道。

他们进入房间，围绕在床边站着。乌拉去到她母亲身旁，西蒙娜和乔瓦尼则站在托马索瘦长的遗体前，他此刻躺在床上的样子和他还活着的时候没什么差别。沉默了半晌，接着就是哭声。乔瓦尼还记得第一次来这里时的情形，托马索接待他时的亲切、对音乐的热爱，所有的细节都能让人体会出他对西蒙娜深厚的父爱，但却总被西蒙娜过滤掉。他哭不出来，因为说到底，他从未与眼前的这个男人有过直接的接触。这是一种他所害怕的死亡，死了却没能激起旁人如他所期的那般情绪波动。死后，他想带着一个陌生人的眼泪安葬，或是某个大家不怎么认识的人，就像他儿子的女朋友一样。光线变得更加强烈，一场清新的夏季日出。他们看着彼此，就好像光已经驱走了死亡。托马索硬邦邦地在那里躺着，还没有准备好入葬。他看起来没有死，不，是像还活着一样，好似在让他们把窗户打开，想走出房间，开启愉悦的一天。他的水肿也没有那么可怕。

也许是有可能的，有可能从那不勒斯，从达密德，从腹泻中治愈。西蒙娜、卡尔曼、他的父亲。答案就藏在环境抛给我们的信息之中，适应环境，在可能的地方做上记号，不要羞涩，不要有恐惧。问一问是什么导致如此糟糕的处境，不要为自己的肤浅和嫉妒而感到羞耻，问一问，即使是最愚蠢的问题。阅读、做背部按摩、去电影院，不要只是因为一项运动来自美国就立刻拒绝。也许如果西蒙娜回家了，生活就会重新步入正轨。破碎的生活里有些短暂的愉悦，周旋在妻子和情人之间，与孩子们一起度过的周末假期，自己独处的几晚，也许这种短暂的愉悦是不值得的。西蒙娜和卡尔曼她们应该掌握幸福的钥匙，还有老乔、乌拉，以及所有人，都应该掌握幸福的钥匙。除了他自己，他处于生命的伟大意义之外。他知道需要依靠某些人，相信某些东西，把生活架到正轨上，无论目的地是哪里。他能和卡尔曼共建出什么名堂呢？这么多年来，他第一次想起了他的毕业聚会，想起了当西蒙娜意识到和自己发生了关系时的眼神，想起了他们一起去给家添置家具的日子。事情很有可能这样进展：在黎明时分，他也许会当着一具尸体的面许下诺言，而躺着的那个人，他的整个人生就在那里，他的记忆就是他的全部。

16

　　步行到商务中心需要二十分钟，乔瓦尼还有一堆事情要办，本打算在酒吧里耗上一小时，但还没一会儿就因不敢冷风，和罗里斯回到了四楼的办公室里。罗里斯从上海回来之后，他们两人这还是头一回碰面。

　　"这才九月，怎么这么冷。"罗里斯说。

　　"身材不错呀！"

　　罗里斯露出了一个爽朗的笑容，说："我瘦了五公斤。"

　　"你现在这样挺好。"

　　在这趟旅程里，罗里斯第无数次瞥见了生命的意义，他垂下目光，脸上透露出一个中年小说家的冷静。神秘的虚无主义掌控着万事万物，只有那些深谙此道的人，才能有他这般的从容不迫。除此之外，他的脸上还写着对慢跑而非对毒品的屈从。

　　罗里斯边移动着他的手和肩膀边说道："这天气，作为九月来说，确实太冷了。"

　　"罗里斯，你说为什么我们没法从我们的病症中治愈？"

　　"病症？你是说生理上的病症，还是说文化上的、道德上的，或者精神上的？"

"所有方面，除了生理上。我一点都不在乎生理上的疾病。"

"那显然你没法治愈了。"

"此话怎讲？"

"从所有非生理学的角度来看，不健康的身体正是万恶之源。如果我们的身体一直很健康，那没有什么会伤害到我们。"

"你的意思是，即使知道生活是无法治愈的病症，我们也还是要去面对它？"

"也许有人会成功，也许有人一直都是健康的。"罗里斯说，"但首先我们应该理解健康的含义。"

"健康是全人类的最高愿望。"

"不错，但这个愿望包括什么？积极参与消费型社会？了解到底是什么机制主导着现实世界？乔瓦，如果你把人类的经历看作是一个俄罗斯童话，会发现人的行为其实大于人类本身。所以你得回答下面这个不可避免的问题：到底什么是健康？"

"如果我承认我没有答案，你可以不再深入地聊下去了吗？"

"对我来说，健康是在某个特定的时刻和特定的地点选择的一条主观性道路。那些从浓缩咖啡、法国无神论者的书籍，或者从伍迪·艾伦那里汲取到的生活方式，对我来说根本就不是健康。健康是个难解的谜题，不是所有人都能懂的。"罗里斯耸了耸肩，话锋一转，"你和西蒙娜有什么打算？"

"我不知道，这事儿挺棘手的。我和她分居挺久了，然后我又认识了卡尔曼，但事情总是很难圆满。我很想念迭戈，巴托也总是闷闷不乐的。"

"这都怪你从小受的教育。"

"是啊，我妈对家庭看得很重，但我爸一直都是个浑蛋。"

"你还爱她吗？"

"我不觉得，但我又很需要一个人帮我打理生活，一个有实力而且可靠，能应对紧急情况的人。你知道西蒙娜推托了多少次和我一起去吃饭，但是背地里和一个男人去度假吗？"

"这是两码事！人又不能只是因为对方是个好护士就与其共度一生，再说了，她还背着你跟他同事上床了。"

"瓦莱里奥，他同事叫瓦莱里奥。对，我知道，可这毕竟已经过去了。如果当初她向我坦白时，我给了她一巴掌，那所有这一切都不会发生了。"

"一巴掌？"

"嗯。"

罗里斯又耸了耸肩，道："身为一名作家，还是个单身汉，我实在不知道怎么帮你。从来没有哪个我的前任申请过遣返，我甚至都没法体会你现在的心情，况且，你还有两个孩子。"

"我有种感觉，"乔瓦尼说，"要是我不和西蒙娜和好，我一定会被碎石碾轧致死。但要是我们重新在一起了，我迟早会缺氧身亡。"

"那这纯粹就是个方向问题了，是回头，还是继续往前走。"

"我不知道。"

罗里斯点燃一支烟，表情倏地变得严肃："前面呢，是条新路，背后是老路。要是你往回走，会被焚毁，但要是你看得太远，很有可能会踩到香蕉皮滑倒。你不要陷入平庸，比如扼杀旧的，把赌注全下在新的上。"

"新旧，对我没有任何影响。没什么能激起我对美好生活的幻想。"

他们沉默了好一会儿。"那卡尔曼呢？"罗里斯问道。

"我喜欢她，她很机灵，是那种永远不会不小心坐到湿凳子上的女孩儿。"

"女人们天生就对某些危险有感应，不小心坐到湿凳子上是男人才会犯的错。"罗里斯说，"就这些？"

"不，我真的很欣赏她，问题在于我们的关系不会有进展。我甚至都不担心必须在她和西蒙娜之间做出选择。卡尔曼她不想从我这儿得到任何东西，至少不会以这种方式。她根本不感兴趣。"

"她对你不感兴趣？"

"我觉得她对我应该是感兴趣的，只是她不像你、我、西蒙娜这样生活，也许她就像我爸一样。"乔瓦尼说，"她对生活的看法和我们不同，对于她来说，人与人的关系不是那么界限分明。"

"你爸是个老式的放浪形骸之人，卡尔曼是个不太稳定、可能不爱你的女孩儿。这不是一回事。"

他们互相看着对方。

"看来你和卡尔曼也陷入僵局了。"罗里斯又说，"你的世界观自然会带来这样的后果，没什么好说的。"

"僵局的后果可能是死亡。"

"可能吧，但死亡可由不得你，我觉得这是个动力学的问题。"

"罗里斯，说真的，你觉得我变得像我爸一样了吗？变成了一个自私又可怜的男人，有着自己的家庭、汽车，还有情人。"

罗里斯吐出的烟圈像一个古怪的领带结。"嘿，你不要觉得自己是世界上最差的男人，你不是。相反，你对自己的这种清醒认知，反而让你更有尊严，不是所有男人变成了他们的爸爸那样时都能像你这么淡定。你是个聪明人，有自己的风格。我应该向你学习。"

一道银色的冷光闪过窗沿，一尘不染。轮廓分明的云挂在天幕上，像澄澈的天空裂开的缝。罗里斯开始在屋内踱步，他又点上了一根烟。
"你觉得我们再出去走走怎么样？我想散散步。"

外面的街道上铺着脏兮兮的砖块，沿路的大理石建筑色彩斑斓，让人仿佛置身于动画里。渐渐地，随着夏天的结束，人们也逐渐从假期返回到各自的工作岗位，商务中心的各条大道上，又会人满为患。银行家、培训师、保险推销员、公务员、普通职员。

他们经过一家旅行社。"所有圣人之桥特惠活动"，巴塞罗那、布拉格、阿姆斯特丹，"无论你想去哪里，我们都会送你前去！"漫画中喊话的人用足球踢中了一个受到惊吓的客户。一个男孩儿停在了旅行社的橱窗前，他穿着一套华丽的紫色套装，长得还挺帅，手里牵着一只不安分且毛发稀少的小狗。在仔细看了各项优惠活动之后，他转向小狗，催促它快走。然后，就好像做梦一般，所有人，在一道距离五十米的闪电后，目睹这个男孩儿和他的狗消失了。

"这段时间，"乔瓦尼重启话题，"其实对我还是很有益处的，我想了很多事情。西蒙娜之前也从未面临过这样的处境，毕竟，失去父亲这种事又不是每天都发生。"

"唉，是啊，一生只会发生一次。"罗里斯接话。一句宣传标语吸引了他的眼球，上面写着：梦想之旅——苏梅岛的最后优惠。

"治愈之路，真是道阻且长啊！"

"你之前说，我是不可能治愈的。"

"也许能治愈一点点。"

"好吧，我这样的人也不在少数，希望我能从顽疾中恢复一点。"

"你得抓住这唯一的机会，机会有限，正确的方向也有限。"

"所以，我的生活，除了克服这些限制，别的什么都不剩了吗？"

"每个人都可以从他的病症中治愈，直到有一天，你的病症不再是腹泻、这样的感情生活、这间办公室、这座城市。你只能抱持这种观点，不要想些别的，治愈些吧，朋友。"

"怎么听起来这么可怕。"

罗里斯耸了耸肩。

"还是感谢你的真诚。"乔瓦尼说。

"没事，我们是朋友。"

在通往车库的楼梯顶部，他们互相道别，约好很快会再见面。

乔瓦尼回到办公室，走到窗边，一团潮湿的乌云正压下来。他坐下来，手里拿着一枚印章摆弄着，感到自己一会儿冷，一会儿热。

"你在干吗？"

"我在看窗外的风景。"

和他们上一次见面相比，卢多维晒黑了许多，人也显得更加开朗。

"我听说了你岳父的事，节哀顺变。"

"谢谢，你怎么不进来。"

"我正准备出门，我出去有点事。"

"吉吉派你去执行任务？"

"不是。"他笑着说。然后他把头伸进来，压低声音说，"我有一个面试。"

他们交换了一下复杂的眼神。

"你可得好好讲讲，你在打什么算盘呢。"乔瓦尼说。

"今天下午再聊？"

"行，下午见。"

门关上了。乔瓦尼拿起一支黑色的记号笔，取下笔帽，闻到一股酒精的味道。他弯腰在桌上用快速又不确定的笔触，写下"这天气让我烦躁"。

然后拍了下手，重新望向窗外。

风雨欲来，乌云狂躁。整座城市将经历一场大雨的洗涤，太阳已不见踪影，摩天大楼摇晃，外部电梯毫无防御，花园的灌溉系统被一阵不寻常的风吹得瑟瑟发抖，附近的人群都已散开。沥青路面上的凹处，准备好承接雨水，用来浸湿行人的裤脚和软皮鞋的塑料鞋底。空调嗡嗡地低鸣，这是那些被遗弃了的电子设备所发出的喘息。袋子里囤积的需要销毁的纸张越来越多，触感并不怎么好。一股溶剂的恶臭从乔瓦尼的办公桌上散发出来。

他起身，拿起办公桌上的手机。

"是斯科波尼吗？"

"是的。"

"嗨，我是乔瓦尼。"他说，"我想见见您。"

沉默。

"和我见面？"斯科波尼开玩笑说，"有何目的？"

"你知道目的是什么。"

当乔瓦尼拿起电话时，他没想到今天斯科波尼心情不好，所以他还有些惊讶，也着实很钦佩他说的那番话。斯科波尼的静脉是一颗固定的钉子，钉在达密德公司的屁股和他的政治主张上。

"先生，"他问，"您知道法官决定不向您提问吗？"

"谁会关心我说什么？他们应该已经知道了我只是个小角色。"乔瓦尼说，"对吗？"

"有人在掩盖调查的真相。"斯科波尼的声音变得更加严肃，"报刊媒体虽然仍在追踪这次的事件，但是基本上已经不怎么发布新的消息了，法官看上去也不太感兴趣。"

"我倒是觉得手里有些有趣的料，可以让事情有新的进展。"

"我可以问您一个问题吗？"斯科波尼问道。

"当然。"

"您认为今天会下雨吗？"

"我想会的。"

"您真是个好人，会为群众着想，还很上进。简而言之，您和这整个政治阴谋完全没有任何关系，为什么还决定搅这潭浑水？"

乔瓦尼不知道他正以何种身份来掺和这些事，当今的社会，似乎只存在想吃掉别人的人，想通过公共斗争实现自己个人主义的人，这是反面形式的公民意识。

"出于个人原因，普通的个人原因。"他回答说，"我只想知道，您的出版商对我所拥有的材料感兴趣的程度。"

"我认为他非常感兴趣。"斯科波尼说，"周四，十一点，我的办公室见，如何？"

"好，周四见。"

他们简单挂了电话，有几秒钟，他觉得今天这雨似乎不会下来，还想着再给斯科波尼回个电话，告诉他一声。这时，一滴、两滴、三滴，雨水落到玻璃窗上，它们说自己要休息一会儿。再然后，就是倾盆大雨。作为九月，这天气确实有点儿太冷了。

两声鸣笛，车窗摇了下来。卡尔曼抬眼看着眼前的路况，一辆小汽车亮着灯，停在路中央阻碍着交通。车里坐着乔瓦尼，正向她招手让她上车。

"嗨！"卡尔曼从人行道上下来，走到马路上。

后面则满是汽车鸣笛声、谩骂声，还有摩托车急刹车的声音。"我看你走路的样子就认出来是你。你猜我一分钟前在想谁呢？回过神来发现前面有个跟你很像的背影，结果果然是你，真是神奇。快上来吧！"

卡尔曼没有回话，赶紧上了车。

"你在这附近干吗呢？"乔瓦尼问，"你是过来找我的吗？"

"我要去欧索拉图书馆，"卡尔曼说，"我需要一本书，只有那里有。"

"那里被堵住了，他们把路给封了。"

"什么？"卡尔曼问。

"他们把垃圾箱里的垃圾都倒出来了，在焚烧垃圾。"他笑了笑，都十分钟了，终于能挂上二挡。可交通顺畅了没一会儿，在第一个拐弯处重新堵了起来。

"其实不是只有那里才有这本书，"卡尔曼说，"国家图书馆也有。"她把目光转向窗外，突然变得有些低落，"我是来看看你住的地方。两个图书馆都有我需要的书，但我决定来这里。我只是想看看你住在哪里，没想到会这样偶遇，我……"

"没事。"乔瓦尼打断了她的话。

"我并非突发奇想地过来转转。"卡尔曼说，"我们在一起也挺长时间了，半年吧！你跟我说你和你妻子分居，现在和你儿子住在一起。但其实你大可胡编乱造，反正我永远也发现不了。"

"你真的觉得我一直都在骗你吗？"

"不是我不信任你，"卡尔曼说，"但是有时候我会犯妄想症，然后会觉得这一切都是谎言。"

"我懂。"乔瓦尼回答道，"我很高兴我们现在正一起去一个地方。"

"我也是，这太不容易了。我每天都会想你上百万次，但是百分之九十的情况，都是我在幻想些根本不可能的事情，希望处境会有所不同。我不喜欢这样过度的幻想，总是试图让自己冷静下来，告诉自己别给你打电话。"她突然停下来，"但每次到最后，我还是会给你打电话。"

"我们现在正在去我家。"乔瓦尼换到三挡，继续说，"巴托今晚睡在他朋友家。所以我们可以喝喝葡萄酒，听点音乐，也许今晚你会决定留宿在我家。"

"真的吗？"她回答道，"太好了！"

乔瓦尼被迫再次减缓车速，这已经是第无数堆焚烧的垃圾了。街上一片混乱，到处都是人，消防员来回奔跑，救护车嘀嘀叫着，交警们忙乱地在疏通交通堵塞。车子经过焚烧的垃圾，卡尔曼不得不观看燃烧的火焰。"真臭！"

"这样你就知道地址了。"乔瓦尼说，"如果你想的话，你随时都能敲诈我。"

"什么？"卡尔曼的视线离开大火。

"因为你说你不知道这一切是否属实。我说的是最差的情况，你也好歹能获得些经济上的补偿。"

卡尔曼笑了："别说傻话了。"

又走了一小段路，钻进一条小巷，不一会儿他们就到了乔瓦尼家。

"现在想想也许我应该敲诈你，这房子太大了！"卡尔曼走进门，惊奇地打量着四周。物件太多以至于她都不知从何看起了。

"其实还好，"乔瓦尼说，"四个人住也没有显得那么大。"

"就是四个人住也还是很大。"她说，脸色却又暗下来。

"好吧，确实是。对不起，卡尔曼，我无意……"

"你不用道歉。"卡尔曼打断他的话，"真的。"

"确定？"

"确定。"

在消失了几秒钟后，乔瓦尼从厨房里拿出了一瓶红酒。"你知道蒙达奇诺的布鲁奈罗葡萄酒是怎么出名的吗？"他问道，"其实纯粹是个巧合。许多年前，伊丽莎白女王来访意大利时品尝了这款酒，结果第二天英国各大报刊媒体就宣扬女王喜欢这款意大利葡萄酒，从那以后，这酒就享誉世界了。"

"真是走运。"卡尔曼说。

"是啊，给。"乔瓦尼递给她一杯酒，"尝尝。"

卡尔曼开始小口啜饮。

"你饿吗？"乔瓦尼问道。

"嗯，有点。"

"那我现在去做点东西吃。"

乔瓦尼向她走近，然后弯下腰亲吻她。很长一段时间，他们就坐在那里，任唇舌缠绕。过了一会儿，乔瓦尼开始感到嘴唇有些不适，但卡尔曼的指尖还在轻柔地打着圈，顺着他的后背缓缓下移。

"我爱你。"卡尔曼说。

她的吻印在他嘴唇、下巴和脖子上，这对他来说，甚至比接下来要发生的事更棒。他们不断交换着同样的唾液，舌头来回推送，嘴唇上满是泡沫，像小孩子一样。今晚他们都只属于彼此，只此一晚，要吻至唾液耗尽方休。

"嗯，我也爱你。"乔瓦尼笑了。

卡尔曼被他的双眼迷住，像不真切的梦的召唤，遥远的距离感。乔瓦尼裤子的拉链向下滑落，这是风雨欲来的预告声。

17

　　过去三周以来，西蒙娜头一次对自己的身材感到满意。自从她开始更频繁地进食以后，胸长了些，虽然腰也变粗了，但她并没有那么介意，肩膀也不再那么瘦削。四肢仍是那么单薄，但是总体来看也不会显得不协调，她既瘦又健康。工作室卫生间里的镜子，总是比家里的好。

　　外面小小的候诊室里一直吵吵嚷嚷，一个沙哑的男人声音正和一个女孩儿在争论不休，他们在讲着方言。女孩儿让男人闭嘴，安静了几秒钟后，男人翻开新的一页，说："给我做个按摩。"

　　"不要。"

　　"就按摩下脖子。"

　　"不要，你别闹了。别没事找事。"

　　西蒙娜走进候诊室，男人是个不到二十岁的男孩儿，穿着件低到胸肌的衬衫，短发，打了发胶。女孩儿红唇似火，不耐烦地坐着。

　　"医生！"女孩儿一见到西蒙娜便热情地和她打招呼。

　　西蒙娜意识到女孩儿认识自己，但想不起来她是谁。

　　"您还好吗？"

声音有些熟悉。

女孩儿从扶手椅上站起来，有点心绪不宁。"我是朱茜，医生，您最爱的十五岁的小孩儿。"她微笑着，加了句，"不过现在我十六岁了。"

"朱茜？"

"嗯。"

"你变化真大！我差点没认出你来。"西蒙娜走近她，吻了吻她的脸颊，"你怎么上这儿来了？真好！我都没想到你会来。来，快过来，我们聊聊。"

朱茜坐在候诊室里，虽然只隔一年时间，她却完完全全成了另一个人似的，一年前她还是个磨人的小丫头。

"现在我寄宿在另一个家庭里，我挺好的。"

"我真为你感到高兴！"

"嗯。"朱茜变得更加焦躁不安，"这个家里境况完全不同，养父养母都对我照顾有加。"

"你应该把他们带来，我想认识他们。"

"下次吧。"她环顾四周，"医生，我能抽烟吗？"

"你开始抽烟了吗？"

"受帕克的影响。"

"帕克是那个男孩儿吗？"

朱茜的头点了点表示确认，是的，帕克就是那个男孩儿。

"你应该戒烟。"西蒙娜拒绝了她的请求。

"帕克说很容易，他已经戒三四次了。"

"我很抱歉，但这里不能抽烟。"

"没事。您呢，一切都好吗？您和您的丈夫和好了吗？"

"没有，这是一件很复杂的事情。"

朱茜露出中年妇女般的微笑，她的表情就像在说，这种事我见多了。"和男人不存在复杂的问题。"她说，"您这么想才会把事情复杂化，其实问题很简单。就拿帕克为例吧，他整天嫉妒得要死，我做什么他都要生气。我不能和朋友一起玩，不能抽烟，什么都不能做。如果他发现我手机关机了，他一定会去找我，跟个疯子一样。"她停顿了几秒，抬头看着天花板，"但现在我必须马上告诉您一件事，否则您会觉得，我是疯了才会跑到这里来。"

"你说吧。"

"我怀孕了。"

西蒙娜打开又关上抽屉。"那么你必须立即停止吸烟。"她说。

"我知道，所以我才来这里。您认为我是该放弃吸烟，还是孩子？"

"帕克是怎么想的？"

"他觉得我们必须结婚，他的哥哥也这么想，还有他母亲。但是这样的话，萨尔瓦托雷什么都没有。我才十六岁，帕克也没有工作。"

"萨尔瓦托雷？"

"嗯，这是我给孩子起的名字，也是我亲生父亲的名字。"

"那你的养父母呢？他们怎么说？"

朱茜叹了口气，说："他们还不知道。除了帕克以外，我只跟我的好朋友罗塞塔讲了这事。"

西蒙娜把手放在额头上，很是头疼："你呢，你想要什么，朱茜？"

"我不知道。"

"你一定要认真考虑清楚。在我面前你不必不好意思，否则你这么大老远跑来就白费了。"西蒙娜感到呼吸困难，她不知道从哪里着手，但她必须帮助朱茜，因为她是一个女人、一个母亲，她懂得孤立无援是怎样的感受。"你想要这个孩子吗？"

朱茜低头，思考了一分钟，泪水从她脸上滑落。然后她抬起头说："我想完成学业。"

墓地像一条长长的蠕虫，有时弯着身子，有时又伸展开来，沿着墓碑、柏树和小教堂之间的小径放纵自我。

墓地又像是片一尘不染的净土，联系着生者和逝者，以黄色和淡紫色的花束为装点，永远保持着未完成的状态。这里一如既往地冷清，逝者的灵魂都已缺席，真正的主角是生者。那些受病痛折磨的人，从一处囚笼移到另一处。年迈的老人在艰难前行，几个慈善会的负责人面目可疑，工人们都统一穿着蓝色的工服，半大的孩子胳膊肘里夹着卷起来的报纸，有人在做祷告，为逝去的亲人痛哭流涕，还有些神秘的人正为了一块好墓地，使出浑身解数来讨价还价。

声带任克氏间隙水肿，至少最初是这样命名的，这种疾病的病因在于覆盖声带的黏膜增厚，因此女性吸烟者常为患病高发人群。初步检查显示存在一些白细胞迹象，不过也只是迹象。但是，诊断书上还是写着：建议手术。

许多年前，特蕾莎和乔瓦尼总会去卡波迪蒙特的森林里避暑、露营。那时的乔瓦尼还是个小男孩儿，十岁到十五岁之间。从森林的主入口进去后，他们便沿着通往陶艺学校的鹅卵石路走，然后抵达一块固定的草坪，特蕾莎展开一块布，铺在"会笑的树"下，她总是这么称呼那棵树。

特蕾莎是一位家庭主妇。她每天都把屋子从里到外打扫一遍，晚上吃完晚饭后，去看会儿电视，然后又回到厨房擦擦洗洗。她的生活就是不断在整理、收拾、熨烫、擦洗、缝纫，然后就是准备午餐和晚餐，只有周日，她才会准备所谓的"早餐"，反正他们在周日的时候，吃饭从来不会早过下午三点。但是她不会做甜点，她对此十分不满意，时常会抱怨：“一个有三十年做饭经验的人，竟然不会做提拉米苏，甚至连个像样的小点心都做不成。”

每当这个时候，乔瓦尼便会安慰她说：“不是这样的，我觉得你是会做甜点的，只是你更喜欢用鹰嘴豆、肉酱、奶酪还有罐装辣椒做意大利面。”

“快别说了，说得我都饿了。”

“你做的乳酪茄子无人能敌。”

“乔瓦，不是妈妈说你，你真是对烹饪一无所知。做乳酪茄子需要时间，但是这个时间可以分成很多小份，只要有耐心，一点一点地就能完成，其实最后也不用费很大功夫。但甜点就不一样了，做甜点要么立马就能掌握些门道，要么就什么也做不了。”

在森林里野餐其实就是在户外吃午餐，特蕾莎带的食物分量和普通的家庭差不多。她经常会带一些实验性的“新鲜出炉的”创新菜，乔瓦尼便是品尝这些菜的小豚鼠，因为这些菜在晚上会端给他的父亲吃。她为他疯狂。特蕾莎总以为，只要她遵循传统做个贤妻良母，她就能在老乔的一众情人里成为获胜者。她就像是被熟人拒绝了帮个小忙，然后她反而会提更大的、更多的要求，幼稚地认为，只要她坚持，熟人一定会向她妥协。特蕾莎总是对她的丈夫抱有幻想。对此，乔瓦尼经常质问她。

“你为什么不离开他？”

“你懂什么，你爸爸和我，我们属于彼此，我不能离开他。菜不好吃吗？”

“还好，也不难吃。”乔瓦尼的拳头紧攥，脸色十分严肃地回答道，“但是你做面食和土豆更好吃些。”

“你要加水牛鲜乳酪吗？”

“要。”

　　每次野餐后他都筋疲力尽。他们花几小时躺在草坪上吃饭和说话，有一次她说："乔瓦，你知道有时我觉得我很幸福吗？"

　　说这话的时候，她正盯着远处一个乔瓦尼不知道在哪儿的地方。乔瓦尼佯装闭上眼睛，然后从帽子底下的缝隙看着她，她没有发觉，乔瓦尼也什么都没说。特蕾莎打开包拿出一盒烟，点燃一根，继续望着乔瓦尼看不到的远方。

　　在她去世的前几天，她让乔瓦尼再陪她去一次卡波迪蒙特森林。她本想像往常那样长途跋涉，但是因为体力不支，她还是提前停了下来。她太累了，找了条长凳坐下歇息。那天是个普通工作日的早晨，虽然很冷但是充满阳光，一些晨跑者喘着粗气从长凳边跑过。

　　"我想抽最后一根烟。"她突然说出这句话，避开了乔瓦尼的目光。

　　"想都别想，妈妈，医生跟你说了，你和烟之间已经结束了。"

　　特蕾莎转向她的儿子，用眼神要求他同意。这是一种特殊的请求方式，因为看似是请求他的允许，实则没有给对方留下任何说"不"的余地。她从包里拿出一盒烟，然后抽出一根看起来像是被踩躏过的烟。太阳的光线在她棕褐色的皮包上休憩。她的每一个动作都极其缓慢，把烟放到嘴唇之间，点燃，吞云吐雾。在每个动作的间隔时间里，乔瓦尼几次欲言又止。几分钟后，特蕾莎扔掉烟头。"我抽完了。"她说，"谢谢你陪我来。我本来想在会笑的树下抽根烟，不过算了，没事。"

　　"下次我带你去那里。"乔瓦尼回答道。

　　沉默了一会儿，乔瓦尼的肚子里发出一阵怪响，于是他们从板凳上起身回家。接下来的那个星期六，特蕾莎就躺在床上离世了。

　　和往年一样，乔瓦尼走上这条抛光的鹅卵石路，去家庭墓穴看望特蕾莎。这几年他去的次数也没那么多了。"我妈曾说过""谁知道她会怎么想"或者"要是她还在就好了"，诸如此类的话时常会不自觉地冒出来，虽然特蕾莎对此肯定也不会说什么。

特蕾莎安葬在少数几个其他的墓穴之间，被一些古建筑和私人的小礼拜教堂所包围。墓碑的左上方用朴实无华的字体，简单刻着"特蕾莎"三个字。一棵低矮但根茎粗壮的柏树撑破了大理石台面，露出它强劲的根系。大自然重新抢夺回被死者占用的地盘。

每次来到这里，乔瓦尼都会问自己为什么每年要付六十欧元，来保证墓穴前的灯二十四小时亮着，这里又不常有人来访。但随即他便觉得，问这种问题真是显得自己太小气了，于是把对这个问题的深入思考推到了下次。事实上，和死亡相比，他更怕耍小聪明的想法，可多年的社会经验，加上从事的各行各业的工作经历，都迫使他不得不屈服。为了避免在这个问题上越陷越深，他总是会找些实在的事做，让自己手头忙起来，也不至于白来一趟。换一换水和鲜花、检查一下灯是否正常、打扫一下墓穴旁的卫生、和附近的守墓人闲聊几句，这些都是能让他远离形而上学的活动。乔瓦尼是那种需要远离形而上学的人。

墓地的另一个大门位于山顶，和正门相对。起初他还有些犹豫，没想好是否要原路返回，最终，他决定从山顶的那个门出去。走过最后一段陡峭的山路，便是一条僻静的小路，除了偶尔有几辆花店的皮卡车满载着没卖出去的花从这儿路过，还有几栋快要倒塌的小楼房以外，别无其他。

一群柏树被装满排泄物的水泥粪池包围，其间藏着个生了锈的公交车站，乔瓦尼停下脚步，目光追随着道路延伸的方向。他四处看了看，不知是应该在这里等车还是继续往前走走。就在他差点以为自己要步行回去的时候，花店的皮卡车停在了路边。

"公交车不从这里过。"说话的男人用他那双粗糙的大手紧握着方向盘，就好像要是不用手撑着，方向盘就会掉到地上一样。皮卡车的后面传来一阵腐臭，是各种鲜花腐烂凋零后混杂在一起的气味。"你需要我载你一程吗？"

"好啊，谢谢。"乔瓦尼回答，"我要去商务中心。"

"那你应该从正门出去。"

"我知道，我当时想试试这条路。"

"上来吧。"男人打开车门说，"有点脏。"

乔瓦尼到报社的时候，斯科波尼正坐在写字台后面抚摸着他的胡须，他戴着一副时髦的眼镜，盯着监视器，仿佛每个脑神经元都在从屏幕上吸取能量。乔瓦尼知道，当斯科波尼不再对他使用尊称，而是把称呼改为"你"，说明事情开始朝着正确的方向发展了。然后，斯科波尼递给了他一支烟，他拒绝了，斯科波尼摘下眼镜，吹嘘着自己没有孩子离婚离得干脆利落，乔瓦尼则跟他讲当父亲的不易。聊着聊着，斯科波尼突然把话题绕到了达密德事件，这次的事件对报刊界来说至关重要，因为事情远不是看上去那么简单。"我们的背后隐藏着更大的问题，"他说，"更高的权钱利益。"写字台上的电话不识趣地响了起来，二人心照不宣，像是同谋般默契地闭上了嘴，又都有些尴尬。

他们掩盖了一切，一切。这是报社的会议室里响起的第一句话，伴随着斯科波尼整齐的小胡子和飞速运转的大脑，乔瓦尼从报社主任奥莱斯的嘴里听出了轻蔑。目标：他的神经中枢。乔瓦尼知道，他耳朵里听到的话都有去无回。

"他们掩盖了一切。这次他们着实把水搅得太浑了，律师们的手伸得到处都是，法官们也对消息睁一只眼闭一只眼，文件满天飞，甚至连搜查报告都不翼而飞了，你知道这意味着什么吗？"

　　大家口中的奥莱斯是个傲慢无礼的人，谈吐犀利，观念简单，每当他以一副居高临下的口吻讲些法律边界线的擦边球，语调总会变得不同。他的南部口音很重，在他调来那不勒斯任职之前，他曾在南方努力工作多年，他以为调来这里就等于把锚抛向了王国的首都，其实，这里只不过是这个共和国的屁眼。乔瓦尼本以为奥莱斯真人会有所不同，但事实是，他就是大家描述的那样一个人，粗鲁、庸俗、圆滑，身穿黑色西服外套和灰色衬衣，系着黑领带，活脱脱一山炮。不过，这名纸媒界的大佬，身上还是有些东西传递出一种友善的感觉。

　　"不知道，但我差不多能猜到。"乔瓦尼试着给出回应。

　　奥莱斯从旋转椅上跳起来。"他们简直是肆意妄为！"他补充说，"自从这些滑稽的调查开始以来，犯罪一个接一个地发生。做伪证、贿赂、公职人员腐败、威胁、教唆、犯罪集团，等等。"

　　"这个列表有点太长了。"

　　"完全没有！"奥莱斯又跳了起来，"难道你从来都没想过，为什么达密德公司这么多年来什么事都没有，没有被调查，也没有被扣押任何资产？为什么整个大区唯独你们的电脑没被控制？"

　　"我不知道。"

　　"因为在你们公司的电脑里，他们会发现一切，甚至更多。那位技术员安东尼奥，废物一个，他根本就不懂怎么保护计算机，我敢打包票，就算对手是个两岁大、没有手指的盲人，他肯定也敌不过。所以宪兵都懒得管。"

　　"但是大区的监测系统肯定什么都看到了。"

　　"那是当然。"奥莱斯叹了口气，"同在官僚主义的领域内，他们会做什么？他们连搜都不搜，自然什么都找不到。"

　　奥莱斯气得直跺脚。"是你的副董事长导的一出好戏，他才是总策划，幕后的操纵者，有时甚至也是执行者。"天花板上的裂缝似乎都被他的咆哮声震宽了，"人前倒是装得像模像样的，可我从来就没被他的表象欺骗过，一千米开外都能看到他的良心跟我儿子比完赛后的球服一样脏。你知道这些年来达密德有多少次咨询招标？"

　　"很多。"

　　"特别多。"他稍微平静了一点，"我并无冒犯之意，但凭良心说，你有没有觉得达密德公司里面有怪物在工作？"他喝了一口冰水，"你们真的这么优秀，凭一份空的竞标材料就能赢得投标？"

　　乔瓦尼大吃一惊，不知道说什么好。然后，突然，他明白应该表现出所有的震惊，他迅速问："什么？"

　　"就是你想的那样，竞标材料是空的。"奥莱斯的手蜷起来做出拿枪的手势，"里面只有空气，还有一堆白纸。"

　　"我还是刚知道这个。"

　　"你不知道也没关系，这些不是我们感兴趣的东西。不过，你知道很多其他我们想知道的事，是不是，斯科波尼？"奥莱斯的目光寻找着斯科波尼，斯科波尼回之以微笑。

　　"好吧。"乔瓦尼说，"我可以给你们想要的东西，不过到时候我们都会淋上暴风雨。"

　　"我们习惯了恶劣的天气。"奥莱斯回应。

　　"一场政治风暴将爆发。"乔瓦尼坚持说。

　　"报纸并不从公共资金中受益。政治顶多会给我们戳个小洞。"奥莱斯边说手上边做出相应的动作。

　　"但是有些政治家是站在你们这边的。"

　　斯科波尼咳了几声，电话开始轻轻响起，然后声音变得越发激烈。

"也许吧！不好意思我接个电话。"奥莱斯降低语调讲了几分钟。天花板上的裂缝似乎放松了许多。挂掉电话后，他继续起之前的话题，"那么，乔瓦尼，你对政治很感兴趣吗？"

"一点点。"

"我们需要告密者，仅此而已。"

"告密者就在这里。"

"很好。"他笑着说，"但现在我们得谈谈关键问题了，多少钱？"他的声音很低沉，就像刚刚在电话里那样，"你想要多少钱来走上这条正道？"

"一份工作。"乔瓦尼回答。

"什么？"主任惊讶地问道。

"我想写这篇文章。"乔瓦尼看了眼斯科波尼，仿佛在请求原谅，"告密不是为了钱。"

"这件事免谈。"奥莱斯说。

"你会被控告的，最轻也是个诽谤罪。"斯科波尼连忙附和。

"反正就算我只是接受了你们的采访，他们也照样会去法院告我。你们要是对达密德和大区政府之间的勾结感兴趣，想知道细节，那你们必须给我一份工作。"

气氛变得沉默。斯科波尼在纸上写着什么，过了一会儿，奥莱斯坐在旋转椅上不停摆动，肚子暴露在空气里，手托着下巴。汗水从他面颊侧边滑落，脸色通红得像是个正要破处的少年。他很紧张，反复用手指擦拭眼睛，嘴巴微张。

"瞧瞧这个不知好歹的家伙！"他突然爆发，一只手臂向前倾，"斯科①，我们本来想给他一些钱就完事了，没想到他竟然另有所图，你怎

---

① 斯科波尼的昵称。

么看？"

斯科波尼还处于震惊的状态，说："我觉得他一定有他的原因，但是让他写这篇文章不太现实……"他叹了口气，"至于工作，我们得先看看他有什么方面的经验。"

"我带了一些最近几个月写的文章，署名人都是我的一个朋友，不过我可以打电话把他叫过来做证。"

乔瓦尼在桌子上放了一个文件夹，奥莱斯仔细审查了几分钟，然后把文件夹递给了斯科波尼。"你在开玩笑吗？"他说，"就只有这些？一些餐厅的评论，迪斯科之夜的体验感言？署名还是另一个人？这些东西我们都是当广告塞到读者的信箱里。"

"如果我要开火，我需要支持。没有工作，就不接受采访。我可以把我掌握的消息卖出去，卖个一万五、两万的，我也相信你们肯定会付这个钱，但我不想以这种方式拿你们的钱，我想通过工作来赚取这笔钱。你们只需给我一份六个月的试用合同，我只想要一个机会。"

斯科波尼问："你确定要这么做吗？"

"这是我甘愿冒的风险。"

他们再次陷入沉默。

"这不是我们俩就能做的决定，"奥莱斯打破僵局，"董事会会予以考虑的。也许可行，总之我们看看吧。你先把你的文件夹留在这里。你没什么经验，但是你胆子倒挺大，不得不让人刮目相看。这样吧，过几天斯科波尼会给你打电话再约时间，我呢，差不多一周内能给你答复，你看怎么样？"

这家酒吧位于两条路的交叉口，和这个省份里的其他酒吧一样，外观媚俗，人员混杂，内厅很大，装潢华丽，以便能容纳大量的常客、酒鬼、沉默寡言的罪犯和一些打扑克的年轻人。

西蒙娜坐在大厅的尽头，"嗨！"她向他打招呼。

乔瓦尼坐下，他不停地在冒汗，十分不安，像一个十八岁刚参加完高考的考生。"不好意思我迟到了。"他说，"路上太堵了。"

西蒙娜不失关怀地看着他说："碰上罢工了吧。"

乔瓦尼顺从地动了动脑袋。

"那个报社主任真是铁齿铜牙。"

"他们跟你说什么了？"

"说过几天再次见面详谈。"

一名身穿白衬衫、晒得有些黑的服务生迈着不情愿的步子朝他们这边走来。"二位点些什么？"

西蒙娜点了一杯柠檬茶，乔瓦尼要了一杯咖啡和一杯水。

"要矿泉水还是气泡水？"服务生问道。

乔瓦尼回答说："矿泉水。"服务生抬起头动了动嘴唇，好像在向大脑发送指令，然后慢悠悠地晃出大厅。

几秒钟的沉默之后，乔瓦尼问："你经常来这里吗？"

"我几乎从不来这儿，不过，说起安静的地方，我第一个就想到这里了。"

"这笑话真冷。"

"这还不是最冷的。"

"你偶尔会跟瓦莱里奥一起来吗？"

"什么？"西蒙娜吃了一惊，"这是什么问题？"

服务生用脚推开门，走进大厅，心不在焉地拿着一个湿湿的托盘，把客人点的东西放下，便立即逃一般地回到门的另一边去了。

乔瓦尼摸了摸瓶身来试试水温。"也不是那么奇怪的问题，"他说，

"难道你们从没有一起喝过咖啡？"

"我们是同事，"西蒙娜平静地说，"当然一起喝过咖啡。"

"我不是说在办公室，而是说在其他地方。"

"你想知道我们有没有一起出去？"

"没错。"

"没有。"

"从来没有一起共进午餐，一次也没有？"

"你为什么现在问我这些问题？事情已经过去两年多了。就算我们一起共进午餐了，你知道了又有什么用呢？"

"是你说要我把内心憋着的事情都发泄出来，我想知道细节，因为我总是为此备受煎熬。你知道我在说什么吗？"

"那你尽情发泄吧，想问什么就问，我本来也是想挑重点的跟你讲讲。"

"你说的重点，指的就是，告诉我，我的老婆和别人上过床吗？"

"当然不是，难道你觉得我们走到了如今这一步，都是因为这个？"

"不全是因为这个。"乔瓦尼呼了口气，"我想知道，你觉得他怎么样？"

"我没明白。"

"你觉得他怎么样？回答我。你知道我也在和另一个女人交往。你真的不想知道我们在一起做什么、她住在哪里、我们是怎么做爱的？你真的只关心所谓的重点，只在意我是否还会继续和她交往？"

西蒙娜跷起二郎腿，*他看起来很紧张。*

"差不多吧。"她说，"我唯一担心的是会伤害到你，我一直觉得，如果跟你谈瓦莱里奥的事情，那么我坦承的那些事情一定会伤害你，今天我也还是这么想的。坦承过去的同时还要解剖回忆，这并不容易。有件事我从没和你说过，你想听吗？"

"嗯。"

"在出轨之前我纠结了很久，那天晚上我一晚上没睡，一直在想接下来会发生什么。我很想和他上床，但我也清楚我冒着会破坏一切的风险。"

"然而你还是做了。"

"你们男人的反应总是这么强烈，要么就一点反应没有，要么就突然全都爆发出来。"

"你们女人不是这样吗？"

"我们女人习惯于综合来看问题，我们会去思考为什么失败，为什么对方感情变淡了，而不是把问题全都归结于出轨这件事。我们也会懂得妥协与让步，知道等男人自己醒悟的时候，故事就翻篇了，然后我们睁一只眼闭一只眼，假装不知道这回事继续生活。对，我是冒着风险和瓦莱里奥上床了，但坦诚地讲，我仍然不觉得后悔……"她叹了口气，"你看，有时候不知道反而比知道好。况且，我也不是很想知道，你为什么喜欢这个女孩儿，也不想知道你们是怎么做爱的，这就好像你把刀递给对方，让他来捅你一刀一样。你确定我们要这么做吗？"

"我唯一确定的事情，就是当初应该问清楚所有细节。"

"所有事情包括什么？你是想问，我和他做爱有没有比跟你做感觉更好？你是想知道，我们在哪里做的吗？我们有发暧昧短信吗？"

"嗯，差不多就是这类的吧。"

沉默和啜饮的时间在成倍拉长。乔瓦尼用空杯子轻敲盘子，西蒙娜好奇地将目光转向门外，被外面传来的噪声所吸引。电子哔哔声随着按键不断调节，外面不时有些咒骂声混杂在其中。一台老虎机正在运转着，酒吧服务生和玩家之间时不时聊上几句，玩家抱怨着没有赢钱，服务生问他要是一直在输为什么还要玩，玩家不再说话，只听见按钮再次按下的声音，几秒之后，再次传来咒骂。

"是在哪里发生的。"乔瓦尼问。

"在我的办公室，患者的问诊床上。"

"你们曾经一起吃过饭吗？"

"吃过一次午饭，在事情发生的前几天。"

"你有没有考虑过，哪怕是一秒，如果他想和你在一起，你会选择离开我？"

"有。"

"那是什么阻止了你？"

"孩子们，和你。"

乔瓦尼已经准备缴械投降了。这段时间以来，脑子里总是有种声音，告诉他不要毁掉一切。这是一个保守的声音，是来自洞穴深处的野性哀叹。阳台上那声母性的呼唤，提醒他晚口在桌上，不要放凉了。他的面条有着黑色的鬈发，还长着嘴巴会说话，趁着夜晚口无遮拦，他知道这顿饭并不会止于此。可除了那个保守的声音，还有些更令人费解的呼喊，为他的私人空间进行抗议，就像是在一个满载的甲板上进行的一场竞选活动。这不是缺乏尊重，不是令人作呕的贪得无厌，不是自私的一种庸俗的形式。他不想酿造任何悲剧与不幸，他不希望任何人痛苦，更不用说西蒙娜或者孩子们，但他已经知道，自己的治愈是场旋涡，将所有卑鄙的、悲惨的、丢脸的行为都卷进来。他有能力解决问题，他知道要想重新获得生活的幸福和甜蜜，他必须学会如何伤害，伤害自己，在想要堵住伤口的时候，放任血液流出来。他不能破坏一切，但他必须控制一切。

他太累了，前所未有地疲惫。他不是那种能和过往划清界限，不顾一切奔向崭新生活的人。他也没有足够的勇气去治愈自己和他人。他有什么权利摧毁他的婚姻？他有什么权利自顾自往前走？不，现在他知道，不是因为孩子他才妥协，也不是因为如果选择往前走会带来的诸多问题，只是单纯地因为，他不适合以这种方式前行，他不想一次又一次地选择，也做不到与过去彻底划清界限。

他太累了，前所未有地疲惫。

门背后是一台冰箱单调的独白。穿白衬衫的服务生走进大厅，皱着眉头看了他们一眼，然后就离开了。

"我们走吧。"

"你觉得回家来住怎么样？"

"好。"她轻声说道，像在说一个秘密。

西蒙娜在站起来之前犹豫了一下，眼睛徘徊在桌子上，像一个无法表达自己的孩子那样睁着悲伤的双眼。"最后一件事。"她说。

"你说。"

"你会离开她的，对吗？"

你知道，当身体做下决定时，一般都没有挽回的余地，没有理由或者能力去阻止事情的发生。身体做下决定时，我们只能顺从它糟糕的想法，身体在混乱的中心下达指令，然后指令如光一般快速地传达到身体的每个部位。对乔瓦尼来讲，你知道的，他身体混乱的中心只有一个，当事情要发生时，他别无他法，只能立即起身跑到厕所去，然后让身体做它想做的事。虽然这样也不是很好，但至少他能提前感知到身体发出的信号，好提前做些准备。但是，如果指令不明，或者没有接收到怎么办呢？那麻烦可就大了，比如说现在。他做梦都想不到，一个三十六岁，身体健康的人，会发生这样的事。

是的，乔瓦尼屎拉在裤子里了。

这是迭戈这个年纪的小孩子才有可能会发生的事情。不适感非常强，乔瓦尼醒了，并且立刻猜出是怎么回事。推断比羞耻心来得更快，因为当一个人发现自己处于这种状态时，理性思维似乎比情感转得更快。然后，他抛下理论，投入最生动的一次试验当中，他把手伸进睡裤里。手上触碰到一块潮湿的团块让他的心理防备一下子崩塌了，这似乎是不可避免的，是对他所犯下错误的报应，一连串的汗珠从他前额滴落。他有些不情愿地把手从泥潭中移开，因为一旦他的手从那团恶臭中脱离出来，他的担心便会成为现实。

他起身偷偷摸摸地溜进卫生间，打开水龙头，看着灯光下的水流溅起水花，水花顺着浴缸的边缘匆匆逃到下水口，他想到可以把浴缸蓄满水，看看屎和睡衣漂浮的效果，就像在吉维尼花园里莫奈的睡莲一样。

"怎么了？"

西蒙娜穿着睡衣打着呵欠出现在卫生间门口，乔瓦尼一点动静都没听见。"我惹了个大麻烦。"

西蒙娜走近浴缸，嫌恶地瞟了一眼，猛地关上水龙头。"你需要帮忙吗？"她问道。

"你干吗？"

"你想把浴室淹了吗？"

"我只是想洗掉脏东西。"

"你换个衣服然后出去吧。"西蒙娜呼了口气，"我去换床单。"说完她就出去了。

18

卡卡卡尔尔尔曼曼曼曼!

卡卡卡尔尔尔曼曼曼曼!

拳头敲打着门,门铃响个不停,丁零零,丁零零,丁零零,丁零零。

卡卡卡尔尔尔曼曼曼曼!

一秒,两秒。卡尔曼睁开眼睛,出了一身汗。是隔壁艾斯太太的声音,卡尔曼真心觉得所有的妓院都挺适合她的。

在响个不停的门铃和邻居的叫喊声中,卡尔曼不情愿地起床,随手拿了件 T 恤套上,前去开门。

门口站着四个人在等她,站在最前面穿着格子家居服的人,就是刚刚扯着嗓子叫的艾斯太太。剩下的三个人,分别是:新染了头发的丽莎(按她的话讲,茄子色)、一个戴着帽子她之前从未见过的老人,还有一个在楼下电影院工作的人,四十来岁,大腹便便的,有许多龋齿。作为一家色情电影院的收银员,他的一口烂牙完全不配在清晨遇到像卡尔曼这样的女孩儿。要是希望这样的四个人,大清早的能有什么好事把她叫醒,或者是为了送她一束玫瑰,组织一次邻居间的早餐,那她还真是得了失心疯了。

卡尔曼想说点什么，但她甚至没有力气把舌头和上颚分开。她张了张嘴，什么也没说出来。

"你怎么了？"艾斯太太问道，"你在睡觉吗？你怎么了？脸色这么黄。"

卡尔曼终于能讲出话了："有事吗？"

艾斯太太双手叉着腰看着她，说："你自己心里没数吗？"

是肝脏、胰腺、胆汁的问题？或者是黄疸病？

究竟是要有多恶毒的人，才会一大早的把你吵醒，然后跟你说你脸色蜡黄？就是出于礼貌，至少也要带上奶油味的牛角包，或者随便什么甜点，加上一杯咖啡吧。

"水流得到处都是，"丽莎插嘴道，"都流到电影院看电影的先生头上了。"她边说边指了指戴帽子的老人。

老人取下帽子点头致意，露出了光秃秃的头顶。

"漏水了，"艾斯太太补充道，"是从你屋子漏出来的，你得赶紧关上水。"

"您不会要起诉整栋楼吧？"丽莎问老人。

"要赶紧把水关上。"艾斯太太重复道。

"反正是光头，淋点水又不会怎么样。"丽莎嘟囔着。

老人横了她一眼，目中有怒火。

卡尔曼看了看门口这情况，目光最后落在了自己的赤脚上。"不好意思，"她说，"我现在打电话给水管工。"

奇怪的是，浴室里什么都没，马桶没有水咕噜作响，也没有什么瀑布在洗脸池里倒腾泡沫，浴缸里也没有海浪翻涌。什么都没有，这些烂牙、秃头、格子花衣和染发的怪物到底想干什么？该死的水一定都流到电影院里了，但他妈的到底是怎么回事呢？

幸运的是，这次水管工接了电话。

"请您马上赶过来，电影院有人在这儿等着，邻居们也都在担心会殃及整栋楼，请您……"

"最快也要一小时之后到了，行吗？"

"好的，我在这儿等您。"

又是一个不能洗澡、上厕所的早晨。像上次一样，她不得不在晨浴之前和别人说话。她本应吃早餐，但她一点胃口都没，胃是满的，不，胃从来就没空过。

敲门声响起。艾斯太太仍旧穿着家居服，整个人十分激动："你给水管工打过电话了吗？"

卡尔曼点头。

"那就好。"她松了一口气，"他什么时候到达？"

"一小时后。"

"这些天很难找到水管工。"

"是啊。"

卡尔曼关上门然后回到浴室，看着新的水龙头、瓷砖、墙壁。胃发出咕噜声，自己可能得了黄疸。这些天很难找到水管工。是啊。但为什么一切都这么艰难？

有人再次敲门。

"你需要点什么吗？"丽莎问道。

"啊？"

"你可以用我的浴室，要是你不介意的话。"

"谢谢，但我还是在这里等吧。"

丽莎往前迈了一步，凑到卡尔曼耳边说："那几头死猪。"

"什么？"

"电影院里那几位。你看到他们什么嘴脸了吗？"

"什么嘴脸？"

"太可怕了。"

"夸张。"

"水管工什么时候到？"

"他应该一会儿就到。丽莎，你觉得我脸色蜡黄吗？"

丽莎忧虑重重地看着她，最后说："这下你得花不少钱吧。我觉得那几头死猪应该平摊费用。"

卡尔曼惊呆了。"不好意思，"她说，"我去换身衣服。"

"去吧去吧，我们晚点再见。"

谁知道为什么他这么早去散步。

夜晚时的想法、关注、排斥总会突如其来，它们来去匆匆，只要你不刻意去控制，它就不会停。起床、洗漱，眼睛灼热，时钟指向"6"，你已经准备好了，然后就出门。

老乔走在街上，干净、优雅，走着多年来日复一日的老路，日子一天天过去，痛苦一个接着一个来了又走。

起初散步只是出于对夜晚里胡思乱想的排斥，但是又没什么别的事可做，清晨的光线如含在嘴里的金子，过了一会儿，散步就变得又凉快又安全。宁静的清晨，思绪逐渐消失。

鸟儿唱歌，摩托车经过，一些古老的熟食店拉开金属门帘。一个接一个的，逐渐地全拉开了。老乔到达卡波迪蒙特的森林附近，一家空酒吧等待着游客。他走进去，点一杯咖啡和一个牛角包，狼吞虎咽吃完后走人。他决定坐在一棵大橡树树荫下的长凳上，冷风吹来时会打个寒战。

等他清醒时，城市已经在运转了，交通、喇叭声、森林人口为游客们敞开，酒吧里传来咖啡机的喘息，还有撕掉小票、硬币叮当作响的声音。游客们笑逐颜开，大部分都是些德国人。

两只"蜘蛛"静止不动，在酒吧外伪装成路人。老乔之所以注意到他们，是因为当周围一切事物都在动时，那些静止不动的人和物反而更招人注意。他们正安静地等待，带着虚伪的面具乔装。

德国游客拿着单反相机走出了酒吧，看样子应该有六十多岁，身材结实，军人的面孔，背着个小包，留着花白的胡子。他和另一个男人一起在笑，差不多和他属于同一个类型，不过更年轻，还有一个高挑的短发女人。

老乔看着单反相机在阳光下闪闪发光，想到人类的天真和偏见一样，都是无限的。在那不勒斯有条不成文的规定，报纸上、导游词或者电视上都能听见，在这个城市里，你不能走在路上明晃晃地显摆单反相机而不考虑可能导致的后果。

"蜘蛛"互相使了个眼神，然后发动进攻，快速、果断。他们的攻击几乎没有痛感，其中一个拦住德国人的去路，另一个则从中间插过去，一股蛮力一下子就把相机从肩带上扯了下来。趁德国人还没反应过来的空当，赶紧跑掉。没有被偷的那个男人，开始从后面追"蜘蛛"。

"蜘蛛"在前面跑，但跑得也不是那么快。

德国人的追赶得到大家的支持。

老乔站起来看着这一幕，和其他站在附近的老人一样，他们也很好奇，撂下话匣子从长凳上站起来观望。老乔并没有意识到，自己和其他坐在长凳上的人一样，都是老人。

德国人抓住了"蜘蛛"，"蜘蛛"太小了，德国人太强大了。老乔担心不一会儿"蜘蛛"的同党就会赶过来，但最后什么都没发生。德国人用胳膊困住了"蜘蛛"，他比"蜘蛛"高很多。"蜘蛛"抱怨着，几乎是在呜咽。然后德国人扭了一下他的脖子，夺回了相机，用力推了"蜘蛛"一把。

与此同时，其他的游客纷纷从酒吧里出来看热闹。老乔看着老人们，他们正对眼前之事发表自己的见解，他们想靠近游客群体，又有些胆怯，游客们人多。

"德国人真令人印象深刻。"其中一位老人说。

"这是饮食造就的差异，"另一个说，"再说你老了，累了。你已经习惯了这种恶心的事。"

"就连我的外甥前天也知道反抗了。"第一个老人自豪地笑了，"有两个人抢劫他，他跟他们说，'你们要么把刀亮出来，要么我什么也不会给你们'。"

"那两个人呢，他们没刀吗？"

"没有。"

"幸亏没有。"

"是啊！不过，他们打了我外甥鼻子一拳，钱倒是没拿走。"

过了一会儿，酒吧的老板出来和游客们讲话，他说着蹩脚的德语，他也只会这么说，看似是在以整个城市的名义道歉。

然后老人们重新回到长椅上坐下，接着之前的话题聊。

他老了，的确，你可以这么说他，但也没到老态龙钟的地步。

老乔万万没想到，自己也真的会有老糊涂了的一天。事情是这样的：他回到家，从口袋里拿出钥匙，插到门孔里，打开门进到屋内。电话已经响了很长时间，他连忙跑进房间里接电话，是电话销售的人。

"我不感兴趣。"老乔回答道。

"您对我们的特别优惠活动也不感兴趣吗？"

"你为什么老是重复同样的事？你明知道我不感兴趣。这样吧，如果你需要至少两分半的通话时间来完成任务，我们可以好好商量，不用扯这些有的没的。"

电话的另一头没有任何声音，一片寂静。

"我很想帮你完成任务，但是我已经七十岁了，没法跟你闲扯上两三分钟，要不这样吧，我现在要去厕所，电话我就放在这儿，等我上完厕所了，我再回来挂电话。最近这几年，我每次上厕所都不少于七分钟。"

电话的另一头传来感动的声音，那人低声说道："好的，再见先生，谢谢。"

他去上厕所，这次只用了不到七分钟的时间，但是等他出来的时候，他忘了去挂电话。他打开冰箱，喝了点酒，才发现钥匙不知被弄到哪儿去了。他仔细回想，反复问自己，不免有些恼火。

钥匙，是啊，钥匙放哪里去了？他用钥匙开门进来的，所以不可能是丢在外面了，肯定是在家里的某个地方。也许他把钥匙放在了入口处的柱子上，但是柱子上没有，其他地方也没有。他老了，的确，你可以这么说他，但这串该死的钥匙跑到哪里去了？按照这么多年的习惯，他都是先进门，放下钥匙，去厕所，静静地待上七分钟憋出一点排泄物，然后从厕所出来，换身衣服躺在沙发上看看书或者电视。钥匙总是在固定的地方待着，在玄关的柱子那里。

把家里全部搜寻了一遍之后，他对老年性痴呆进行了深入的思考。世界上分为两种人，一种人会随着年纪的增长会越变越好，另一种人，则只是在逐渐衰老。门开了，克莉丝汀拿着大小几个购物袋走了进来。

"你看到我的钥匙了吗？"

"什么钥匙？"

"我找不到了。"

"肯定就在你眼皮子底下，"克莉丝汀说，"你都进来了不是吗？好好找找。"

问题就在这儿，像他这样的老男人，当然知道钥匙不会自己长了脚跑，肯定是在家里，又不会出门去购物，也不会跟你玩捉迷藏。钥匙所走的路线，总是从口袋到钥匙孔，然后从钥匙孔到玄关的柱子，再反过来，从柱子到钥匙孔再到口袋，这样的路线不知走了多少遍。问题就在于遗忘所导致的沮丧，他可以肯定钥匙就在家里，但是具体在哪儿？要是从口袋里出来的那一刻，在插入锁眼之后，放到柱子上之前，就已经丢失了、毁坏了、化成粉，在一个不谨慎的举动中化为灰烬了呢？打破生活的习惯只需把世界颠倒过来，当世界颠倒时，人们必须反思，必须有能量、平静和时间，这正是问题所在。能量、平静、时间，口袋、锁眼、柱子。

"你的钥匙在这儿！"克莉丝汀得意扬扬地走回客厅，手里晃着钥匙串，就像在她最好的朋友的婚礼上挥舞着花束那样。

"你在哪儿找到的？"老乔假装不在意地问道。

"就在房间的搁板上，电话也没有挂上，"她说，"有什么问题吗？"

老乔不太高兴地摆了摆手，说："没事，就是个讨厌的人。"

孩子们今天很乖，乖到把他们留在家里看电视太可惜了。

"罗宾，"西蒙娜说，"我们不会太晚回来的。"

"没事，你不用担心。最主要的就是不要让迭戈看到你们出去，不然他会闹的。"

"我相信你能解决的。"西蒙娜穿上一件优雅的长款连衣裙，"巴托的话，你试试吧！"她一只手按住正要从腰间滑落的织物，继续说，"你应该很快就能管住他了。迭戈这会儿应该睡熟了。"

迭戈压根儿就没在睡觉，事实上，他在画画，眼睛盯着纸张，嘴唇不停地在动，在讲述一个无声的故事。困倦突然抓住他，像往常一样，他会通过增大哭声来抵制它。他会说他不想画画了，想玩一个早就找不到了的玩具，然后又说想吃巴托正在吃的东西。但是也保不准一会儿他会在一块莫扎里拉奶酪的面前哭，他不想吃莫扎里拉奶酪，他觉得很难吃。然后，终于等他在一部动画片前平息了他的怒火之后，才进入梦乡。只有那时才能说他睡熟了。

"你们去庆祝什么？"罗宾问。

"乔瓦尼的新工作，"西蒙娜回答道，"今早他接到了报社的电话。"

"什么工作，记者吗？"

"有点奇怪，是吗？"

"有点儿。"罗宾答道，"你穿这件衣服真好看！"

乔瓦尼走进房间，问西蒙娜："你准备好了吗？我们走吧，早去早回。"

"现在就走吗？"

罗宾走出房间。

"巴托刚刚有些烦躁，现在要稍微好点了。如果我们现在出门，他是不会发现的。"

西蒙娜立即拉上包包的拉链，从抽屉里抽出一件披肩。他们小心翼翼地从客厅经过，四处张望。罗宾帮他们打开大门，用手做了个无声的手势，祝他们用餐愉快。乔瓦尼和西蒙娜回了个手势，轻轻地走出去，没发出一点声音。

"你订的哪家餐厅？"西蒙娜上了车问。

"一家我们从来没有去过的餐厅。"乔瓦尼答道。

道路在车轮底下滑行，车窗外的景色飞快变化，维托里奥·埃马努埃莱大街，广场，车内的立体声音响和他们的沉默是伴奏。一个比其他交通灯更长的红绿灯迫使他们说话。

"你为什么不走环线？"西蒙娜问道。

乔瓦尼稍微考虑了一下，然后降低了音响的音量。"我想从市内绕一圈，反正今晚也不怎么堵车。"

西蒙娜笑了，她很高兴，这说明乔瓦尼并不赶时间，说明他想好好地度过这个夜晚。

她向前看过去，红绿灯正好跳了。"走吧，绿灯了。"

这片区域的空地上停满了车。一边是几乎荒废了的道路，另一边是大海，中间的车一辆接着一辆，一起排成了个十几米的完美的四边形。所有的这些车都由一个人看管，他手里拿着绿色的票，每天固定从晚上七点一直待到凌晨三点。

如果你想进去，就得付费，均价三欧元，不提供床，但能让你完成一次车震。付完钱，守卫就会把链子移开，让你进去，就像一个长途旅行归来的君王。现在有二十到二十五辆车，每台车三欧元那一小时差不多就是七十欧元的收入，这还只是工作日的晚上，要是换作周末，那可就是笔不菲的收入了。

半小时后，乔瓦尼那辆福特车里的所有东西，包括酒精度，似乎都在减弱。

乔瓦尼试图看看窗外，但车窗都被雾化了。他用手擦了擦雾气，但是车窗外只剩下黑暗，和其他同样模糊的玻璃窗。

"刚开始肯定比现在赚得少，少很多。"他的话语打破了这个单调的场景，"我不知道换工作是不是个正确的选择，我有点害怕报社的人骗我。很多事情都会变，包括，我不用在以前的那个点起床，也不用每天走以前的那条老路。"

"你只是需要时间去适应，慢慢地找到新的平衡点。"西蒙娜说，"你想开点，你可以做到的。"

"实在不行我就做回我的老本行，我还可以和卢多维一起合开一个工作室，你觉得怎么样？"

乔瓦尼重新看向车窗外，在这个四边形的空地里，有人摇下车窗开始抽烟，没过几秒就看见另一辆车点亮了车内的灯光，然后一辆接着一辆逐渐都亮起来，再然后有人丢掉烟蒂。标准化的流程，出门，吃晚餐，拿绿色小票，付三欧元，打个炮，然后抽根烟。

"其实你心里清楚的吧，你知道这不是个好主意？"西蒙娜问道。

乔瓦尼将眼睛从窗外转移到他的妻子身上，他眼含柔弱。男性的示弱通常是让人瞧不起的，但如果这种柔弱，放在一个刚刚达到性高潮的男人身上，那么，也是可以被宽恕的。

"这个地方曾经比现在要浪漫得多。"

西蒙娜在沉默中拿起内衣裤，开始穿衣服。"我们该回去了。"她说。

"嗯。"乔瓦尼答道。他回到车前座上，重新握好方向盘。

19

那不勒斯是世界上最美的城市。

特蕾莎常把这句话挂在嘴边，她和那些从来没有旅过游的那不勒斯人一样，觉得世界上没有别的城市可与之媲美了，而且，当别人不这么认为时，他们还会生气。这就像是他们的一种证明方式，证明自己生来就没有求知欲，而那些跋山涉水去旅行的人，通常都具有强烈的求知欲。那不勒斯或许是世界上最丑、最脏的城市，可对特蕾莎来说，那不勒斯就是宇宙的中心。就算才离开几千米远，没过几天她一定就会无比想念，就像八月他们去海边那次。

一转眼就到了十二月，这是一个普通的周六，晚上六点半，乔瓦尼独自在街上走着。空气中透着一股凶猛劲儿，但并非我们想象的那种凶猛，不是物理上的攻击性，或者丑陋的面孔，而是某种悬浮在空中的东西，一种包裹着万物的空洞，每个人都尽力去适应。

交通一如既往地拥堵，人们从一个商店涌到另一个商店。圆圆的肚子，白白的衬衫，晒得很黑的皮肤。肥胖的孩子们吮吸着巨大的糖果。

卡尔曼从卫生间里裹着浴巾出来，说："我没想到你会过来。"

"正是因为这个我才过来的。"

"你来就是为了给我一个惊喜？"

"差不多吧，嗯。"

乔瓦尼把脸埋进枕头，深呼吸一口，床单上有凝灰岩的味道。

"想到你突然过来我就有些担心。"卡尔曼说。她取下毛巾，打开一瓶身体乳开始涂抹双腿。"也许我应该多出点门，这样，不是只要你来，我就一定在家。"

乔瓦尼抬起头，面颊红润，眼睛疲惫。"我想见你。"

她打开另一瓶小一点的面霜擦脸，踮起脚尖去照镜子。

一小时之后，卡尔曼打开电脑投入工作中，键盘敲击的声音和脚在座椅下轻晃的微风传到乔瓦尼耳朵里。才没敲几分钟键盘，卡尔曼就起来煮咖啡，她往摩卡壶里加上水，但她总是会把水放太多超出阀门限制。

她刚坐下，摩卡壶就开始说话，咖啡咕嘟咕嘟地往上蹿，因为水放得太多而四处喷溅，家里没有一个角落没被咖啡烫伤过。她揭开壶盖，用小勺搅了搅咖啡，然后倒入小咖啡杯里，每杯一匙糖。拿着更满的那杯咖啡准备给乔瓦尼，她稍微等了几秒，然后把咖啡递到他面前说："小心点，烫！"

乔瓦尼用肘部撑起身子坐起来，接过杯子，先浅尝一口，再慢慢饮用。卡尔曼看着他笑了笑，走了七步又回到了电脑前。

当乔瓦尼从厕所出来准备回家时，指针刚过晚上十点。"那我走了。"他说。卡尔曼看着他，抛弃，让他脸上的深情蒙上了一层讽刺的色彩。

"怎么了？"乔瓦尼问道。

"没什么。"

"你以为我不想留下来吗？"

"我什么都没说。"

"但你生气了。"

"没有，真的。"卡尔曼假装动了动鼠标，说，"我只是很遗憾你要走。"

门关上了，卡尔曼看着门愣了神。她觉得胃里很胀，也许她吃太多了，就像有石头在里面一样沉。

街上很平静，诡异的平静。商店都关门了，交通也不再拥堵。一阵寒风吹在他的脸上，但不会持续很久，很快他就转到直路上去了。

妈妈，那不勒斯不是世界上最美丽的城市。很少有城市，会让那些土生土长的人住在老城区里，住在那些又破旧又肮脏的房子里，那不勒斯是这为数不多的城市之一，这些人在城市湿漉漉的肠子里出生和长大。通常在郊区，人们可以为自己的痛苦大声哭泣，没有人会管你。但在那不勒斯，你甚至可以在市中心，毫无顾忌地哭泣。

刚转过角落他就闻到一股刺鼻的恶臭，他看看地上，一坨狗屎占据在人行道中央，周围除了令人作呕的气味什么都没有。乔瓦尼把脸别过去，向前倾身，一只手扶在额头上，一阵恶心涌上喉咙，好在他身上刚喷的防汗喷雾带有香味，让他能稍微缓缓。他在那里站了几秒，恶心的感觉一点都不想走。当你穷途末路之时，说不定，会在某个角落里得救。有些事情对人有益，有些则对人有害。当你陷入人生低谷，所有的东西都开始变坏，别慌，等最糟糕的事情过去，生命里便只剩下了好事，它们能抵消坏事对人的影响，在角落里拯救你。

他走得很快，周围五光十色的霓虹灯闪耀着，他心想，就算不去治疗，至少也要下个确定的诊断，对待自己的病情，他并不乐观。道路是背景，他在前进。

城市偶尔会很慷慨，让你觉得这仍是一个有待发现的地方。当城市的灯光熄灭时，就像在一个结束战争的国家的大山里行走一样。白天的城市自己都不认可自己，既没什么值得羞愧的，也毫无骄傲可言。然而，到了晚上，对于那些不了解这个地方的人来说，似乎又没有什么必要逃脱。城市里的纷争和喧嚣变缓，你会倏然觉得还不够了解它，不去设想明天它会是什么样子，给它一个机会，让自己感觉是个外来人。这真他妈的抚慰人心，也真他妈的短暂。

从卡尔曼家里出来一定会碰上住在底下的巴基斯坦人那张哭丧的脸，他总是会刻意避开角落的门岗，眼神闪躲。几个周遭的小孩子对他的嘲笑，会打破他少有的一点平静，只剩下悲惨。他深知自己的悲惨，于是慢慢地，又会恢复平静。就像只要穿过了灰色的背景，再看别的颜色，仿佛都那么鲜艳多彩。

据天气预报所说，今年是二百五十年以来最热的圣诞节。

令人难以置信的是，这次休息持续了将近八秒钟。

"爸爸，再放一遍。"

"为什么我们不看看不同的东西？"

"再放一遍。"迭戈坚持着。他像个精神分裂症患者，处在大脑的边界线上，一边是肆无忌惮的玩乐，一边是尖锐的痛苦，他不知要选哪一边。

乔瓦尼知道，自己若是拒绝，一定会引发悲剧，所以，在他作为父亲的自尊心第无数次崩溃之后，他按下播放键，DVD 播放器哀怨又觉无聊地叹了口气，从头开始放起。在强霸·卓齐霸①介绍完他的第 626 号试验品——史迪奇之后，他说："那么说，亲爱的独眼怪，我的怪物会在哪个可怜、悲惨、无助的小星球上释放他的怒气呢？"莉萝伴着音乐出场，她跳着舞来到学校，迟到了，最后摔倒在地。迭戈决定学跳这一整段舞，已经反复看了数十遍。

"你又不是女孩子，为什么要跳舞？"

如果西蒙娜听到他的这句问话，一定又会同他长篇大论。舞蹈又不是女孩儿的特权，只要他喜欢，你就别说些废话了。

"爸爸，看，我好看吗？"他兴奋地喊着。

乔瓦尼放下遥控器，一种潮湿的感觉从脚底上升到肚子，遥控器滚到沙发上，停在了一堆笔记前，这是他这段时间正在写的报道的一部分，题目是——《银行家企业家时代，论生产系统的萧条》，这是他的第二篇文章。每次同样的事情做第二遍的时候，你都会心生疑问，觉得第一次自己做错了。他必须给报社的人留下深刻的第一印象，他希望他们还会给他打电话。目前而言，关于这场大萧条的文章，唯一确定的是，他会引用富兰克林的一句话，"我们唯一需要害怕的，是害怕本身"。

今天早上，他们夫妻二人进行了冗长乏味的讨论，这场讨论足以证明经验主义是毫无用处的。人们永远不能从之前的讨论中学到点什么。事情是围绕该不该送巴托去学踢足球展开的，乔瓦尼认为这根本无须考虑，他的观点生动体现了什么是势利主义：大家一般都去学踢足球，竞争大，我看还是继续学游泳比较好。西蒙娜则认为他应该选自己想选的运动，就算球场上有很多蛮横不讲理的小孩儿，那也还是应当以巴托自

---

① 强霸·卓齐霸（Jumba Jookiba），是动画片《星际宝贝史迪奇》中的一个来自外星的邪恶天才科学家。

己的意愿为主。此时的巴托正认真思考这个问题。"还有时间。"他说，"今年反正已经浪费了。"

古罗马人认为口交是应该受到谴责的，因为会使呼吸变重，但事实是，性爱只会让人变得更加清醒。

例如，对于乔瓦尼来说，只需几秒他就知道，西蒙娜想要在脏衣服中找到袜子。几天前的早晨，她走进卧室，手里挥舞着几双袜子。当时她面色红润，鼻孔微张，就像她生气了又不想被别人发现时那样。她跟他说他不应该随便一脱然后扔进篮子里，那样她总是要花很多时间来把袜子展开，再翻个面。但是那天早上乔瓦尼醒来时特别累，他应声点了点头，其实根本就不知道她讲了些什么。现在，随着精液的喷出，一切都那么清楚，袜子的问题显而易见，他只需多加注意即可。

"冥想课程怎么样？"乔瓦尼问道。

"也算不上是一门课程，就是教你打坐。"

"人多的话就是一门课程了。"

"那按你这么说的话，算是一门课程吧。"

"打坐到底是什么？"

"我们静坐，找到自己身上的弱点，然后放松。呼吸是必不可少的部分，但并非全部。"

直觉需要得到尊重。在婚姻中存在性，性很重要，不过一点都不难想象，对于一个育有两个孩子的母亲来说，直觉也同样重要，且需要提高。反正，不管他是怎么想的，如果她是抱着提高直觉的目的去上这门课程，那么就应该得到相应的尊重。

"现在你明白了吗？"西蒙娜问道。而乔瓦尼走了神，继续用疑问的目光看着她，问："打坐到底是什么？"

明天就是《我的一家》的首映日，这是十岁的巴托的首部作品。几天前的晚上，乔瓦尼有幸参与了秘密预演。巴托让他保证不会提前泄密，但是今早，刚吃完早餐，他又被另一个问题所困扰。"爸爸，你会吃一百千克的便便来救我的命吗？"

"什么？"

"如果有人绑架我并告诉你，你不吃一百千克便便的话就会杀了我，你会怎么做？"

"我想我会吃的。"

巴托的脸上亮起满意的光泽。乔瓦尼正在想象一百千克便便差不多相当于多少盘菜。

"那迭戈呢？"

"一百千克分成两份？"

他摇了摇头，说："总共两百千克。"

"好吧，我也会为他吃的，这不是明摆着的嘛。"

卧室里，迭戈像往常一样翻阅杂志。一堵湿灰色的墙阻隔在房间的中间。西蒙娜正在化妆。"我差不多弄好了。"她用一种僵硬的、近乎男性化的语气说道，并不想离开镜子，"你能帮他穿上鞋吗？"

"这是黑色的！"迭戈惊叹道，用手指着一张穿着比基尼的黑人模特照片。

乔瓦尼走近他，摸了摸他的头。

"鞋子在哪儿？"他问，"西蒙，迭戈的鞋子跑到哪里去了？"

他的儿子看着他，说："黑色很坏。"

"我不知道。"西蒙娜说。

"你说什么呢，迭戈？"

迭戈再次抬起头看着他，食指按在照片里模特的脸上。

"黑色不坏，"乔瓦尼说，"黑色很好，白色很好。所有的颜色都很好。"

"白色？"他惊讶地问道。然后再次开始快速翻览。

西蒙娜把最后几样化妆工具放到包里，说："我准备好了。"

"你儿子怎么还种族歧视？"

"他知道什么。"她轻声说道，然后走近迭戈，吻了吻他的额头，留下一个口红印。

"嗯，不过他肯定不可能自己知道这么说。"

"可能是巴托跟他讲的吧，不然还能有谁？"

"那就是巴托种族歧视。该死的鞋子去哪儿了？"

"今天是你爸的生日，难道我们要迟到？快点儿，我们还得去接罗里斯呢。"她说，"你穿这件衣服不冷吗？"

"今年可是二百五十年来最热的圣诞节。"

他父亲的生日在圣诞节前一星期，孩童时期的乔瓦尼一直认为这两个节日是密切相关的，没有前者就没有后者，而且，他还以为别人也都是这么想的。先是父亲的生日，然后是平安夜，最后才是真正的圣诞节，那个铺着红色桌布和餐巾，有各式美味佳肴的圣诞节。在圣诞节的时候，往往快乐的人会变得悲伤，悲伤的人会变得更加悲伤。沮丧将人扼杀，没有工作的人会沮丧，但那些有工作的人往往会制造出满是幻想的个人宇宙观。在圣诞节的时候，灰暗仍旧埋伏在我们看不见的地方，但如果你有两个沉浸在糖果和礼物中的孩子，那这种灰暗便不再会无限期地埋伏，而会在错误的时机崩于一刻。尽管如此，也无须担心，因为这是大家普遍的问题。

巴托鬼鬼祟祟地进到房间里，说："你告诉她了吗？"

“没有！”乔瓦尼回答，“你的暗示让我很生气。”

“我以为你跟她说了。”

“我没有泄露任何事情，我发誓。”

除了种族主义，他的孩子还很警惕。巴托在西蒙娜洗澡的时候录了些视频，放到了短片里，生怕乔瓦尼泄了密。“巴托，”乔瓦尼说，“除了你妈妈的那段视频，你还有没有拍别的类似的？”

巴托犹豫了一下，然后懊悔地说：“不完全是妈妈那样的。”

“什么？”

“拍了你……你在放屁。”

“放屁？”

“完全是碰巧，我把相机放在卫生间里，然后你就进来了。”

“你赶紧删了。”

“你不想先看看吗？”

“一点都不想。”

西蒙娜在厨房里喊：“我们走吧？”

迭戈在几秒钟后到达，重复他母亲的命令。

乔瓦尼和巴托互相看着对方。“如果你告诉她了，我可就不客气了。”巴托总结道。

在去往爷爷家的车里，空气是雾状的。迭戈重复着今早他学会的东西，巴托在挖着鼻孔，西蒙娜时不时望向窗外，车内立体声音响里播放的音乐显然不合她意。

“最后你决定送什么了吗？”乔瓦尼扭头看了一眼后座。

巴托动了动耳朵。

“一套烧烤工具，正好在打折。”

“但是爷爷又没有烧烤架。”巴托插嘴。

"从今天起他就有了，克莉丝汀准备送他。"

"烧烤架？"乔瓦尼有些惊讶。

"箱式烧烤架。"

"哪有小型的烧烤架。"

"是箱式，不是小型。"

迭戈突然尖叫一声。

"怎么了？"这次换作西蒙娜尖叫了。

乔瓦尼立即脚踩刹车，全然不知后座这时发生了什么。

一坨巨大的鼻屎，黄绿色的球球，一长串鼻涕，显然是巴托的杰作，现在正粘在他无辜弟弟的右脸上。"这是什么？恶心死了。"西蒙娜问道。

"挺适合他的，不是吗？"巴托哈哈大笑。

"你赶紧弄掉！"乔瓦尼向他施令。

"妈妈！"迭戈乞求援助。

"巴托，你要是不赶紧弄掉，我就告诉妈妈那件事。"

"什么事？"

"没什么！"巴托立刻拿起一包纸巾，抽出纸擦干净他弟弟的脸。汽车再次启动。

"妈妈，"巴托说，"爸爸有没有告诉你那件你不应该知道的事？"

"他什么都没跟我说，但是到底是什么秘密我不能知道？"

"巴托，你真是个小浑蛋！"乔瓦尼感叹。

"不过，"西蒙娜又回到之前有关礼物的话题，"你爸看起来不像是个会烧烤的。"

"听好啦，"巴托说，"我要宣布一件事。"

"你赶紧弄掉！"迭戈突然插嘴，他在重复刚学会的话。

"什么事？"

"我做了个决定。"

"你说吧。"

"我不想去学踢足球，也不想继续学游泳，我想要学帆船冲浪。"

"那需要一套专业冲浪服，我们要给他买吗？"

"为什么不呢？"巴托充满期待。

"但是你首先要满十五岁才可以学。"西蒙娜说。

"那算了，我什么特长班都不报了。"

"那正好。"

"啊？"

"这样你就能多花点时间学习了。"

房子里弥漫着葱和蜂蜜的味道，所有的灯都亮着。太热了。从色彩和气象的角度来看，这都是一种虚张声势。

"你喜欢吗？"

"亲爱的，这个礼物太赞了！"老乔环着克莉丝汀的腰，"过来，让我亲一下。"克莉丝汀解开围裙任其滑落在地。老乔对大家说："谢谢，谢谢你们都过来给我庆生。你们觉得我们现在就试试怎么样？"

乔瓦尼的眼睛蒙过一层灰色的阴云，他低下头问："现在吗？"

"现在不烤什么时候烤？"老乔说道，然后问克莉丝汀，"亲爱的，你裹了面糊准备炸的鱼啊，肉啊的，还剩下些吗？"

克莉丝汀暗中看了一眼乔瓦尼，知道他肯定不喜欢自己接下来的回答："嗯，还有。"

"很好。"老乔说，"那乔瓦，你来负责烧烤吧？我和罗里斯可以帮你打打下手，我们还有一整套工具。来嘛，难得今天开心。"

用新鲜的白色木块点着火，然后放上树枝烧，就像陷入爱河的少年的心那般火热。深色的树枝正艰难地、用尽全力地准备成为灰烬。

"你以前总是会放一点火引子。"罗里斯在经过长时间严肃的观察后说道。

"反正火已经生起来了。"乔瓦尼卷起一份《共和报》扇风。他看着火堆，希望每一束火苗都不会灭，保持对自然规律的信仰。

"我们要烤多少？"

乔瓦尼朝着克莉丝汀给他的托盘使了个眼色。

"这些鱼看起来就很无味。"罗里斯说，"这些食物都让我联想起你的腹泻。"

"哼！"

"那句话怎么说的来着，从海里到餐桌上，再从餐桌上回到海里。我的意思是，你的腹泻是加速食物链运转的一种方式，不过确实挺讨人厌的。"

一小块树枝在烤架边缘处断裂正要掉下来，乔瓦尼用铲子接住并把它重新扔进火里。"我最近好多了，你知道吗？"

"真的吗？你没跟我说过，这是典型的假想病情。"

"典型的什么？"

"康不康复全靠自己，典型的自己幻想出来的病情。或者，简单来说，就是精神和身体互相影响。"

"随你怎么说吧。"

"乔瓦，我感觉我老了。"

罗里斯离开烧烤架，走到旁边去看屋内的情形，隔着玻璃，屋内的场景令人动容。"我在这里看到了，家。"他说，"有孩子们，有一个充满魅力的妻子，有高大健壮的父亲，还有他年轻的伴侣。你看他们多开心啊，这里的每个人最近都有一堆痛苦的经历，可你看看他们，仿佛那些苦痛从来都没有发生过。"

"嗯，我懂。"乔瓦尼坐下来，"我们正在努力治愈自己，我们正在康复。"

"上演一个完美家庭？"

"不是上演，我们只是在朝着这个方向努力。"

"可能吧。"他想让他宽心，"但是你要小心些，万一走错了一步，没准儿你就会沦落到在帆船上打着转、吃着蛋白质棒度过假期了。"

"谢谢你提醒，我会尽力保持警惕的。"

罗里斯十分不安，他起身走进去，几分钟后带着一瓶葡萄酒出来，面露乏味。他等待炭烧成灰，总是沉默着，一人喝了几杯。

"不久的一天，法治社会将直接变成色情社会，甚至都没有道德社会作为过渡和缓冲。"已经喝醉的罗里斯说道。

"裹着面糊烤着肯定好吃。"乔瓦尼起身，又开始在木炭上忙碌。

"伟哥其实是种新的税收形式，假设我们平均活一百岁的话，那就一直要交到九十岁。"

"我感觉要没一小时，这烧烤是烤不好的。"

"我们要是活得更久些，看上去是赚了，但其实那些多活的时间，也不过是多经历些不幸罢了……欸？你干吗要转移话题？"

乔瓦尼把火钳放到烧烤架边缘处，回道："我没有转移话题啊。"

罗里斯叹了口气，说："这是如此黑暗的时光，我们称'为幸福的疗愈'，你却满脑子只想着烧炭生火。"

"你自己以前说不想讨论幸福的，说一提起来就恶心。"

"是啊，我一提起来就恶心。四十年前，人们相信婚姻和家庭能给人带来幸福，但是现在，很明显不是这样，所以我们才退而求其次，称为'治愈'。"

"你觉得我们要加点炭吗？"

罗里斯想了一会儿，过了很久才终于说道："看到没？你又在转移话题。"

站在老乔的角度来总结这次的生日宴，可以说，在克莉丝汀准备的食物的香味下，在客人们的欢声笑语之中，他感到自己像个幸福的新生儿，对大家的所有行为，他都会爆发出一阵欢笑作为回应。当海鲜开胃菜和其他的菜都上桌时，他已经面露疲惫，但又很得意，如进到港口的轮渡。年满七十岁最棒的事情在于，他儿子今天难得地不还嘴。

"这才是真的鲜烤扇贝！"罗里斯感叹道。

"这可是克莉丝汀的拿手菜，"老乔说，"也不知她是从哪里学来的，不知是给谁当保洁的时候学会的。"然后他便指着乔瓦尼说："你是不是傻了，多大人了还玩瓶盖？真是没救了！"

乔瓦尼停下手中的动作，默不作声地把瓶盖放回到矿泉水瓶上，好像沉默是唯一能保护自己的武器。

西蒙娜、巴托和克莉丝汀努力克制着不让自己笑出声，乔瓦尼朝罗里斯的方向发牢骚，他是这桌子上唯一不了解情况的人了。在大家都恢复正常之后，克莉丝汀试图让罗里斯也参与到谈话中，但他心不在焉的，仍在纠结之前心中未解的疑问。

"你将来有什么打算？"克莉丝汀问道。

"打算？我没什么打算。"

"那你会回上海吗？"

"最近我重新开始写作了，写作是我的工作。"

"写的什么？"

"一部音乐喜剧的剧本，等过段时间我就会着手写一部冒险小说。"

克莉丝汀看了看餐桌上的其他人，乔瓦尼在忙着照顾迭戈，西蒙娜正和老乔一起夸赞午餐，只有巴托在听他们讲话。

"挺好的，"克莉丝汀说，"你当作家的，多涉及不同的题材，一直保持忙碌状态也挺好的。"

罗里斯严肃地看了一眼克莉丝汀，严肃得让人觉得，这句话里的智慧决定着人类的命运（至少是这一桌人的命运）。然后，严肃的脸融化成一个真诚的微笑。在他看来，努力对他的工作表现出兴趣，并努力把他拉入大家庭中，不至于让他感觉自己像个外人，这是克莉丝汀值得称道的优点。

"福楼拜写作是为了让自己远离白兰地，"他说，"我也一样，只不过我们身处不同的时代。"

"报社里工作忙吗？"老乔问他的儿子。

"嗨，别提了。"

在达密德工作的最后一天，乔瓦尼不能说他看到了真正的敌意，但至少比平常要多得多。吉吉、安东尼奥，还有副董事长，那天每个人看他的眼神都像是在看尸体，像是腐烂的尸体在等待再次死亡，再次腐烂，为了弥补生前所犯下的过错。只有秘书玛丽亚对他笑了笑，但她的微笑也立刻被一股沉闷的潮水所笼罩，这促使他问："你可以把钥匙交给我吗？"

玛丽亚停止了微笑，眼睛盯着抽屉。"你需要什么？"她问道，无意中露出一种剑拔出鞘的冷光。

"档案室里有些旧项目，都是些陈年旧事了没什么用，我拿回去。"

丑闻的里程碑就躺在那里，在一堆蓝色文件夹中有一个手写的标签。文件夹按照项目和主题编排，他打开其中一个，在一个信封里有一个大信封，大信封里是一堆装订好的纸，彩色的封面闪着亮光，白色的纸每张都印有页码，一共多达一百四十一页。

一百四十一页。谁当初费心把它们都打印出来的呢？是那个现在决定止步于第一百四十一页的人吗？这些纸本来注定要死在这里，它们对自己是如此确定，彩色的封面闪闪发光，它们为不存在的虚无而傲慢。最大的阴谋也是最愚蠢的阴谋，没有人翻阅过这些纸张，就连打印机都没有，达密德公司没有一个人翻过，大区的检察员也没有。乔瓦尼本可以拿着这些项目中的任意一个走人，他本可以复印一下这些资料，然后交给奥莱斯，但很有可能奥莱斯会说，这些东西一点用都没有，谁都能造出个这种类似的文件，然后想引证作为证据，但是没有签名就没法做证。尽管这一百四十一页纸确实很有内容，提供了一些证据，但是法官和律师，他们若是想明白，自会明白，若是不想明白，就是铁证如山也照样没用。

乔瓦尼在达密德的最后一天，他拿走了档案室里的一些旧文档，然后回到办公室，接了几个电话，眼看是时候了，他便收拾了一下自己的东西走了。也许一切都在计划范围内，但是除了玛丽亚，没有一个人过来同他打招呼，也没有太过惊讶。他知道消息早就四处传开了，只有吉吉给他留了个信。玛丽亚递给他一个没有署名的白色信封，里面有张纸，上面打印着几个大字：滚吧，傻×！那封信让他有些害怕，不是因为怕打民事官司，需要支付律师费用，或者怕自己车被人扎破轮胎，或者更甚，怕收到一些恐吓性的包裹，譬如里面装有子弹或者巴托的一只耳朵，都不是。他是怕吉吉说对了，怕他和办公室里的那些傻×一样，怕自己真的是个傻×还不自知。他知道，等报纸一出现黄金顾问泄气了的丑闻，那些傻×一定就会争相下载。

此时的乔瓦尼，目光时不时地扫过桌面，假装没有把注意力放在任何东西上，希望能避免例行的圣诞讨论，反正也不会有任何结果，因为在这样的讨论里，是不允许有异议的，否则会被视作是对节日的不尊重。讨论的话题无非是，礼物、商店的霓虹灯、天使的头发、童话、给孩子们看的电影、听的音乐、上帝的话语、大型购物中心、小耶稣、四肢残废的天使、巨大的牧羊人、特价优惠、蛤蜊、甜点、洛可可、堵塞的交通和一系列闪闪发亮的灯光照明。

他的右边坐着克莉丝汀，她温暖但不做作的声线包围着餐桌。整个人充满活力，背部挺得笔直，处于指挥状态，她的自信来源于她的一手好厨艺。巴托在旁边带着恐惧，问题还没到嘴边就咽了下去。

然后是西蒙娜，她的心思一直围着孩子转，胳膊和腿上总是沾有剩饭，或者别的污渍。迭戈呢，总是一只耳朵进一只耳朵出，完全没有听进去。

罗里斯热络地和所有人交谈，带着远道而来的善意。

老乔，他在这个小的家庭世界里应付自如，如一个颇有经验的电视节目主持人，对应付这类的庆祝活动早已是轻车熟路。他穿着深色的西装，头发梳理得很整齐，使他的秃头更明显地暴露在了外面。今天他七十岁了，他很开朗，像那些一天去三次电影院的人一样，这正是他打算做的事情。

"要点蓝纹奶酪吗？"克莉丝汀问道。

"谢谢，不过我吃饱了。"西蒙娜回答。

从外面传来孩子们嬉戏的声音，周日的午后，当温度适中，电视上还在放着体育节目的时候，女性们总会有种困意。沉默不情愿地降临到餐桌上，混合着餐具、盘子和下颌骨咬动的声音。这些停顿刚好给了乔瓦尼合适的时间点，他把手搭在巴托的肩上，提醒他是时候把《我的一家》分享给大家了。

老乔非常感动，因为他觉得，他至少也帮忙创造了一些好东西。《我的一家》是他看过的最朴素却最催泪的东西。他头一次没有为所发生的事情感到内疚，不，相反，他内心感到的是对巴托满满的骄傲。小小的巴托，用这种悲情的方式，让这个家庭的每一位成员都能感到自己的重要性。

巴托在他们没有察觉的情况下录制了这么多视频，他感触良多，觉得某些血脉里的东西在传承下去。他是这个家庭里最年老的成员，家里的长者，一家老小里的老智者。喏，屏幕里正放着他呢，他解开衬衣放在床上，看了眼衬衣，又回去拿他的夹克。

"你什么时候做的？！"他试图盖过背景音乐的声音。

"嘘！"大家不约而同地冲他说道。

他们的眼里只有巴托，短片的画面在飞速变动，甚至都来不及细看就已经切换到下一个场景。所有人都有，包括外公外婆以及许多其他的人，他们喝酒、吃饭、讨论。这是巴托的全部世界，有些画面里，大家还都留着之前的发型，还穿着遥远的夏天的衣服。然后，巴托出场了，当迭戈嘴里含着奶瓶的时候，他录下了自己。

迭戈正是在这时跑到电视机跟前，他停下来瞪大眼睛看着电视，也许他认出巴托来了，他惊奇地转向沙发看了一眼，然后手指着屏幕喊道："巴托！"

"嘘！"有人对他说道，虽没那么严肃，"别凑在电视机前面，对你不好。"

电视机上的画面仍在不断变化，在尾声的伴奏响起之前，有一段轻缓的吉他独奏，他在这一段放上了他从房间窗户拍摄的黎明。这是夏季的黎明，光芒四射。

"这是什么时候拍的？"西蒙娜没忍住好奇心。

"别说话。"不知谁说了句。

巴托一只眼睛紧盯着屏幕，另一只眼睛观察着沙发。伴奏最后一次响起，影片已经到了尾声，迭戈向镜头伸出双手，爷爷也向镜头伸出手，然后是克莉丝汀在做饭，再然后，是爸爸和妈妈在亲吻，他们发现自己被拍，伸出手试图遮挡。屏幕变成一片蓝色，影片就此结束，巴托闭上眼睛等待。

克莉丝汀开始鼓掌。

罗里斯也跟着鼓掌。

老乔十分幸福激动，呼吸都有些不顺畅。"我就说你是个聪明的孩子。"他用嘶哑的声音说道，然后转向其他人，"我说得对不对？"

紧张的乔瓦尼起身去寻找迭戈。

西蒙娜眼眶湿润，无比激动地说道："不过，我屁股还是很好看的。"

西蒙娜自从开始上冥想课之后，身材保持得很好，这三个月以来，她对人类的行为有了更深入的理解，比她这些年在工作室里学的都多。当然了，学习有助于她预先知晓某些行为的发生，或者说，知道人们什么时候会说哪些话、做哪些动作，做好再见、告别的准备。在这三个月里，西蒙娜学会了等待，在等待的空当中猜到乔瓦尼正要说的话、正要做的事，明白他什么时候准备离开她。

午饭后的困倦萦绕在整所房子里，有些人躺在床上打瞌睡（比如老乔和巴托），有些在深度睡眠（迭戈），还有人倚在沙发上看电视（罗里斯和克莉丝汀）。

在老乔家吃饭，速度很快，和平常没有任何区别，就好像是一周中的任何一天，即使是有客人的时候，也照样吃得很快。乔瓦尼离开餐桌，每次只有当他按照传统，仪式般地喝点咖啡，吃个小点心，一餐饭才算是真正结束。他总是惊讶于，在饭后晚点离开餐桌和不决定马上离开餐桌之间并没有任何逻辑上的联系。我们流连忘返，我们再次开始闲聊，我们挪到沙发上。用第无数杯咖啡、第无数支香烟来完成一个冗长的仪式，所有这一切都是为了不承认我们正在死去，我们用酒、糖果和烟草填满自己，可这也无法拯救我们。

西蒙娜在等乔瓦尼过来找自己。最近这段时间，她真正缺少的，是一个能与之倾诉的对象，朋友也好，妹妹也行，总之只要不是乔瓦尼就行。但是找到一个能理解她的人并非易事。自从结婚以来，她的生活就变成在工作和家庭之间周转，所以，要想找到一个既没有结婚，也不必管孩子和家庭的人来倾诉，自然是难如大海捞针。

在乔瓦尼去找她之前，空气变了味，沉默变得不那么普通，环境噪声从背景传到前景。门在吱吱呀呀哀怨地寻求着更多的关注，回廊里难以察觉的脚步声转化为思想的游行，那是正在移动的不安，不安于他正要抛下自己的妻子，奔向另一个女人。

西蒙娜的冥想课还包括沉默和随意思考的练习。她第一次觉得话语是没有必要的。

"你在干吗？"

乔瓦尼有些不稳地走进厨房，他正密切地观察她，他想阻止大脑中的嗡嗡声，并给人一种专注于当前情况的印象。

"没什么。"西蒙娜说，"我在思考。"

"思考什么？"

当男人不想卷入有风险的讨论之中时，他们总是提各种问题，但如果他们真的得到答案，答案会阻碍他之前所下的决定。

"没什么。"

"真的吗？"

西蒙娜叹了口气，说："真的。你要走了吗？"

当男人们最终得到答案时，总是会犹犹豫豫，就好像他们脑子里在想的是别的事情，反倒弄得女人们有些不知如何是好了。

"嗯，我把车钥匙放到客厅了。"

乔瓦尼靠近西蒙娜，他们热情地亲吻，如曾经刚陷入爱河时的沉醉。他的嘴吮吸着她的唾液，她也同样。他们闭着眼睛，脑子都不转了。然后从客厅传来一阵噪声，也许是睡着的罗里斯打的呼噜声，打断了他们俩，魔法就这样消失了。

20

　　早在十月中旬的时候，他们就很清楚，接下来要走的路不可能一帆风顺。果然，才没过多久，争吵又开始继续，就像以前那样平常，只不过比他们预想的要快多了。生活似乎又回到了从前的状态，经过几个月的努力，终于找回了之前被老乔打断的生活节奏。

　　前些日子，他们都过于积极地认为，对方那些小的性格缺陷都消失了，但这种想法并没有持续多久。他们没有建立起一个稳定的相处模式，这也就导致了双方开始互相猜忌。都已经十年了，他们仍旧改不掉蛮横、暴躁、被动的毛病，他们也没法从头开始。他们的婚姻体系已经出故障了、损坏了，西蒙娜始终觉得有些事情不对劲，她没法真的假装什么都没有发生，然后从零开始。见鬼，那些缺点去哪儿了？他掩藏起来了吗？为什么呢？他背着我在谋划些什么？

　　九月，在法院路上的一家酒吧里，乔瓦尼和卡尔曼达成口头协议，乔瓦尼说好要克制自己，不去见卡尔曼，结果，几天后他们又在她家里见面了。为了摆正他在婚姻关系里的位置，他下定决心，说两人应该永远不再见面，为此，他还特地给她发了一封邮件，他觉得邮件里已经很好地描述了在那一刻二人如此痛苦的灵魂状态，徘徊在撕裂的心和该做什么就做什么之间。卡尔曼一如既往地接受了命运，没有冲突，没有愤怒。当然，她在一个人的深夜流下了些许泪水。

有趣的是，才没过几天乔瓦尼又给卡尔曼发了条信息，那是条深夜短信，燃着红色的火焰，来自一个绝望的恋人试图从另一个绝望的情人那里寻求生命的意义。卡尔曼读了又读，直到她的眼睛再也承受不了，然后她删掉短信回到床上。她就这么魂不守舍地一直到第二天下午。新来的博士生卢卡，让她暂时把这件事抛到了脑后。卢卡是个发型很有辨识度的金发小伙子，当讲台上的导师正发表着自己刻薄的言论时，他躲在电脑后面冲她咧嘴一笑。

那天，乔瓦尼去学校找她了，他那两只苍白的眼睛有点儿像一个前期浪漫主义的英雄。她看见他正朝自己走来，突然很清晰地感觉到自己的未来会是什么模样，那一刻，她发誓自己绝对不要做他的艺伎，也不会做任何其他人的备胎。但最后，她又在这个誓言之后加上一个旁注，当恋人们能与自己达成和解，我爱他，他也爱我，那么有情人终将再次相会。

他们激烈地做爱，在自由的氛围里挥洒汗水。然后乔瓦尼回家，表现得一切正常。

那天晚上，西蒙娜半夜惊起，一阵令人生疑的声音把她从被子里召唤出来。她害怕有人闯了进来，俨然成了个警惕的哨兵，在家里到处搜寻闯入者的身影，不放过任何角落。终于在花了大约十分钟的时间之后，她在厨房的橱柜下面，找到了迭戈的遥控车，正从遥远的地方发出响亮的声音，越靠近声音就越哀怨。在对小汽车开膛破腹取出电池之后，她很高兴能重新回到人工制造的沉默中。

回到房间后，她决定叫醒她的丈夫做爱，乔瓦尼没有退缩，因为惊讶而感到兴奋，他很久都没有这样过了。

在夜晚变得更加温柔的瞬间，西蒙娜清楚地感觉到她的丈夫去找那个女孩儿了，在那一刻，她感受到了新鲜但脆弱的肉体气味。她问他白天是否自慰，乔瓦尼没有勇气回答，但也没准备骗她。那天，他除了去见卡尔曼的两小时，一直都待在家里，和迭戈、罗宾一起。在一个破了洞的袜子和脏盘子之间，在写作和阅读报纸之间，在橙汁和奶瓶之间，他有过一次激烈的性爱，说实话，讲出这些还不如承认些别的。他见过卡尔曼，但这并不影响他想和西蒙娜在一起。

晚上的做爱他很喜欢，夫妻间的性生活就应该是这样，他们的故事也不能这样结束。

那一晚，是这个家里有史以来最漫长的夜晚。乔瓦尼清楚，明天又会是普通的一天，不会有任何不同，这反倒让他有些希望西蒙娜把他踢下床。如果她没有叫醒他做爱，如果迭戈没有忘记遥控车，如果那天没有冲去大学。一想到这些事，想到没有一件事是完全由他的意志决定的，就连他的性格、他的银行账户，都不完全取决于他自己。他们帮他做下决定，一想到这些，他就觉得很惶恐，他有一大堆话但说不出来。他觉得和卡尔曼待在一起很舒服，他不明白为什么非要和她划清界限，如果他的感情多到可以和两个女人分享，那么，为什么他不得不截去一部分以支持另一方的自负？

西蒙娜泪流满面，她手臂的神经变得僵硬。她哭了，她在抗议，她感到迷茫，只有这次她是纯粹的哭泣，没有爆发出过度的愤怒，否则会让事情发生无可挽回的变化。某种东西，某种令人恶心的萌芽，没有消失，而是悄悄潜入了她的生活，不经她的允许。"自由恋爱"这几个字不断进入她脑中，但是她一想到这个想法就觉得很荒谬，她永远不会说出来这样的字眼。她想把这个男人引向正轨，大约凌晨五点的时候，在一些无用的尝试之后，她睡着了。

早上八点，巴托走进房间，已经准备好了去上学，他明白有些不对劲。乔瓦尼和西蒙娜睡得酣畅淋漓，就像两只鸟厌倦了飞行。

在接下来的两天里，乔瓦尼没有和卡尔曼见面，第三天他去找了老乔。房子从未如此干净又混乱。克莉丝汀对于整理收拾屋子，总是有着用不完的热情，像永远不知疲倦一样。但同时，不知是出于什么阴暗的原因，老乔总是有办法弄脏房子，把东西弄得乱七八糟。所以，家里总是克莉丝汀前脚刚收拾完屋子，老乔后脚就给弄乱了，屋子也就不停地在干净与混乱之间轮换变化。

老乔坐在厨房里翻着他婚礼时的照片，已经是五十年前的事情了。

乔瓦尼和他打了声招呼。

老乔抬眼说："嗨，快坐。"

"你在干什么？"

"我在看这些照片。"

"我看到了，但为什么？"

"我不知道。"

乔瓦尼打开储存水的柜子，里面放满了一个名贵牌子的矿泉水。

"别喝那个，一欧元一瓶呢！"老乔说，"你找一下，有便宜的水。"

乔瓦尼开始翻柜子。

老乔提高了声音："这个人已经死了，这个也是。所有人都死了，天哪，岁月不饶人。"

"不然呢，生活就是如此。"

"不，是死亡如此。啊，看这里，你皮尔特罗叔叔年轻时候的样子，他是唯一一个还活着的人了。"

乔瓦尼不想提醒他，因为肺气肿，皮尔特罗叔叔每天花十二小时吸着氧气。

"你不是叫我来解决解码器的问题吗？"

老乔皱着眉看向他，低声说道："嗯，马上。"说完继续回到照片上，"看看你的母亲她多漂亮，看！"

"是的，是的。我也看过。"

"她那时很漂亮。"

乔瓦尼把矿泉水瓶放回原处。

"好啦，我们去看看解码器吧？"

"行，我们走吧。"

乔瓦尼走进卧室，在电视前待了一会儿，然后又回到厨房，问："你刚刚有叫我吗？"

"我叫你干吗？"

"解码器没什么问题，只需要插入智能卡就行。"

"什么卡？"

"爸……"

老乔关上相册，表情很是严肃认真："儿子，你最近怎么样？"

"不怎么样，我有一个妻子和一个情人。"乔瓦尼回答道。

老乔的脸色暗下来，就像一个曾经的海洛因上瘾者，如今转变为纯洁的天使一样，但他又突然想起他过去所捅的娄子。"唉，你知道，"他说，"我自己的生活里我也是一团糟，没法给你什么建议。"

那天晚上西蒙娜明白了。

除了必要的对话，一晚上他们都没怎么讲话，然后他们做爱。在不经意的摩擦之后，欲火瞬间燃起，窗外下着雨，房间内热浪侵袭。做完爱后房间的温度变得让人难以忍受，西蒙娜走了出去，在一片寂静之中，乔瓦尼清楚地听到了卫生间里传来两个声音：水龙头的水流声和妻子的哭声。当西蒙娜回到房间时，她并不知道乔瓦尼听到了她的哭声。他问她："怎么了？"

西蒙娜沉默不语。

"我已经好几天没去见她了。"

西蒙娜没有说话，但她也没有生气，她只是感到筋疲力尽，只能发出吼声，就像她在餐具柜下发现的迭戈遥控车一样。

乔瓦尼的语气变了："你还想让我做什么？"

"你爱她吗？"

"我们很亲密。"

那些话像枪声一样吐得又热又快，但西蒙娜无法恨他。

"好吧，那……"

"什么？"

"我不会要求你离开她，我知道你不会这样做。"西蒙娜说，"你想去找她的话，就去吧。但如果你回来了，如果你确信我们的婚姻能以这样的方式继续下去，"她起身坐在床中央，"那我会试试的。乔瓦，要是这样只会让事情变得更糟，我该怎么办？要是我和别的男人上床了会怎么样？"

那天晚上，乔瓦尼计划和卡尔曼度假。这是真的，他很爱她。那个女孩儿有些东西，她没有意识到，她也没有将之视为优点。也许是她的美丽，也许是她孤独的生活方式，一想到她的美丽她的孤单，他就会想起许多让他的心备受折磨的电影和小说。卡尔曼仍然不成熟，几年后她会成为一个很棒的女人，在那之前他会陪伴她，因为一想到她，他就觉得很快乐。也许他和其他所有男人一样，当西蒙娜也正式出轨的那一天，他生活的支撑点会在激烈的、虚伪的打击下崩溃。西蒙娜会和比他更成熟的人交往，然后终有一天他会失去卡尔曼，而西蒙娜会继续去见那些人，看起来没什么问题。他将会留下照顾孩子，穿着睡衣，留着长长的脚指甲，经历他人所经历过的事情，治愈自己。在那不勒斯恍如静止的白天里，坐在椅子上看着间断来往的车辆，心中只有一个希望——成为一个勇敢、聪慧的好男人，但现在的状况不允许他成为这样的人。

必须要说的是，至少这次，他做出了他自己的选择。

卡尔曼觉得有些饿，也许是真饿了，不过这不重要，重要的是她现在必须吃点东西。她打开电视，去洗手间洗了洗胳肢窝，然后去卧室选了件合适的衣裳。

她走进厨房。

一瓶打开了的塑身药静卧在桌上，标签已经撕掉了，桌上一堆面包屑，她都不记得是什么时候弄的。

嘎吱嘎吱的咀嚼声。

吃了几粒之后，饥饿感便消失了，谁知道藏到她身体里的哪个部位了。她继续吃着，一粒接着一粒，眼睛看着别处，水槽、烤箱、地毯。脏，她认为，脏得令人厌恶。

她离开厨房回到卧室。

棕色靴子、紧身牛仔裤、高领露腰红色毛衣。

她换好衣服。

冰箱里有一个盛满已经坏掉了的肉酱的锅。她有些饿，但又不是很饿。她不知道她的身体到底想怎么样，于是又走回满是面包屑的餐桌。

她不是很确定，不过还是决定看一眼租赁广告。她看了又看，嘴里嚼着塑身药，删掉重新写：

单人间出租。房间宽敞，采光好，有开放式厨房和小客厅，在老城区的古建筑里。每月三百欧元，水电费自理。

她慵懒地拿起电话，拨下加布里拉的电话号码。

"喂，加布里拉，"她说，"我正要出门……对，随便走走，喝点东西，你要一起吗？"

电话的另一头，加布里拉好像不怎么想出门。

"好吧。"卡尔曼说，"没有，我没问题。就是，我决定把另一个房间租出去……对，你有认识的什么人在找房子吗？"

有时候还没来得及想好，话就从嘴里说出口了。她为什么要给加布里拉打电话，问她认不认识什么人在找房子。这个懒鬼，要是你不开车去接她，她永远都不想出门。加布里拉不想出去喝酒，也不想陪她出去，但她对出租房间的事情却非常感兴趣。或许，她说，或许，她可以帮忙找到人。

"好吧，那我走了。我们明天再联系。"卡尔曼挂掉了电话，之后关掉电视，她心不在焉地瞥了一眼镜子，然后出门了。

在等电梯的时候，她感受到了体内的召唤。

她快速打开家门回到厨房，开始脱衣服。脱红色毛衣、紧身牛仔裤、棕色靴子。脱到只剩内裤、袜子和胸罩。

又吃了两粒塑身药，用手把桌子上的面包屑扫到边缘处，然后用另一只手接住，一口气全都吞下去。

胃里就好像有块石头一样沉。

她拿起一瓶气泡水晃了晃瓶身喝了几口。

然后跑去厕所，掀起马桶盖，两根手指伸到喉咙里。

风越刮越大，街上一个行人都没有了，阳台上和商店外面挂满了装饰品，到处都洋溢着圣诞将近的气息。卡尔曼边走边观察着这些灯饰，按照类型、大小、亮度对其进行分类。当她穿过街道，正准备去酒吧时，一首熟悉的圣诞旋律入耳，从酒吧进门处的某个装置里传来。

隔得不远的小广场上，孩子们在玩球。时间似乎有点晚了，她慢慢靠近他们，尽量让自己看起来不像是个多管闲事的人。

其中一个孩子用脚挡住了球，向她投来警惕的目光。他们用两个书包摆成球门的模样，剩下的全凭想象，最矮的那个孩子站在守门员的位置。

"我们没有在乱踢。"拦着球的那个孩子说道。

卡尔曼没有回答，她转身朝酒吧走去，圣诞旋律再次响起，装置是专门给客户设的，仅当有人在附近时才启动。

孩子继续跑，射门，球跑远了，落在想象中的球门那两根支柱的交叉点。"进球了！"他高兴地嚷嚷。

"没进。"那个矮个子说道。

其他人也参与进来，各抒己见，在一场小的讨论之后，最终决定再踢一次。矮个子对球门很不满意，另一个拿起球放到罚球点。

卡尔曼走进酒吧，音乐声很大，桌子都坐满了。她快步朝里走，抢到了吧台附近所剩不多的空位。大龄儿童们目光呆滞地盯着电视屏幕，看着一群笨鹅在嘎嘎乱叫。她点了一杯朗姆酒，这是她在这家酒吧看到的第一个名字不错，价格低于七欧元的酒。

"嗨。"有人跟她讲话。是个男孩儿，穿着一件绿色的宽松款破洞毛衣。

"嗨。"她回答道。

"你还记得我吗？"他问道。

卡尔曼保持沉默，然后她终于意识到他是新来的那个博士生。

"卢卡，是吗？"

"是啊。你是卡尔曼吧，梅尔冬老师最爱的学生！"

卡尔曼笑了笑，问："怎么最近都没见你来上课？"

卢卡摊了摊手表示无奈，道："我跟梅尔冬老师合不来，所以转去研究语言学方面了。"

"语言学？所以你现在是跟着'尿'老师？"

卢卡笑了："他们真是这么叫她的吗？"

"她是梅尔冬老师的妻子。"

"天啊！"他感叹道，"我们俩可真是鲜花插在牛粪上了……"

他们一起哈哈大笑，然后气氛突然安静下来，两人互相看着对方，喝了喝酒，闲聊几句，然后再次变得沉默。后来也不知是谈起了什么，总之，两人都笑得合不拢嘴。她又点了一杯朗姆酒，他续上了一杯啤酒。笨鹅们步入赛道，大龄儿童们看得目不转睛。

愉快的夜晚就此拉开序幕。

【全文完】

后 记

在起草这部小说的过程中，许多唱片和书籍都或多或少地影响了我，给予了我不同程度的启发。这些影响和启发在文中随处可见，有些作品还被直接引用到了小说里。

说起唱片，意大利摇滚乐队 Afterhours 和 Marlene Kuntz，还有朋克摇滚乐队 CCCP，几乎他们的全部作品都给予了我创作灵感。此外，还有 Bisca 和 24 Grana 这两支乐队的部分曲目。

而参考的书籍则有唐·德里罗的《美国的传说》和《白色噪声》、露西娅·埃切贝里亚的《贝亚特里斯和天体》、列昂纳多·夏夏的《黑手党》、约翰·范特的《等到春天，班迪尼》、亚瑟·史尼兹勒的《伊瑟小姐》、弗兰兹·卡夫卡的《城堡》、强纳森·法兰森的《修正》、马丁·艾米斯的《信息》、诺曼·梅勒的《美国梦》、大卫·特鲁埃瓦的《四位好友》、弗朗西斯·斯科特·基·菲茨杰拉德的《夜色温柔》、弗鲁特罗与卢森蒂尼合著的《星期天的女人》、雷蒙德·卡佛的《大教堂》和居伊·德·莫泊桑的《伞》。

致　谢

首先，我想感谢格雷齐娅·德米科、吉西·马切塔和弗朗西斯科·伊佐的倾情阅读与所提出的建议。

感谢我最好的写作指导老师安东内拉·西兰托。

感谢在这些年里，所有为我提供灵感、建议并支持我的人：保罗·克里斯库洛、埃乌杰尼奥·斯帕格努洛、弗朗西斯科·波斯、马可·皮亚诺、伊达·马拉尔多、安东尼奥·帕斯卡、福斯科·达梅利奥、保拉·博沃、皮纳·贝维拉卡、皮诺·因佩拉托雷、亚历山德拉·安托达罗。另外，还有杰斯托和拉佩协会的同事们，扬·杰利斯特、安东尼奥·柯波拉、巴巴拉·柯波拉、乌姆贝托·德马可、阿涅塞·因西萨以及雅各布·罗斯伯格。

特别感谢路易吉·梅伦达和马尔塔·梅伦达两位小朋友所提供的有关童年的素材。

最后，这部小说之所以能出版，得归功于盖娅·里斯波利，她教会了我关心周围的人和事，在此，我想对她致以最诚挚的感谢。